世界文學

經典名作

科學怪人

FRANKENSTEIN

MARY SHELLEY

瑪麗・雪萊 著

楊玉娘 譯

前言

「……一具我找不到言語形容的軀體；體型龐大，而比例卻歪歪扭扭、醜陋不成形。當他盤桓在棺木旁，整張臉矇在糾結蓬亂的長髮後；但一隻大手卻伸了出來，其色澤與表徵，恰似木乃伊的手一般無二……我從未目睹像他的臉那般恐怖的影像，如此噁心、又如此醜惡得駭人。」

這不過是針對那勢將成爲文學史上最著名的怪物，所做的一段逼真描述而已。然而人們常常遺忘的是：法蘭康斯坦（科學怪人）並非那怪物之名，而是創造該怪物的年輕科學家。

《科學怪人》在二〇一三年被英國《衛報》列爲世界一百本最佳小說的第八名，截至目前已被重拍了五十六部電影，其驚恐魅力，眞是無人能出其右。科學家法蘭康斯坦對於生命奧秘走火入魔的鑽研，一直到他能夠「賦予無生物有生性」後才得到滿足，而其駭人聽聞的後果卻是他事先根本無從想像的。法蘭康斯坦創造了那詭異恐怖又聰明的怪物，對人類造成一連串可怕而又驚人的謀殺，引發一則令人心生畏怖的離奇故事——一則揉合了幾許悲傷、幾許恐懼、幾許駭異的驚人故事。

瑪麗·雪萊，一七九七年生於倫敦，爲英國政治哲學兼著作家威廉·哥德溫之女。一八一四年，她與詩人雪萊共赴歐陸，一八一六年雪萊前任妻子自殺，兩人才正式結婚，之後。兩人在瑞士日內瓦附近逗留整個夏天，瑪麗開始構思她的小說《科學怪人》。這部作品初版於一八一八年，而在一八三一年發行普及版（第三版）。被譽爲哥特式的科幻恐怖小說的代表作。一八二三年她重返英國，一八五一年（享年五十四歲）過世。

作者爲標準小說（the Standard Novel）所寫之前言〔一八三一〕

標準小說的出版者們在挑選科學怪人做爲其叢書之一的同時，表達了希望我能針對本書原型提供部份說明之意。我個人十分樂意從命，因爲藉此我將可以普遍答覆某個頻頻被詢問的問題：「我，身爲一名年輕女子何以會想到並細述一個如此醜惡可怕的主題？」誠然，我十分反對在書刊之中自我剖白；但由於這份說明將只以一部往日作品的附屬文章面貌出現，內容也不僅侷限於與我作者身份相關的主題，因此我也不能以侵犯個人隱私之名怪罪自己。

我之所以會在極爲年少時便想到動筆寫作，並不單單只因身爲兩位文學界名人之女。孩提時候我信筆塗鴉；而在供我休閒娛樂的時間裡，我頂喜愛的樂趣，也是構造空中樓閣的基礎——沈緬於白日夢裡——緊追思想列車；而這些思想列車的主題，正是源源不絕的想像事件之根基。不多久，我的幻想便比寫作更瘋狂、更合人意。在後者之中，我是個精確的模仿者——與其說是寫下自己心中的推測，不如說是把別人做過的照做一遍。我所寫的東西至少是存心爲讓另一個人看而寫的——一個我兒時的同伴；但我的幻想卻完全屬於自己一個人，用不著顧慮任何人；它們是我心煩意亂時的慰藉，無憂無慮時最心愛的享受。

少女時代我大致都在故鄉成長，在蘇格蘭度過一段頗爲愉快的時光。偶爾我會造訪一些風景更爲優美的地方，不過平日都流連於丹地港❶附近、單調淒涼的泰河❷北岸一帶。單調、淒涼河是我回顧時候對它們的稱呼，一個不受矚目的愉快地帶。在那裡，我可以與自己幻想中的生物交心、密談。我描寫它們——不過是以最平凡的形式。我眞正的作文、空靈活潑的想像力之旅，都是在我家土地的大樹下，或是附近那些不長樹木的山脈荒涼的山坡上孕育、誕生的。我的故事不以自己做爲女主角。捫心自問，我的生活太過平淡無奇，我無法想像自己生命中會有遇上浪漫哀怨情節或者離奇事件的可能；但我不畫地自限，同時我還可以用許多就當時年紀而言，比我自己的感受力更有趣的作品填滿那些時間。

這以後，我的生活變得緊張忙碌，現實取代了天馬行空的想像。然而我的丈夫卻打一開始就十分關切，惦記著我該替自己證明並非空有家世背景，同時爲自己建立聲名。他始終不斷鼓勵我在文學界揚名立萬。而在我本身來說，儘管從那以後就對此十分冷淡，但在當時卻也頗有意願。這時候，他最在乎的並不是我能否完成什麼值得受矚目的作品，而是盼望他能藉此親自評斷，此

❶丹地：蘇格蘭東部之一主要工、商業城市。

❷泰河：蘇格蘭境內最長河流，長一一八哩，源自柏斯郡，注入北海。

後我的創作可望再精進到什麼程度。然而我還是什麼也沒做。旅遊，加上家庭瑣事，佔據了我所有時間；而藉著閱讀，或者在和學識、涵養遠勝於我的丈夫溝通中促進自己思想的方式學習，則是我在文學工作上投注的所有心力。

一八一六年夏，我們造訪瑞士，成為拜倫勛爵❸的鄰居。起初我們都在湖上享受快樂時光，或者在湖濱悠遊漫步；而正在寫作長詩哈羅德騎士第三篇的拜倫勛爵，則是當時我們之間唯一將自己想法加以潤飾、形諸筆墨的人。

然而這個夏季結果卻是濕答答、很討人厭的一個；連綿不絕的雨勢經常使我們好幾天無法出門。幾冊由德文譯成法文的鬼故事落入我們手中。這其中有一本負心人傳：當書中用情不專的男子想要緊緊擁抱與他盟誓的新娘時，卻發現自己正被從前遺棄的女子蒼白的鬼魂抱住；另外有個故事是描寫一名家族之中罪孽深重的創始人悲慘的運數，註定了他要在自己那宿命之屋中的所有年輕子孫達到一定年齡時，賜予他們死亡之吻。他那巨大朦朧的身影，恰似哈姆雷特之中的鬼魂般，身著全副甲冑，只是多了一把大鬍子，總在夜半時分的月光下，被人看見沿著幽暗的走道緩緩移動，那魅影在巨宅的牆壁影子下消失；可是不一會兒，一扇大門呀然幌開，腳步聲響起，房間的門開了，他來到熟眠之中的壯盛青年臥榻前。當他俯身親吻男子的額頭時，永恆的悲傷掛在

---

❸ 拜倫（Lord George Gordon Byron 一七八八～一八二四）英國詩人。

他臉上。從那一刻起，男子便如花謝枝頭般凋萎。從那以後我不曾再看過這些故事，但內文穿插的事件卻如昨天才閱讀過一般歷歷在目。

「我們各自來寫個鬼故事。」拜倫勛爵做此提議，立即得到大家的同意。我們共有四人。那高貴的作家創作了一則故事，其中一段被他刊印在其詩篇之末。喜歡將意念、情感具體呈現在燦爛奪目的意象和最爲悅耳、和諧的韻文中，勝過創造一則公式化故事的雪萊，則以他的童年經驗爲基礎，發展出他的作品。可憐的波里德利有個可怕的構想，大意是一名女士因從鑰匙孔偷窺而被罰爲骷髏頭女子——偷窺什麼我已不記得——自然是件十分令人震驚且錯誤的事；可是後來她的情況日益惡化……大名鼎鼎的科芬特里的湯姆（按：科芬特里爲英格蘭地名）不知該如何處置她，只好將她送入墓穴中。這些赫赫有名的詩人照樣爲散文的平淡陳腐所苦，很快地便終止掉這項不適合的工作。

我自己則埋首於想個故事——一個能與煽動我們從事這工作的作品分庭抗禮的故事。這個故事要能說出我們天性之中神秘莫測的恐懼，喚起令人毛骨悚然的驚慄——要一讓讀者嚇得不敢東張西望、血液凝固、心跳加速。要是我不能夠做到這些，我的鬼故事就不配稱做鬼故事了。我想了又想，深思又深思——沒用，我感受到在作家而言最大的悲哀——完全不具有創作能力。「妳想到什麼故事了沒？」每天早上我都被問到這個問題，而每天早上我都不得不深感羞辱地報以否定的答覆。

有句著名的諺語：「萬事起頭難」，而起頭則是緊接更早進行的事而來。印度人給了這世界一隻大象好支撐它，不過他們讓這隻象踏在陸龜的背上。我們不得不虛心承認，所謂創作並不等於無中生有，而是從茫無頭緒的紛亂狀態中創造出點什麼來；首先，必須先有題材供應；有題材，就可以進一步形成曖昧、無形的內容，但並不能將本身就充作內容用。在所有發明、發現之類的事件上，甚至包括那些屬於想像方面的事情，我總是不斷被提醒到哥倫布和他的蛋❹的故事。所謂創作能力包含能夠竭力找出具發展性主題的才華；還有配合主題將由它引發的靈感重新揉合融入的能力。

拜倫勛爵和雪萊二人經常進行漫長的對談，而我則是他們忠實、但幾乎完全沈默的旁聽者。在其中一次談話間，他們討論到各種哲學上的學理。在這當中，生命根源的本質、和生命是否有

---

❹哥倫布的蛋：哥倫布在首航發現數個新島嶼返回西班牙後大受王室禮遇，引起某些大臣不滿。在一次宮廷盛宴中，一名大臣聲稱這趟航行即使換由別人前往，只要一直西行同樣能夠成功發現新島嶼，稱不上是多麼偉大的壯舉。哥倫布拿起餐桌上的雞蛋，邀問衆人是否能夠將雞蛋直立於桌上。群臣貴族試驗之後皆無法成功。哥倫布將蛋的一端輕輕敲碎後立即放手，雞蛋於是直立桌上。衆人紛紛冷笑，表示如果是用這種方法，哪有人不會？哥倫布則稱：「正是，我也相信人人都會，然而這是因爲先有我的示範，大家才知道要用這種方法。」因此衆人對他「萬事起頭難」的說辭無法信服，也承認他發現新島嶼的功勞了。

永久長存的可能性也被提出來相互溝通交流。他們談到達爾文博士❺的實驗（我指的不是博士真正做過、或者據說他做過的，而是當時被指為由他所做的）；他把一隻小蟲子保存在一個玻璃匣裡，直到最後藉由某種特殊的方式，那蟲子開始以自主的動作活動起來。而那，畢竟不是生命被賦予的形式。也許，屍體可以被重新注入生氣；電療即象徵著這類事情；也許一個生物的各個組成部分可以經由製造完成、拼湊在一起、賦予維持生命所需的溫暖。

夜晚在談話之間流逝。等我們回房就寢時，即使連所謂的三更半夜也早已過了。當我把頭靠在枕頭上，人並沒有睡著，也不能稱為在思考。我那支配並引導著我的想像力，不請自來地賦予我一連串在心頭浮現的影像，其鮮明生動遠遠超越平日幻想的界限。我看到闔著雙眼、但心靈的視野卻極敏銳、那有著罪孽技術的蒼白學子跪在他所組合而成的東西旁；我看見一名男子的幽靈伸展開來，然後，在某種強勁的動力推動下，呈現出生命跡象，並以一種略帶生氣的不自然動作活動著……嚇人是必然的，因為無論任何人類致力於仿效造物主偉大的技巧，其效果必是極端可怕！他的成就將會嚇壞藝術家；他將會魂飛魄散地從自己醜惡的作品旁飛奔而逃；他將會希望，放著不管，那由他傳授的微弱火光會自然而然消失——如此一來，這接受了如此不完整生氣的東

❺達爾文：依年代判斷，應是指進化論創立者查理斯．羅伯特．達爾文之祖父——斯姆斯．達爾文（一七三一～一八〇二）；英國詩人兼博物學家。

西，就會回歸消退爲致死物，而他也可以懷抱那被他視爲生命之源的醜惡屍體短暫的存活，將會被墳墓的寂靜永永遠遠消滅的信念入眠。他睡著，卻被擾醒；他張開眼睛一看，那恐怖的東西站立在他的床頭，揭開他的蚊帳，用一雙黃濁泛水、但帶著沈思的目光看著他。

我在驚懼中睜開自己的雙眼。那意念強烈地支配著我的心靈，一陣恐懼的顫慄傳遍全身，我眞希望能將那幻想中的魅影幻化成周遭的實物。我依然看得見它們：相同的房間、昏暗的拼花地板、被月光強行鑽入的關閉百葉窗，還有窗外望去平波如鏡的湖面和遙遠相對白色阿爾卑斯高峰群。但我無法輕易甩掉那醜惡的魅影，它依然在我心頭作祟。我必須設法想點別的東西。我想起我的鬼故事——我那單調乏味、不祥的鬼故事！噢！但願我能構思出一則像我當夜受到的驚嚇般嚇壞我讀者的鬼故事！

那靈感如電光火石一般振奮地闖進我的腦海。「我找到啦！能夠嚇壞我的一定也會嚇呆別人；我只要將那魂縈我午夜枕畔的幽靈描寫一番就對啦！」

天亮以後，我宣布自己已經想到一個故事。當天我開始寫下：「那是個陰冷的十一月天夜晚！」完全抄襲自我那清醒夢境裡的陰森恐怖實況。

最初只不過是短短的幾頁——寫個短篇故事就好；但雪萊鼓勵我將那概念發展成更長的篇幅。我當然不會把一個偶然的聯想、和一連串的感受都歸功於外子；但若沒有他的鼓勵，這部作品就絕不可能以現在的形式面世了，這項聲明必須將序除外。就我記憶所及，那完全是出於他的手筆。

而今，我再次要求我那醜惡的產物露面、興旺。我對它有著深刻的感情，因為那是我幸福時期的心血結晶；當時死亡和悲傷對我而言都只不過是些個文字，在我心底沒有真正的迴響。它的短短幾頁代表著在我並非孑然一身時候的許多散步、許多駕車出遊、和許多交談；而我當時的伴侶，是我在這人世間再也見不著的人。但那只是我個人之事；我的讀者和這些聯想都不相關。

對於我所做的一些變更，我只有幾句話要補充。大體上，這些改變都符合整體流暢。我並未改變故事的某部分情節，或者引入任何新概念或事件。我修正了一些赤裸裸地妨礙了敘事趣味的語言；而這些改變幾乎全都獨獨發生在首冊的開頭。自始至終它們都僅限附屬於故事的枝節部分，至於整個核心和實質內容則原封未動。

瑪麗·雪萊　一八三一年十月十五日，於倫敦

書信1

致薩維爾夫人，英國

聖彼得堡，十二月十一日，一七——

得知並無任何災難伴隨著被妳視爲窮凶極惡之兆的某項事業開創而來，將會令妳大感快慰。我在昨日抵達此間；而來此之後的第一件差事，便是教我親愛的姊姊對我的平安福祉放下心來，並增進對我志業成功的信心。

我已置身在遙遙的倫敦之北；當我走在聖彼得堡街上，冷冷北風輕拂雙頰的感覺振奮起我的勇氣，令我洋溢滿心歡喜。妳可能體會這感覺？這微風、這曾遍遊我將前往之地而來的微風，令我預嚐一絲那諸多冰寒氣候的滋味。受到這展望之風所鼓舞，我的白日幻夢益發變得熾烈鮮活。我曾試圖聽信極地乃天寒地凍與孤寂淒涼之境的論調，結果終歸枉然；它在我幻想之中呈現的，永遠是種美麗宜人的風貌。在那兒，瑪格麗特，太陽永遠清晰可見，巨大的金輪就依棲在地平線上方，漫射出一幅永恆的壯觀景觀。在那兒——抱歉了，好姊姊，我將對往日的領航者寄予幾分信賴——在那兒，冰雪嚴霜都遭驅逐；而，航渡一片平靜汪洋，我們或將漂抵某片陸地，其美景、其奇觀，遠勝於迄今爲止在這適於居住的星球上已發現的每一塊地方。正如那些肯定存在於尚未被發現的荒僻角落之天體，天體上面有著種種奇微異象，它的物產與特色或許都是前所未見的。在一個永恆光明的國度裡，能有什麼預期是不可抱持的？說不定我會在該地發現磁場的神奇力量；說不定會將那只需這一趟航行，便可將無數份羅縷細述該地千古以來持續不斷的逼眞怪象之天文觀測報告，做一井井有條的歸納整理。我將經由目睹從未造訪過的世界一隅，充分滿足自己熾熱如焚的好奇心，或許還將踏上從未烙下人跡的土地。

諸般誘惑慫恿著我；這些誘惑足以擊潰所有對於危險或死亡的恐懼，促使我帶著像和玩伴們一同登上小舟，溯著自己家鄉河流從事探秘之旅的孩童般喜悅的感覺，欣欣然展開一趟辛勞的航程。但假設這一切臆測純屬謬誤，那麼對於我想借由發現一條靠近北極的航道，通往那些目前須耗費長達數月之久才能抵達的國家；或者經由探查出——就算有千萬分之一可能的話——只可能受我所從事這類工作影響的磁體箇中奧秘何在，因而帶給全人類世世代代的福祉之深遠，仍然是妳無從辯駁的。

這些思慮將我剛剛動筆寫信之初的紛亂心緒一掃而空，我感到自己的心因一股將我推上七重天的熱忱而亢奮不已；因爲唯有堅定的意志——一個可以讓靈魂鎖定其智慧之眼的定點——才能帶給心靈如此大的寧靜。這趟遠征是我早年的夢想。我曾帶著滿腔狂執一鑽研各種不同的航程，說明這些航程都是針對如何穿過環繞極地的各海域到達北太平洋而設計的。妳應該還記得我們的好叔叔湯瑪斯家的整座圖書室、包含所有以發現爲目標的那套航海史。我雖然荒廢學業，卻仍酷愛閱讀。那一冊冊藏書是我日夜捧閱的讀物，越是熟悉其內容，越是增添兒時獲知叔叔是因父親遺命，所以不准許我投入航海生涯的那份遺憾。

這些憧憬一直到我開始閱讀詩作，整個心靈因詩人的情感流露而如癡如醉、陶然欲仙後，才首度冷卻下來。我也成了一名詩人，整整有一年的時間都生活在自己創造的樂園裡；我想像自己亦能如同荷馬與莎士比亞那樣流芳百世。對於我的失敗和失敗後的失望之深，妳知之甚詳。但就在那時後我繼承了堂兄的財產，腦海裡的思緒又轉入最初關注的方向。

自從我決心投身從事的志業到今天已經六年了。即使是現在，我也還能記起當初決定獻身於這偉大事業的那一刻刻。我開始磨練自己的身體，使它習慣於艱困。在幾次北海探險中我與鯨魚相伴；我自願忍飢挨凍，承受焦渴與睡眠不足之苦；白天我常工作得比一般水手賣力，晚間勤加研習數學、醫藥理論……等等，可能讓海上冒險家獲致最大實質利益的自然科學領域各門學問。我曾兩度實際受雇於一艘格陵蘭捕鯨船擔任下屬船員，表現令人激賞。我不得不承認，當我的船長提供我船上第二高位、竭誠懇求我繼續留下時，我心中真的微感幾分得意；他對我的貢獻評價得如此之高！而現在，親愛的瑪格麗特，難道我不配去完成某個偉大的目標？也許我的生活一直過得輕鬆奢華，但我寧要榮耀而不願選擇大量堆積在我軌道上的每一項誘惑。某個鼓勵的聲音將會以肯定的語氣回應！我的勇氣和信心都很堅定；然而我的希望起起落落，我的心境時常沮喪。我不僅要提升其他人的士氣，有時還必須在他們士氣低落時，努力維持自己的精神層面。

這是在俄國旅行最有利的時期。人們乘坐雪橇在雪面上飛掠而過，那移動姿態令人賞心悅目；而且，照我看來，要比英國驛馬車的行進樣子討人喜歡多了。若是全身裹著毛皮衣物，寒冷的氣候並不算冷得太可怕——那是我業已採用的裝束。因為在動也不動地連坐好幾個小時、沒有任何運動好防止血液凍得凝固，與在甲板上走動二者之間有著極大的差異。我可不曾懷抱在聖彼得堡與阿干折❶間的驛道上送命的抱負哩！

我將在二至三週間啓程前往下一座城市。我的打算是在那邊租艘船（這件事只消付給船主保證金便可輕易辦到），然後從那些慣於捕鯨的水手中雇足我認為所需的船員數。我預訂一直要到六月才出海；至於何時返航呢？啊，親愛的姊姊，我怎能回答得出這些問題？如果我成功的話，那麼妳我相會要在好幾個月以後，甚至也許好幾年；要是失敗了，妳將會很快就再見到我，否則就是永遠無法再相見。

再見了，親愛的、最棒的瑪格麗特。願上蒼賜給妳無窮的福蔭，同時保佑我，好讓我可以一遍又一遍，證明對妳所有的愛與關切之感激。

摯愛妳的弟弟　羅伯·華爾頓

❶聖彼得堡：沙皇時代俄國首都，蘇聯時期稱為列寧格勒。阿干折（阿干折斯克）：歐俄北方之一城市。

書信2

致薩維爾夫人，英國

阿干折，三月二十八日，一七——

在這裡，時光過得多麼緩慢啊！周身都被冰雪風霜所包圍，然而我的事業已向前跨出第二步。我租好一艘大船，正忙於集合自己的船員！那些已經受雇於我，個個都顯得可以百分之百信賴，並且絕對擁有大無畏勇氣的水手。

不過，至今我仍有一個無法滿足的需求：少了它，此刻的我覺得格外難受得厲害。我沒有朋友，瑪格麗特；當我因成功的狂熱而興高采烈時，不會有人分享我的喜悅；萬一我因失望而苦惱時，也不會有人努力在失意中為我打氣。不錯，我將會把思緒寄託於紙上，但對於情感的交流而言那眞不是一個好管道。我渴望能有一個可以與我產生共鳴的人做伴，他的眼光可以回應我的眼光。親愛的姊姊：或許妳認為我太誇張，但缺少朋友的感覺眞教人難受。我的身邊沒有一個既溫文又勇敢、襟懷優雅而寬大、擁有和我本身相近的品味、能夠附和或者修正我計畫的人。這樣一位好朋友，對於糾正你這可憐弟弟的缺失將有多大助益啊！我太過熱中於執行，對於困境又太沒耐心。但對我而言，更糟的是我的知識是靠自修而來的；在我人生最初的十四年，我放蕩胡為、荒廢學業，除了湯瑪斯叔叔的航海書籍什麼也不曾讀過。到了十四歲左右，我開始深入瞭解幾位我們本國的大詩人；不過那僅限於在我有能力從這情況下獲得最大益處以前，此後我便察覺到在本國語文之外，自己有必要再熟悉更多外語。現在我二十八歲了，實際上的學問卻比許多十五歲的學生還淺薄得多。沒錯，我想的確實更多了，白日夢的範圍也做得更廣更宏大……只是這些夢想缺乏協調（如同畫家們口中所謂的）；我亟需一位不會鄙視我為浪漫主義者，感情又好得能夠盡心竭力調整我心理的聰明朋友。

唔，這都是些無謂的抱怨；在遼闊的海洋上，我自然不可能找到朋友，而在阿干折本地的商人和海員之間也沒有可能；但即使在一顆顆粗獷的胸懷間，也有些人類天生的雜念不相干的情感在衝擊。比方說，我的副手——一個兼俱驚人勇氣與膽識的男子——他瘋狂地渴望榮譽；或者換句更具備個人風格的話說，他瘋狂地渴望在他那一行出頭天。他是個英國人，置身在國家與職業偏見的包圍中，不受教條束縛，依舊保有幾許人類最高貴的天性稟賦。我初次與他結識是在一艘捕鯨船上：發現他賦閒於本市，我便順利地僱用他來襄助我的事業。

輪機長性情極佳，在船上以其紀律之溫和適度而備受矚目。這項條件，加上他那遠近馳名的耿介廉潔和天不怕地不怕的勇氣，令我急欲僱用他。我的年少時期在孤獨中度過，最好的幾年則受妳柔和溫婉的栽培鼓勵下成長，打下了我性格的基礎，讓我無法克服對於普遍存在於船上那種野蠻行為的極度反感，我始終不相信這是必要的；因此，當我得知有位船員同時享有心地善良和受同伴尊敬、服從的名聲時，不禁爲自己能夠獲得他的效力而感到特別幸運。

第一次聽說這麼個人，是在一樁相當浪漫的事件中，出自於某位一生幸福全拜他所賜的女士之口。底下就扼要地說說他這段故事吧：幾年前，他愛上了一名家境中等的少女，在從獎金中鑽下一大筆數目後，女孩的父親答應了婚事。在婚禮以前他見過他的心上人一面，而她卻哭得梨花帶雨，撲倒在他的腳跟前，哀求他饒恕她，同時坦承自己愛的是別人，只是對方太窮了，她的父親說什麼也不肯首肯他們的婚事。我這寬容大度的朋友再三保證不會爲難她，並在獲知她情人的名字後，立刻放棄自己的追求。他早已用自己的錢買下一座農莊，計畫在那裡度過他的下半輩子；可是他將這一切，連同剩下來準備採購農具的獎金全送給他的情敵，然後親自請求少女的父親答應她和情人成親。但老人家自認爲對我的朋友負有道義上的責任，斷然拒絕這個請求。我的朋友發現那老父親毫無通融的可能，索性離開故國，直到聽說那少女終於嫁給自己的意中人後才再返鄉。「多高貴的人呵！」妳必定會如此尖叫。可惜話說回來，他完全未受過教育，鎮日像顆悶葫蘆似的悶不吭聲。一種無知的疏忽與他如影隨形，而當他的領導因此而更加令人驚詫的同時，也減損了在別種情況下他必會表現的關心與同情程度。

但千萬別因爲我發了些牢騷，或者因爲我懂得爲或許永遠不會經歷苦頭預設某種安慰，就認爲我的決心有所動搖。我的決心至死不移，我的航行也只會延遲到天候允許便啓程。這個冬天天氣酷厲得嚇人，但到春天便有望好轉，而且據判斷它會來得相當早，因此我也許會比預估中更快出航，我不會草草率率進行任何事情。妳對我瞭解甚深，足以信賴凡是牽涉到別人安危之事，我必定如臨淵履冰般小心。

我無法對妳形容自己對所從事之事的近期展望有何感覺。那種半是歡悅半是擔驚的戰慄感，是種無法和妳交流的意念；而我帶著這顫顫的感覺準備出發。我將前往那未經查探的地帶：「冰雪煙霧的國度」。不過，我不會殺害任何一隻信天翁，所以妳用不著爲我的安全，或者我會不會像「古時候的水手」一樣形容憔悴、悲慘地回到妳跟前擔心。見到我的引述妳必會莞爾一笑，但我將揭開某樁秘密。我常將吸引我對海洋危險的奧秘投注滿腔狂熱的因素，歸因於現代詩人極富幻想力下的產品。我的心靈中有著某種自己不明瞭的東西在運轉。我勤勉奮發、不辭辛勞，恰似一名剛毅堅忍、埋頭苦幹的工人；但除此之外，在我所有的企劃中，全都牽扯到一股對於驚異神奇的熱愛與信仰。它催促我脫離一般人類的常軌，甚至投向驚濤駭浪的大海，還有我即將前往探險的人煙未至之地。

但回頭想想更貼近的思慮。是否我將在橫度一片片遼闊無邊的汪洋後，經由美洲或非洲最南端的岬角歸來，與妳再見？我不敢期望這麼成功的結局，又無法承受面對相反的情況。目前請繼續儘可能一有機會就寫信給我；說不定，有些時候，我會在最需要妳的來信打氣時接到它們。我深深愛妳！萬一永遠再得不到我的音訊，務請鍾愛地記著我。

愛妳的弟弟　羅伯・華爾頓

書信3

致薩爾夫人，英國

七月七日，一七——

親愛的姊姊：

我匆匆寫下數行說明我一切平安，而航行也順利進展。這封信將由一名刻正由阿干折返鄉的商人攜抵英國。他比我幸運多了，恐怕，在好幾年內，我都見不到自己的故土。不過，我依然精神高亢。我的屬下都很大膽，而且顯然意志堅定，船邊也沒有浮冰不時漂過，暗示即將推進的地區有多危險，引起大家的驚慌。我們已經航抵極高緯度地方，不過此時正值仲夏，天候雖然不若英國溫暖，但陣陣將我們快速颳往一心渴望到達北方海岸的強烈南風，卻出乎意料地吹來令人精神為之一振的溫暖。

至今為止，並沒有任何一樁值得在信上大書特書的意外降臨在我們身上。僅有的些許小事，是有經驗的海員連記都不會紀錄下來的一二陣強風，或某道小縫隙的迸裂，只要在我們的航程中別再發生更糟的事，我就心滿意足啦！

別了，我親愛的瑪格麗特。為我自己，也為你，我保證絕對不會莽莽撞撞去涉險。我會冷靜、堅定、小心謹愼。

但成就將會爲我的努力加冕。爲何不呢？到目前爲止，我已在無路可循的汪洋上找出一條牢靠的通道，天上的繁星就是我成功的證人、目擊者。爲何不繼續向奔放不羈、但卻服從的水域前進？有什麼能夠阻止一個人果斷的心情與堅決的意志？

我得意非凡的心胸不由自主地這般滔滔傾吐，但我必須停筆了。天佑我敬愛的姊姊。

羅伯·華爾頓

書信4

致薩維爾夫人，英國

八月五日，一七──

我們遇上一樁好奇怪的意外，讓我忍不住要把它紀錄下來；儘管妳很可能在未見到這些札記前，就先見到了我的面。

上週一（七月三十一日）我們幾乎遭到冰封。船身四周寒冰密結，留下的行船空間僅僅可供船身漂浮其上。我們的處境有點危險，而且周遭又籠罩著極濃的霧氣，只好讓船隻靜靜停在那裡，寄望天候和環境會發生變化。

大約兩點時候霧散了。我們放眼望去，四面八方都是看似永無盡頭的不規則狀大冰原。我的一些伙伴呻吟出聲，我自己的心頭也充滿了焦慮的思緒，開始警惕起來。突然間，一幅奇異的畫面吸引了我們的注意，轉移掉我們對自己處境的擔憂；我們看見一部固定在雪橇上的矮馬車，由狗群拖著，在半哩路外朝北而去；一個具有人形，但形體顯然相當龐大的東西坐在雪橇上統御狗群。從望遠鏡中，我們看見那旅人如飛而去，最後消失在起起伏伏的遙遠寒冰間。

這現象激起我們的無限驚奇！我們相信，自己的位置距離任何一片陸地起碼都在數百哩以上；但這神奇的影像似乎意味著：事實上，那距離並未如大家所估計那般遙遠，只是在堅冰的全面封鎖下，我們根本無從追蹤此刻那全神貫注觀察的目標究竟去向何處。

在這樁事故發生大約兩小時過後，我們聽見海嘯聲。冰層在入夜之前潰散，同時也釋放了船隻，然而由於害怕在黑暗中撞上那些迸裂之後到處漂浮的大冰塊，我們的船要停到隔天早晨才再航行，而我也趁這空檔好好休息幾個鐘頭。

可是，第二天早上天色一亮，我剛踏上甲板便看見全船的船員都在船的一側忙著，顯然是在對海中的某個人說話。事實上，他們專注的對象是部雪橇，樣子就像我們早先看到在黑夜中的一大塊冰面上，向我們衝來的那一部。拉橇的狗只剩一隻還活著；但雪橇裡面還有一個人，船員們正在勸他到船上來。他不像昨夜那名旅人，看起來好像某個荒島上的原始居民一樣，而是一個歐洲人。見我出現在甲板上，輪機長說：「這位是我們的船長，他不會任由你在公海上滅頂的！」

那名陌生人望見我，用一種帶著外國腔的英語對我說：「在我登上你的船以前，可否先好心讓我知道你們預定往哪兒去？」

妳可以想像，聽到一個一腳跨進鬼門關前，照我看來理應將我這艘船視爲千金難求的救命工具之人問出這種話來，我有多吃驚！不過，我還是回答他說這艘船正從事一趟前往北極的發現之旅。

聽到這回答後，他露出滿意的神情，答應上船來。老天！瑪格麗特，換作是妳看見這樣一個置自己安危於不顧的人，必定會驚訝得半死。他的四肢幾乎凍得無法動彈了，疲憊和苦難把他折磨得形容憔悴，我從未見過身體狀況像他這麼惡劣的人。我們企圖把他帶進船艙，可是才一離開清新空氣，他便昏倒了。大家只得又把他抬回甲板，爲他搓揉白蘭地，強灌他吞下少許，指望他能甦醒。等這陌生人一顯露出生命跡象，大家立即用毛毯將他全身裹好、安置在廚房壁爐的煙囪旁。慢慢地，他逐漸清醒過來，喝下幾口湯後元氣恢復不少。

如此過了兩天之後，他才有力氣開口說話。我常擔心他所受的折磨會剝奪掉他的理解力。等他恢復到某個程度之後，我將他搬到自己的艙房，在我職務容許的範圍內盡量照顧他。我從沒見過比他更有意思的人了：大體上，他的眼中帶著一股猛烈、甚至瘋狂的神采，不過倘若遇到有人對他做出某個善意舉動、或隨便爲他做點小得不能再微小的服務，他便會露出一抹親切得無人可比的和煦笑容，整張臉龐都光采煥發；但大體說來他總是神情沮喪、意氣消沈，有時甚至像耐不住沈沈壓迫著他的千鈞哀愁般直咬牙根。

在我這位客人稍稍復原那段期間，我常得不憚其煩地想辦法讓那些想問他千百種問題的人別來打擾他；以他的肉體和精神狀況，要想完全好起來顯然全得靠徹底靜養，我絕不容許他因大家無聊的好奇心而受到折騰；然而，有一次船副還是問起他爲何會搭乘那麼奇怪的一部交通工具，跑到這麼遠的地方來。

他的臉上立即籠罩一抹最深沈的陰鬱，回答：「爲了尋覓一個從我那兒脫逃的人。」

「你所追捕的那個人也以同樣的方式趕路嗎？」

「正是。」

「那麼我想我們看見過他了。因爲在我們載你上船的前一天，也看到幾條狗拉著一部雪橇，裡頭坐著一個人，衝過冰面。」

這話吸引那陌生人的注意。他問了一大堆問題，詰問他口中所謂的惡魔究竟往哪條路線去？不一會兒，當我們兩人單獨相處時，他說：「無疑的，我已經激起你，還有船上這些好人們的好奇心；只是你們非常體貼，沒有對我提出詢問。」

「當然，要是我拿任何疑問來爲難你的話，就太唐突無禮，也太不講情理了。」

「然而是你從危急而又詭異的情況之下拯救了我，並且親切地照料我復甦。」

在這之後不久他向我問起，冰層迸裂之後另外那部雪橇是否就葬身海底了？我回答說我完全無法答覆，因爲冰層是一直到接近午夜時才潰散的，說不定那旅人早已在之前趕到安全的地方了；不過這一點我無從判斷。

從這時起，我們的客人那瘦損的身軀便增添了一股嶄新的生氣。他迫不及待地想上甲板去瞭望那消失的雪橇，但我說服他留在船艙，因爲他的身體實在太虛弱太虛弱了，禁不起大氣的陰寒；另外他的態度是那麼溫文爾雅、惹人好感，因此儘管船員們難得和他接觸，卻都十分關心他。就我個人而言，我開始愛他如兄如弟，對他終日不解的深沈哀愁充滿了憐惜和同情；即使在這落難時刻，他都那麼和善可親、那麼具有吸引力，境況好的時候想必是個高貴的人。要是能有什麼新鮮事可記的話，我將隨時在日誌上紀錄有關這陌生人的事。

八月十三日，一七——

我對我那客人的喜愛與日俱增。他馬上就激起我的仰慕和憐憫，到了令人驚詫的地步。我如何能夠眼睜睜看著一個那麼高貴的人受盡折磨，而不感到痛徹心扉呢？他是那麼文質彬彬，又那麼聰慧博學；他的心靈是那麼有涵養；說話的時候，儘管遣詞用句都是經過最上乘的藝術精挑細選，仍能以無與倫比的口才流暢地侃侃而談。

現在他病弱的身體已經恢復了許多，成天跑到甲板上，顯然是想瞭望在他之前出現的那部雪橇。然而，儘管他悒悒不樂，卻並非只顧一頭埋進自己的悲愁中，而是對於大家的展望都十分關切。他常與我討論我的計劃，而我也開誠佈公地與他交流。他專注地分享我為擁護自己最後成功所聲言的所有主張，分享我為確保成功所制訂的方案中每個最微小的細節。我很容易經由他顯示出的同感力引導而說出心聲、吐露心靈中燃燒的渴望，帶著滿懷亢奮的熱情，傾訴我有多麼樂意犧牲我的財產、我的生命、我的每一個希望去促成自己的抱負。為了我所追尋的知識，為了取得並發送對於危害人類之大自然力的控制，個人的死生只不過微不足道的代價。當我說這些話時，聽者的臉上泛起一片鬱鬱的陰影。最初我注意到他竭力壓抑自己的情緒；他把雙手捂在眼前，當我看見淚水自他的指縫間汩汩流下，語聲不覺顫顫地低落下來。一聲呻吟自他沈重的胸口迫出，我禁口不語。終於，他嗓音嘶啞地說話了：「不幸的人啊！莫非你分得了我的瘋狂？莫非你也喝了令人迷醉的酒？聽我說，讓我吐露自己的故事。聽完之後，你必會將近口的酒杯摔個粉碎！」

你可以想像，這樣的話語強烈地煽動了我的好奇心；但侵襲著這客人的劇烈憂傷擊垮了他耗弱的體力，需要經過好幾個小時的放鬆休息和平靜交談才能恢復他的鎮靜。

在克服強烈的情緒之後，他顯示出一副因爲成爲激動情緒的奴隸而瞧不起自己的樣子，並努力消滅絕望的陰暗宰割，再度引導我就有關我個人的事交談。他問起我早年的經歷，我很快地和盤托出，而結果卻喚起各種不同的回應。我談到想找一個朋友的熱望；談到我不希望一直照著命運過日子，只渴求和一位心靈相近的才智之士有更密切的同感；並且表明我深信一個不曾享受此等福份之人，就很難自命爲快樂幸福之輩。

「我同意。」客人回答：「我們都是未經改造、但多少經過些修正彌補的人物，要是有個人比我們本身又好、又聰明、又眞摯可親——完全合乎朋友應有的條件——可千萬別借助於他來使自己薄弱、帶有缺點的天性臻於完美。我曾有過一個朋友，是位最最高貴、並且領有榮銜的人，因此，可以判定是份値得珍視的友誼。你擁有希望，有廣闊的世界在你眼前，沒有絕望的理由；但我——我已失去一切，而且無法重新展開生活。」

他說著，浮現滿臉平靜深沈的哀愁，深深觸動我的心絃；而他默默無言，不一會兒便回他的艙房去了。

縱然他是如此傷心腸斷，對於大自然之美的感受卻比任何人都深刻。汪洋大海、繁星閃爍的天空、還有這些神奇地帶所提供的每一幅景觀，似乎都依然擁有從塵世超拔他靈魂的能力。這樣的人有著雙重的生存面貌：儘管他身受痛苦，遭到失意消沈吞噬，然而當他悄然隱退，不與人交際時，又會像個周身圍繞光環的天仙一般；在那光環中，既無憂傷也無愚蠢的冒險。

對於我對這名超凡脫俗的流浪漢所顯現的熱情，妳是否會報以譏笑？若是妳見到他本人，就絕對不會了。自始至終，妳都受到書本的約束與雕琢，脫離於俗世之外，因此顯得有些一絲不苟；不過這反而只會使妳更加欣賞這奇人異乎常人的優點。我不時努力發掘他究竟擁有什麼特質，將他提升到高於我所認識的其他每一個人至無可限量的地步；我相信那是一種直覺的洞視力，一種敏捷但從不失誤的判斷，一種能夠看穿事物因由的灼見——與聰明和精確之間並不相等；除此之外還加上流暢的表達能力，以及如抒緩精神的靈魂樂般抑揚頓挫的嗓音。

八月十九日，一七——

昨日客人對我說：「華爾頓船長，你應可輕易看出我承受著其大無比的不幸。曾經，我下定決心讓這些邪惡的記憶隨我而逝，但由於你，我改變了心意。正如我過去一樣，你努力追尋知識與智慧；而我殷切盼望，使你得償夙願的事物別像我的那樣，是條纏著人咬住不放的毒蛇。我眞的不知道細述自己的慘事對你是否有所助益；然而，當我考慮到你現在所追求的正是使我陷於現況的過程，面臨的正是和我當初相同的危險，我猜想，你理當可以推測、並領悟這故事中的寓意；一則假使你事業成功時可以做為指點、失敗時能夠用以安慰的故事。準備聆聽這些通常被認爲不可思議的事件吧！倘若我們是置身在較爲平淡無奇的自然山水之間，恐怕我得擔心你會不肯相信我的陳述，甚或加以奚落嘲笑；但在這些荒涼神秘的地域，許多會招徠不瞭解大自然變化莫測之力的人大笑之事，都將顯得有可能；同時我也肯定，我的故事本身自會不斷傳達其中每個事件自身眞實性的證據。」

妳可以輕易想見，對於他主動提出的交流我是多麼開心，但萬一因爲複述自己的不幸而重新喚起他的憂傷，卻是我所無法忍受的。一方面出於好奇，一方面出於一股但願在能力可及的情況下改善他命運的強烈欲望，我迫不及待地想聆聽他所許諾的故事；在回答中，我表達出這些內心的感受。

「謝謝，」他答道：「謝謝你的同情，但那是沒用的；我的命運幾乎已經結束了。我只等待一件事，而後便將安息。我明白你的感受……」他看出我意欲打斷他的話，接口又說：「但你誤會了，我的朋友，請容許我如此稱呼：任何事都改變不了我的命運！聽聽我的往事吧；你將發覺那已注定的結局是多麼無可挽回！」

然後他告訴我，他將利用隔天我有空時候開始講述；這個承諾引起我一遍又一遍最熱誠的感謝。我下定決心，每天晚上只要沒有太多的職務纏身時，就要儘可能將他白天陳述過的事照他自己的用語記錄下來；萬一事情太忙，至少也要做好摘要——這份手搞無疑將會提供妳最大的消遣；但對我，對我這個認識他，且親耳聽到他親口說出的人而言——將來有天捧著它閱讀時，又會感到多麼深切的興味與同情啊！

即使是現在，當我開始提起筆來，他那抑揚頓挫的聲音仍舊縈繞在我耳邊，閃著光輝的雙眼滿含所有憂愁的善意落在我身上；我看見當他的臉龐因心靈中的喜悅而顯得神采飛揚時，瘦削的手也會興奮地高舉。他的故事必定是既離奇又悲慘，恰似——包圍了航行中的豪華巨輪、並將它摧毀的可怕暴風雨……

第一章

我是日內瓦人❶，出身於瑞士最卓越的家族之一，祖先們曾歷任多年的參事和政務官，父親因而擔任過幾項公職，並且備受讚譽和推崇。由於爲人正直廉潔，對於公共事務關懷不懈，所有認識他的人都很尊敬他。年輕時，他終日爲國事辛勤忙碌，各種因素導致他無法早婚，直到遲暮之年才爲人夫、爲人父。

至於他成婚的細節，正可以爲其性格做一佐證，我忍不住要加以敘述。他有位極要好的商人朋友，原本事業飛黃騰達，卻在走了許多次霉運之後變得一貧如洗。這人姓鮑佛，生性高傲固執，無法忍受在這過去曾因財富、階級而對他頗爲矚目的家鄉，沒沒無聞、一貧如洗地生活下去，因此，在以最守信用的態度償清債務之後，便帶著女兒遷往琉森❷過著悲慘而無人知曉的生活。家父懷抱最眞誠的友誼愛護鮑佛，對他在如此不幸的情況下避居他鄉深深引以爲憂；但是導

❶ 日內瓦：瑞士西南部之一城市。

❷ 琉森：位於瑞士境內，琉森湖西北岸之城市。

致他那好友表現出如此不珍重兩人眞摯情誼行徑的狂妄自負，卻令我父親痛心疾首！他等不及全心全力去尋找他的下落，希望說服對方透過自己的信譽和協助東山再起。

鮑佛隱藏自己行蹤的方式非常有效，家父整整花了十個多月時間才查出他的居所。大喜過望的他立即快馬加鞭，趕往那座位於雷斯附近某條貧陋街道上的住宅；但當他一腳跨進屋內，迎接他的卻只有滿目悲淒與絕望！破產之後的鮑佛身邊只剩一點點積蓄，但也還足以支撐著應付幾個月；而他希望趁這幾個月時間在某家商行找份過得去的工作做。結果，整段時間都在怠惰中白白浪費了；因爲有時間去考慮與反省，反而使他的憂愁更加深、更揪心……最後整顆心靈都被憂傷所盤踞，終於在三個月後病倒臥床，再也無法展開任何努力了。

他的女兒帶著最深的愛意細心照顧他，但她看得出他們僅有的那一點點錢正迅速地耗費掉，而其他又沒有什麼可望賴以維生的東西。然而卡洛琳．鮑佛天生俱備與衆不同的精神，她的勇氣在逆境中竄起，支持她度過難關。她找到簡單的工作：編草製品；同時經由各種不同方式，設法賺到勉強足夠應付生活的微薄收入。

幾個月的時間就這樣過去了。她父親的身體越來越糟，她也就越得用去幾乎全部的時間照料他，謀生的路子也減少了；到了第十個月間，她的父親死在她的懷抱中，留下她變成一個叫化子孤女。這最後的一擊打垮了她！當我父親踏入房裡時，她正跪在鮑佛的棺木旁號啕痛哭。對那可憐的姑娘而言，家父就像個保護神般從天而降。她把自己完全交託給他照料；在處理完朋友的喪葬之後，家父領著她回到日內瓦，交由一名親屬翼護。兩年後，卡洛琳成了他的妻子。

我的雙親之間年齡差異懸殊，但這情況似乎只使得他倆更加親密地鍾愛對方。在我父親正直的心靈中存在一股正義感，致使他高度贊同強烈的愛實屬必要。也許是早年因日後才發覺根本不值得爲喜愛的事物吃過不少苦，因此轉而更加珍惜經過考驗、證明值得重視的東西。他對家母的感情，表現出來的是種感激和崇拜，完全不同於因年齡差距所產生的溺愛。因爲這份情感的產生是緣於對她種種美德的尊崇，和渴望能藉此爲她所承受的悲傷稍做補償的心理，結果反而使他對她的態度帶有一種說不出的優雅，樣樣事情總是順著她的心願、考慮她的方便而做。就像園丁翼護著某株奇花異草不受任何狂風吹襲，他竭心盡力保護她，千方百計讓她置身於所有可能使她那溫柔和藹的心胸愉快的事物間。她的健康，甚至她那在這以前始終平靜堅定的精神，都因所經歷的遭遇而動搖。在他倆結婚之前的兩年間，家父已經辭去所有的公職；婚後不久他倆旋即前往氣候宜人的義大利。景物的變化，加上伴隨遊覽那奇觀處處的國度而產生的興致，成了恢復她虛弱身體的一劑良方。

遊歷過義大利後，他們又轉往德國和法國。我，他倆的長子，便是在那不勒斯❸出生，又在繦褓之中隨著他倆四處閒遊。儘管他倆是那麼相互依賴，賦予我的愛卻彷彿永遠源源不絕。母親

---

❸那不勒斯：義大利西南部海岸之一海港，以其美麗海灘名聞於世。

溫柔的撫慰，還有父親注視著我時親切慈祥的笑容，是我最早的記憶。我是逗弄、戲耍的對象；不止如此，還是——他們的孩子——上蒼賜給他們、要他倆好好扶養成材的天眞無助的小生命。未來的命運操之在他倆之手；是幸福、是不幸，和他倆如何履行對我的職責關係密不可分。單憑他倆對這由自己賦予生命的孩子所懷抱的深刻認知，加上在兩人身上都極爲活躍旺盛的溫柔襟懷，可想而知，我在幼兒時期的每一小時，學到的無非是耐心、慈愛、自制的教養，被一條對我而言彷彿是列歡樂列車上的溫柔鎖鏈牽著走。

好長好長的一段時間裡，我始終是他們倆唯一的牽掛。家母十分渴望能有一個女兒，但我卻一直是他倆的獨生子。在我大約五歲時，他們在到義大利北邊遊覽期間，於科莫湖畔逗留了一星期。仁慈的心性時常促使他們進入貧窮人家的茅舍，這一點，就我母親而言，並不只是一種義務，而是一種必要、一份熱情——憶起自己曾遭受過的苦難，以及如何獲得抒解——促使她轉換角色，扮演起受苦者的守護天使。在一次散步中，一間座落在某條溪谷的寒磣小茅屋，因爲淒淒涼涼地孤立在各羊圈間，吸引了他倆的注意。而圍繞在屋邊那些衣不蔽體的孩子，適足以說明這戶人家的赤貧。有一天，母親趁家父獨自前往米蘭❹時，攜著我一同造訪這間小屋。她見到的是一對辛勤工作，被操煩和勞動壓駝了背，卻無法供五個飢餓的寶寶塡飽肚子的農夫農婦。在五個

---

❹ 米蘭：義大利第二大城，位於北部倫巴底區內。

孩子當中有一名特別吸引我母親的注意，從外表看來，她和他們應出自不同血統；另外四個都是黑眼珠，生就一副粗粗壯壯的小流氓樣；而這孩子卻長得纖纖瘦瘦，漂亮極了。她的頭髮是最閃亮、最照人的純金黃色；儘管衣著寒酸，頭上卻像戴著一頂高貴的皇冠。她的額頭光滑飽滿，湛藍的眼珠清澈得彷如秋水般，兩片櫻唇和五官、臉型又顯得那麼聰慧甜美，看到她的人無不視她爲上帝賜予的傑作，全身上下無一處不帶著神聖完美的痕跡。

農婦察覺到家母驚歎、讚賞的眼神始終定定鎖在這可愛的小女孩身上時，立即熱切地介紹起她的來歷。這小姑娘並非她的孩子，而是一位米蘭貴族孤女。她的母親是德國人，在產下她時過世。小嬰兒被託給這兩個好人撫養；當時他們的家境要比現在好得多，兩人才剛結婚不很久，最大的孩子也還沒出生。委託他倆照料孩子的那位父親，是個沈醉於義大利古時輝煌記憶中的人，獻身於爭取國家自由之志業，終因勢力單薄而成了階下囚。沒有人知道他是否已經喪命，或者是仍囚禁於某座奧地利的土牢中。他的財產遭到沒收，孩子淪爲赤貧的孤兒，繼續留在養父母身邊，在他們簡陋的居處成長，模樣兒比生在滿園子枝葉暗淡的黑莓當中的一朵玫瑰還嬌艷。

等我父親從米蘭回來後，發現有個長得比畫中的帶翼小天使更漂亮的女孩，正在我們家別墅的客廳裡同我玩耍——一個彷彿顧盼之間無不散發光芒，身材、動作遠比山巒間的臆羚（即岩羚羊）更輕盈的小人兒。這不尋常的現象馬上就得到清楚的解釋了。在他的允許下，母親勸服那對貧寒的監護人將這孩子讓給她撫養，他們很喜歡這甜美可愛的小孤兒，有她在，對他們而言彷彿就是種福氣；但在天意提供她這麼有力的保護情況下，他們請教村中牧師，結果伊莉莎白．拉凡薩就被收容到我父母家中，成了我唯一的姊妹——一個漂漂亮亮、討人喜歡，陪著我做所有消遣娛樂的小伴侶。

人人都愛伊莉莎白。所有注視著她的目光都會變成帶著鍾愛和幾近虔敬的依戀，而我也既得意又開心地分享了它。在她被帶到我家的前一晚，母親曾開玩笑地說：「我有份漂亮的禮物要送給我的維克多——明天他就會收到囉！」到了第二天，她把伊莉莎白當己許下的禮物為我引見，而我也帶著孩子氣的死心眼兒，望文生義地解釋她的話，把伊莉莎白當成專屬於我個人的——讓我保護、珍愛、疼惜的可人兒。所有對她的誇獎，我都視為對我自己擁有物的誇獎般接受。我們親親密密地表兄妹相稱。沒有任何語言、任何詞句可以具體形容她之於我是何種關係——我唯一的姊妹，到死為止她都只屬於我一個人的。

第二章

我們相差不到一歲，一同被養育長大。不用說，對於口角、不和之類的情形一概不熟悉，和睦是我倆典型的相處方式。性格的差異和相背使得兩人更親近：伊莉莎白生性較爲鎭靜、專心；而我卻更能帶著滿腔狂熱奮發用功、更深深爲對知識的渴望所苦。她忙於領會詩人們空靈的創作，還有徜徉於我們瑞士家園周遭那些奇異雄偉的景色中——崇山峻嶺壯麗的形勢，四季的變化，暴風雪與風波不興、冬季的寂靜，以及我們阿爾卑斯山區夏天裡的生氣與騷動——她找到了遼闊的領域供她欣賞，排遣時光。在我的同伴帶著嚴肅而滿足的精神凝視事物宏偉的外觀同時，我則津津有味地研究它們的成因。在我心目中，世界是個我亟欲卜測的奧秘。好奇，是爲了明瞭大自然隱藏的法則而展開的熱切鑽研；當它們揭露在我眼前時那份幾近狂喜的高興，都是我記憶所及最早的意識當中的一部分。

在第二個兒子，也就是我七歲的弟弟出生後，我的雙親完全捨棄了他們的流浪生涯，定居在自己的祖國。我們在日內瓦有棟房子，在湖東岸的貝爾萊芙有一天片原野的地方，距離市區起碼有一里格遠❶。我們大多住在那片原野地帶，父母過著相當隱僻的生活。我的性情不喜歡和一大堆人湊在一起，也不喜歡成天黏在某些人身邊，因此，我對同學們大致都很冷淡，不過卻獨獨與一票至交友當中的一個焦孟不離，亨利．柯勒佛爲某日內瓦商人之子，是名無論天賦或者幻想力都超人一等的男孩。他喜愛冒險事業、艱難困苦、甚至純粹爲危險而愛危險。他飽讀俠義與浪漫書籍，創作歌頌英雄的曲子，甚至動手寫下許多施用魔法和英勇冒險的小說。他嚐試要我們演出戲劇，以及參加化妝舞會，裡頭所扮演的角色都是取材自隆塞維列斯❷的英雄們，或圓桌武士中的角色，或者那一連串灑下熱血、英勇地自異教徒手中救回聖墓（按：即耶穌之墓）的俠義之輩。

天底下沒有人的童年會過得比我快樂。我的雙親具有極度和氣、寬容的性情。我們覺得他們不是那種隨著自己反覆多變態度支配我們命運的暴君，而是所有許許多多我們喜愛的樂趣的推動者、創造者。當我和別的家庭抓成一片時，便會清清楚楚體認出自己的命運有多好，孝愛之心也會隨著感激之情油然滋長。

我的脾氣有時很狂暴，感情也十分強烈；但我的熱度基於某些規範並未轉向稚氣的追求，反

---

❶ 一里格（league）：約等於三哩或三浬。

❷ Roncesvalles：位於西班牙北部那瓦爾省之一村莊。

而投射向某種急切的學習渴望，而且不是囫圇吞棗地隨便什麼都學。我承認無論是語言結構、政府法規、各個不同國家的政策對我都不具吸引力。我一心渴望探究的是天與地的奧祕；不管我聚精會神研究的是事物的外在實體、大自然的內在精神、或人類神祕的靈魂，所探詢的仍指向極爲抽象的方向，或者推到極至——乃天地間自然法則的奧祕。

在這同時，亨利．科勒佛可以說是埋首於鑽研事物的心理層面。生命的活躍階段、英雄的果敢豪邁德行、還有人們的行爲作風都是他的主題；而他的希望和夢想，便是成爲那些以英勇冒險、嘉惠世人的名義被記載在故事的人物之一。伊莉莎白聖潔的心靈恰似一盞裝飾聖壇的明燈，在我們詳和的家中照耀。我們愛其所愛，憐其所憐；她的微笑、她那輕柔的嗓音、洸藍的眼珠滴溜溜的一瞥，無時不刻不帶給我們幸福和鼓舞。她是使人溫和、惹人讚賞的愛之化身；天生熱性子而脾氣暴躁的我，若非有她在一旁潛移默化，使我的性情漸漸趨向如她一般的溫和，說不定老早就冷卻一腔學習的熱忱了。至於科勒佛呢——科勒佛那高貴的精神可有任何罪過能夠侵犯得了？然而若無伊莉莎白對他闡明樂施好善，以及完成雄心壯志、實現其高遠目標的眞正可喜之處，恐怕他也不能夠在慷慨之餘設想周到，在對冒險長征的熱愛之間充滿了如此豐富的仁慈與溫和，成爲十全十美的一個人了。

沈浸於兒時記憶之中令我感到異常快樂。當時我的心頭還未沾染不幸的陰影，遠大前程的光明景象也尚未轉變爲自身內心狹隘的陰鬱思路。此外，在描繪自己早年情狀的同時，我也將那些不知不覺，一步步通往我日後這悲慘故事的事件一一記載下來，因爲我心中暗自認爲，那段時期正是孕育往後支配我命運的那股熱情之時。我發現它就像一條發自不起眼角落、源頭幾乎已被遺忘的高山河流般，源源不絕地湧出。

控制我命運的重大特質是物理學；因此，我渴盼在這段敘述中，陳述引領我偏愛那項科學的各種因素。在我十三歲那年，我們參加一支度假隊伍前往桑恩附近的溫泉區。由於天候惡劣，我們不得不被困在旅社裡滯留一整天。在這家旅社中，我無意間發現一冊寇尼流斯．阿古利巴的作品。我興趣缺缺地隨手翻開來，書裡他企圖證明的理論和他所記述的驚人事實，馬上使我由有一搭、沒一搭的態度轉變爲一腔狂熱，彷彿一道新的光芒在我心靈初現；我喜不自勝，蹦蹦跳跳地拿著它到父親面前展示。家父漫不經心地看看書的內容和封面，說：「啊！寇尼流斯．阿古利巴！親愛的維克多，可別把你的時間浪費在這上頭，它是糟糕透了的垃圾。」

倘若當時父親不是這樣三兩句話地否決，而是詳盡對我說明阿古利巴的原理早已被推翻，一套比舊學理有力得多的現代科學學說已經被提出來，因爲前者的立論荒誕不經，而後者眞實且實際；在這樣的情形下，我必定會把阿古利巴拋到一旁，帶著更強烈的熱忱回歸早先的研究，滿足活躍的想像力；甚至很可能我那一系列理念中，也絕不至於涵蓋那股引導我走向毀滅的要命衝動。但家父對我那冊書籍草草的一瞥，使我確信他必定早已熟知書上的內容，於是我繼續嗜之如命地閱讀下去。

等我回到家中，心裡最記掛的事情就是要取得這名作者所有的作品，並且在繼培樂協爾塞斯❸和亞伯特士·梅格納斯以後，津津有味地閱讀並研習這些作家最異想天開的推想；在我心目中，它們就像除我之外鮮有人知的寶藏。我已經形容過自己是個懷著滿腔熱烈渴望、一心想要識透大自然奧祕的人，儘管當代哲學家們戮力不輟，擁有不少神奇的發現，我的研讀帶給自己的仍始終只有不滿意和不滿足。據說艾薩克·牛頓先生❹曾公開承認：自覺像個在遼闊而未經探索的眞象汪洋旁撿拾貝殼的孩子。類似像他這種我所熟悉、在自然科學的各門領域中擁有出色成就的人，即使在我這麼一個小男孩的看法，也覺得像個致力於相同追求的新手一樣。

不曾受過教育的農人觀看生活周遭的自然因素，稔知它們的實際用途。縱然是學識最淵博的教授懂的也不比他多。他已半揭開大自然女神的面紗，然而她的面目特徵依舊是個奧祕、是個謎。他或許細細剖析、詳加辨識、甚至爲之命名過；但，就連它們的次等、乃至第三等成因他都完全不明瞭，更遑論決定性的因素了。我曾眺望那一座彷彿阻止人類進入大自然要塞的防禦區與障礙物，莽撞無知地大發牢騷。

但世上有書，有鑽研更深、瞭解更多的人。我信奉他們所主張的每一句話，成了他們的弟

---

❸ Philippus Aureolus（原名Theophrastus Bombastusvon Hohenheim）。

❹ Sir Isaac Newton（1642-1727）：英國數學、科學家、哲學家。

子。這種情形發生在十八世紀恐怕顯得很奇怪；不過，當我在日內瓦的學校循正常軌道受教育的同時，在極大程度上，仍非常注重自修個人喜愛的研究。家父並非科學家，我得一個人帶著孩童的輕率魯莽、再加上學子對知識的渴求盲目地努力。在這些新導師的指引下，我勤勉不輟地邁入點金石和長生不老藥的研究領域；但很快的，後者便贏得了我全神貫注的注意。錢財乃身外之物，但倘若我能趕走人類身體的疾病，讓人們除了橫死之外不受任何因素傷害，這樣的發明會有多光采！

我的夢想不單這些。依據我所喜愛的那些作者們的著作，鬼魂與撒旦復活的預言幾乎處處存在，而我最急欲尋求的便是此一說法的實現；而倘若我的咒語老是無法生效，我也會歸咎於自己不夠熟練、弄錯了，而不會想到是因爲缺少技術或者對我的導師們產生煩躁之感。就這樣，我一度在豐富的想像加上幼稚的推斷引導下，像個初生之犢似的，埋首於推翻各種解釋天體現象的學說，忙著把無數相互矛盾的理論，一股腦兒結合成一套五花八門而又不值一顧的知識，直到下一樁意外事件改變了我的思潮。

在我十五歲時，我們已遷往在貝爾萊夫附近的鄉下房子過著隱逸生活，這時大家目睹了一陣最強烈可怕的雷霆暴雨由侏羅山脈❺背風面撲來。剎那間，駭人的雷聲同時自天庭的各個不同角

---

❺侏羅山脈：位於西班牙與瑞典之間。

落齊聲轟開。在暴風雨侵襲期間，我始終興致勃勃、好奇地觀看整個過程。正當我佇立門口，忽然看見一株距離我家大約二十碼外的美麗老橡樹上冒出一道烈火；而當那刺眼的火花一消失，整株橡樹已經不見了，除了一段焦枯的樹樁，什麼都不復存在。到了隔天早上我們走近它跟前，只見整棵橡樹碎裂得很奇特。雖然並未被閃電擊個粉碎，卻也完全散成一片片的薄木片。我從未看過一樣東西被摧毀得這般徹底。

在這之前，我對於電的許多特性並不瞭解。這一次，我們身邊正好有位對自然科學極有研究的人士陪著；他爲這場災變大感亢奮，開始爲我們解說起他在電與電流這個主題上所想出的一個理論，而這理論立即令我感到既新奇又驚訝。他所說的每一句話都使得寇尼流斯·阿古利巴、亞伯特士·梅格納斯、和派樂協爾塞斯等等對我的想像具有重大影響的人，相形之下大大失色；但基於某種命運的捉弄，這些人被打倒卻使我不想再追求一貫的研究。我感覺，彷彿世上沒有一樣東西是可能會、或可以被瞭解的。長期以來，我一直全心鑽研的事物突然變得一無可取。出於一種我們年少時大概都有的善變心理，我立即捨棄原先熱衷的項目，將博物學以及其所成果視爲一種畸型且夭折的產物，並對某門恐將永遠無法踏入眞正知識大門一步的冒牌科學抱持最不屑的態度。在這種心境下，我開始專心學習數學和相關於這門科學的分支以紮穩根基。仔細想想，這非常值得。

我們的原動力便是這樣奇妙地建立起來，而且僅靠如此細微的紐帶，便註定要發達或一敗塗地。如今回想起來，我覺得這次近乎奇蹟般的意向與意願之轉變，彷彿是我生命中的守護天使最直接的暗示——是保護精靈爲了避免即使在當時就已顯現在星象中、準備包圍我的暴風雨侵襲而做的最後努力。隨著戒除我那歷史悠久、近來卻令人厭煩的研究而來的心靈平靜和快樂，宣告了她的勝利。從此以後，我學會了在它們的點名之下與邪惡打交道——因爲不受它們的眷顧反而是幸福的！

善良的精靈十分賣力，然而那是無效的。命運之神太具有權威，而她那不容更改的鐵律早已判定我將遭致可怕的徹底毀滅！

第三章

在我到達十七歲時，父母決定我應當前往英格爾史泰德❶上大學。在此之前，我唸的一直是日內瓦學校。但家父認爲使我的教育完整，有必要讓我在除了祖國之外，多瞭解其他各地的風俗習慣，因此我被安排及早啓程；但就在決定好的日子來臨以前，我生命中的第一樁不幸發生了——它，是我未來悲劇的一個惡兆。

伊莉莎白染上了猩紅熱；她病勢沈篤，生命非常危險。在她生病期間，爲了說服母親打消親自照料她的心意，家中起了不少爭論。最初她還順從我們的哀求，但等她聽說自己鍾愛的孩子生命受到威脅後，就再也無法控制內心的焦慮，非要親自守在病床邊看護。她那不眠不休的照料戰勝了凶惡的疾病——伊莉莎白的命是保住了，但這不經三思而行的舉動卻爲保護者本身招徠致命的結果。家母在第二天便病倒了；她的高熱同時伴隨著最驚險的症候；照料她的醫務人員們臉上紛紛流露出情況惡劣已極的預警。即使在瀕死之際，這世上最好的婦人依舊保有她的慈祥與堅

❶西德邊防城市，位於多瑙河流域，同時也是紡織和機械業重鎮。

毅。她把伊莉莎白和我的手交疊在一起，說：「我的孩子，我對未來幸福最堅定的希望，就是指望你們倆結合，如今這期望將會成爲你們父親的安慰。伊莉莎白，吾愛，妳一定要代替我教養我那兩個年幼的孩子。天啊！我好遺憾必須離你們而去；像我這般幸福，這般受鍾愛，告別大家，心中豈能不難受？但這些不是我應有的思想；我將儘可能讓自己開開心心地度過到死亡，在另一個世界裡耽溺於與你們相會的希望之中。」

她安詳地逝去，即使在死時臉上都呈現著愛的容顏。我用不著形容那些最親愛的繫絆被最無可挽回的疾病扯斷是何種感受；還有那心靈的空洞，以及臉上一覽無遺的絕望。我們的心要用好一段時間去說服自己，天天見面的她、其生存已融爲我們自己的一部分的她，竟永遠永遠地離開了——那慈愛目光中的光輝竟已熄滅；那在耳邊聽來如此熟悉又親密的聲音竟已岑寂，再也聽不見了。這只是最初幾天在心頭反覆翻攪的思慮，但隨著時光流逝證實了凶事的眞實性，這時，眞正的悲哀酸楚才一齊湧上來。然而，世上有誰不曾被死神那粗暴的手奪走摯愛的親人呢？我又何必細細形容那人人都曾感受、而且必定相同的感覺呢？終於，到了悲傷已非不可避免、而是縱容自己耽溺於那種情緒中的時候；嘴角的微笑儘管可能被視爲一種褻瀆，卻未被擯絕。家母誠然謝世了，我們卻仍有應當的職責：我們必須與其他人繼續把日子過下去，同時學著認爲仍有一人未被掠奪者攫走，我們算是很幸運了！

我啓程前往英格爾史泰德的日期原本因這些事情而耽擱下來，如今又被重新訂定，家父讓我暫緩幾個星期出發。對我而言，這麼快就離開沈靜得近乎死亡狀態的服喪之家，衝進生氣蓬勃的世界，是一種褻瀆的行爲；悲哀對我來說是種陌生的感受，但並不因此而減少我的焦慮不安。我不願停止看見還存留在身邊的人們；最重要的，我渴望看見我心愛的伊莉莎白的憂傷，能得到一點點的舒解。

事實上，她一直隱藏自己的哀戚，努力扮演大家的安慰者。她鎭定地看待生活，並帶著勇氣和熱忱擔負起生活中的責任，全心全意爲這些從小被教導著視爲親人的人們奉獻。當嫣然笑臉在她臉上重現，並對我們展露時，那是她一生之中最迷人的時刻；在拚命設法讓大家忘記內心的悔恨之際，她甚至忘了自己的悔恨。

離別的日子終於來到！科勒佛過來陪我們共度最後一晚。他曾費盡唇舌，遊說他父親允許他和我一道兒走，成爲我的同學，不過並未奏效。他的父親是個心地褊狹的貿易商；從兒子的熱望和抱負中，他只看見失業和破產！無法接受充分教育讓亨利深感悲哀，他雖不說什麼，但當他開口談話時，我從他那激動的眼神和靈活的斜溜之間，看出一股受到壓抑、但卻十分堅定的決心！絕對不願被套上悲哀繁瑣的商務鎖鍊。

我們通宵未眠，彼此都捨不得離開對方，也無說服自己說出：「再見！」這字眼。然而大家還是說了；個個假裝想睡一覺而回房，彼此想著對方受騙了；可是等到天色微亮，我走近即將載我離鄉的馬車旁，大家卻都已經在場——父親再次祝福我，科勒佛再次緊握我的手，而我的伊莉莎白也重新懇求務必常常寫信回來，同時賜予我這玩伴兼朋友最後的女性殷勤關照。

我登上隨即要載我遠離的輕馬車，沈浸在最憂鬱的省思中。我，一個身邊向來圍繞著親切溫柔、總是一心爲彼此帶來歡愉的親友群間的人，此後就要孤獨落單了。在即將前往的大學裡，我必須結交自己的朋友，自己當自己的保護者。迄今爲止，我過的顯然一直是局限於家中的隱居生活，而這導致我對新面孔產生無可抗拒的排斥。我愛我的弟弟們、伊莉莎白、還有科勒佛——這些都是「熟悉的老面孔」。但我相信自己完全不適合和陌生人相處。這些是我剛出發時腦海中盤旋的念頭；但隨著旅程漸行漸遠，我的精神和希望也漸漸升起。我熱切渴望汲取知識。在家時候，我常覺得年少青春老拘在家中很難受，也一直渴盼踏入社會，在其他人之間爭得一席之地。如今我的渴盼獲得回應了；說眞的，再唉聲歎氣可就太荒唐啦！

前往英格爾史泰德的旅途漫長又累人，我有足夠的閒暇去細思這些以及其他種種思緒。終於，城鎭高聳的白色尖塔映入我眼眸。我下了馬車，被帶到只住我一人的寓所去隨心所欲毫無拘束地度過當晚。

翌日早晨我前去呈遞我的推薦函，並拜見幾位主要教授。命運——或者該說是不幸的勢力，自我不甘不願地離開父親家門，便對我張牙舞爪的毀滅之神——首先把我引到物理學教授克林普先生面前。他是個怪人，但深深沈醉於其學術的奧祕中。他問了幾個有關我在附屬於物理學各個不同領域方面進度的問題，我隨口漫應，並略帶鄙夷地提到幾個我曾拜讀過其作品的煉丹家名字，做爲曾經下功夫研究過的主要著作者。教授瞪大眼睛，說：「你眞的曾經把時間花在研讀這種無稽之談上。」

我給予肯定答覆。「你在那些書本上浪費的每一分鐘，」克林普教授著熱烈激昂地表示：「每一刹那都是完完全全、徹徹底底的損失！你爲那些被推翻的學說和無謂的名字負擔金錢。老天！你究竟住在多偏僻的地方，竟然沒人能好心知會你一聲，你孜孜矻矻、貪求不厭的觀念都是上千年以前、老掉牙的東西？我眞沒想到竟會在這知識大開的科學時代，發現一名亞伯特士·梅格納斯和培樂協爾塞斯的門徒！親愛的先生，你必須徹頭徹尾重新展開你的研究。」

他說著，走到一旁寫下幾本他希望我找到的論述物理學著作書單，並談到他打算從下週開始推出一門主講物理學概論的講座課程；而在他缺席的交換日裡則由另一位教授同事韋德曼教授主講化學，然後打發我離開。

我毫不氣餒地返家。因爲我說過，長久以來我就一直認爲那幾名被教授擯棄的作者並沒有什麼價值；但話說回來，我也沒有因此而增添一點以任何形式恢復這些研究的意願。克林普教授是個聲音粗嘎、長相惹人生厭的碎嘴小矮子，因此，老師的研究並未贏得我的支持。也許是出於我早年因它們而得的結果，使我產生過份冷靜、死心眼的性情。孩提時代，當代物理學專家們所預示的成績始終無法令我滿意，只因當時我年紀實在太輕、在這方面的問題上又乏人指導，才會重踏時光隧道上的知識腳步，拿近代研究者的發現，去和已被遺忘的方家術士們的幻夢交換。此外，我對現代物理學的用途很是瞧不起，但遇到科學大師們致力追求不朽和力量時便不同了；他們的意圖儘管不見成果，卻相當了不起；不過如今情況改觀了，隨著當初大大吸引我對科學建立興趣的那些憧憬破滅，研究者的抱負似乎也受限不少。我必須交出無限偉大的幻想，去換得沒啥價值的實事。

這些是我住到英格爾史泰德後最初兩三天的感想；而這兩三天的時間大半都花在結識當地人和新居處的主要居住者上。但下一週一開始，我便想到科林普教授通知我有關講座的一席話。儘管我無法同意前去聽那狂妄自大的矮子在講壇上傳授見解，卻記起他曾說起那名至今為止始終不在鎮上，以致我一直不曾見過的韋德曼教授將會與他輪流主講的事。

半是出於好奇，半是無事可做，我走進演講廳，不久韋德曼先生也進來了。這位教授與他那同僚大不相同，他外表看來年約五十，臉上卻帶有一股極其和藹的神情，兩邊太陽穴覆蓋幾許灰髮，後腦腦勺的頭髮卻幾近全黑。他的身材雖矮小、身形卻挺直，聲音是我平生聽到最溫柔的一個。他的演講由簡述化學這門學問的淵源、還有經由不同人物的學習而促成的各種進步開始，提到人名之時聲音中充滿了熱情。接著他針對該門科學的現狀提出粗略見解，並做過幾項初步實驗後，他以一段頌詞來為現代化學做個總結，這段頌詞我畢生都難忘：

「這門科學的古代教師做種種不可能之事的許諾，」他說：「但卻一事無成。現代大師很少做擔保；他們知道金屬物質不可能改變本質，而長生不老之藥則只是一種妄想；但這些雙手似乎只是生來掏沙摸泥用，眼睛老是瞻視著坩堝或望遠鏡的哲人們，卻實實在在成就了不少奇蹟；他們侵入大自然的深奧處，揭露它在它的隱秘處是如何活動的眞面目；他們登上天宇；他們發現血液如何循環，還有我們所呼吸的空氣之性質；他們獲得新的、而且幾近無限的力量；他們可以支配天雷、模擬地震、甚至運用幽冥世界本身的陰森氣氛來模仿它的狀態。」

毀滅我的那番教授之語——或者容我稱爲命運之語——便是如此自他口中發出。當他持續讚誦不輟，我覺得自己的靈魂彷彿被一個鮮明可見的敵人牢牢捉住；組成我這人的人體結構中各處不同的栓、楔都被接觸到了；一節接一節的歌誦持續吟詠著，很快的，我的心靈中便充滿了一個想法、一種觀念、一個目標。已被做到的已有這麼多；法蘭康斯坦的心靈在吶喊——我將達成更多，更多得多……踩著已經烙下的腳印，我將做一開路先鋒，探測未知的力量，向世人揭開宇宙最深沈的奧祕！

當晚我一夜沒闔眼。我的體內正陷於一種騷亂暴動的狀態；我感覺那狀況即將自彼時引發，只是我無力呈現出來。漸漸地，到了破曉以後，睡神降臨了。醒來以後，昨夜的思緒就像場夢一般，只剩下一個決心依舊存留，那就是恢復自己老早以前的研究，全心全意爲一門我自認頗有天份的科學奉獻心力。就在同一天，我前往拜見韋德曼教授。他私下的言行舉止甚至比在公開場合更溫文、更具吸引力。因爲他在演講中所帶有的一股威嚴丰采，回到自己家中就被最和悅、最親切的氣質所取代。我向他提出和在他那教授同事面前幾乎相同的早期追求學問方向的報告。他全神貫注地聆聽有關我學習過程的小小敘述，在聽到寇尼流斯·阿古利巴和培樂協爾塞斯之名時露出淡淡一笑，但並沒有像克林普教授那樣流露一副不屑的樣子。

他說：「這些人士百折不迴的熱忱爲後人的學識紮下大半基礎，是現代學者們所深深感激的。他們曾在揭開許多事物眞面貌的過程間，付出極多的心血，而把一項較爲輕易的工作留給我們：那便是爲它們命妥新名、歸納到相關的類別中。天才們的努力無論經過如何誤導，最後總是很難不轉往對人類有實質利益的方向。」我凝神傾聽他那不帶一點傲慢或煽情的敘述，然後補充表明他的演講解除了我對現代化學家的偏見。秉持一個後生晚輩對他的指導者應有的謙虛和尊敬，以審愼的措詞向他自我表白，絲毫不洩露（生活經驗的稚嫩勢必會使我感到難堪）一丁點兒激勵我投入未來計畫從事的努力那股熱忱，我向他請教自己應該找出哪些書籍來研讀。

之後，他帶我進入他的實驗室，對我解說各項器材的用途，指導我哪些該自己購置；並允諾一旦我在技術上有長足進步，不致弄亂了機械結構後，可以使用他個人的器材；另外他還把我需要的書籍名單開給我，接著我便告辭了。

就這樣，結束了值得我紀念的一天。它，決定我往後的命運！

第四章

從這天起，自然科學——尤其是化學——以其包羅萬象的寓含，幾乎占去我所有的心思與時間。我廢寢忘食地捧讀那些現代研究者們在這些科目上的著作，其內容是如此才華洋溢、如此具有鑑別力。我出席講座，培養對大學裡面學術人才的認識，結果發現，即使是克林普教授也具有非常健全的判斷力和眞材實料的學問；縱然相貌舉止惹人生厭，卻也不因此而降低其價值。從韋德曼教授身上我獲得眞正的友誼。他的溫文爾雅從不受武斷思想所漸染，傳授知識時絕不因想賣弄學問，而擯棄一貫的開誠布公態度與和善脾氣；他運用無數種方式爲我鋪好求知的坦途，將最深奧難解的問題處理得條理分明、淺顯易懂，好配合我的理解力。

最初我的用功情形時好時壞，難以穩定；漸漸地，卻在持續努力之中獲得發憤苦讀的動力，不久對於汲取學問的態度就變得焦渴如焚，以至常常到了天星在晨光之中隱沒時，我還在自己的實驗室裡忙碌著。

由於我是如此勤奮向學，因此可以輕易誇口自己進步神速。我的熱忱著實令同學們咋舌，進步速度則教師長們大吃一驚！克林普教授常帶著一抹詭譎笑容，問我：寇尼流斯．阿古利巴近況如何？而韋德曼教授對我的進步則顯露出由衷的狂喜。兩年時間就這樣過去了。這當中我不曾回過日內瓦探望，只是全心全意追求某些我所期望得到的發現，除非親身體驗過的人，誰也無法想像科學的誘惑。在其他學科領域裡，前人走多遠你便跟著走多遠，沒有更多東西要認識。但在科學的追求中，卻時時有不斷的精神食糧等著人去發現、去探查。凡是具備足以緊緊追隨某門學問腳步能力的中庸之資，都絕對可以在那門學科達到相當精通的程度。

而我，一個不斷尋求能夠得到某個追求目標，全神貫注埋首其中的人，進步是如此之快，以至兩年下來，我在改進部分化學儀器已有些發明，爲我在大學中贏得不少尊敬和欽佩。等我到達這個程度，對於自然科學理論和應用也變得和在英格爾史泰德授課的教授們一樣熟諳後，留在那兒對於精益求精已經沒有助益了；於是我想到返回家鄉，回到自己的朋友們身邊。這時候，突然發生一樁使我延長停留時間的事。

在病理學上，有個人體構造項目特別吸引我的注意；事實上，任何具有生命的動物身體構造都是。因此，我時常自問，生命的運作是否持續不斷？這是一個大膽的問題，也是個向來被視爲深奧難解的問題；但若非怯懦和粗心限制了我們的鑽研，有多少事物都是瀕於被透徹瞭解的邊緣？我打心裡對這些因素起反感，因此下定決心，要特別對那些隸屬於生理學的自然科學各學科多下些苦功。若非早已受到一股超乎尋常的狂熱支配，我對這項學問的鑽研必會心生厭煩，甚至幾乎到達無法忍受的地步；爲了研究生命的起源，我們必須先求助於死亡原因。我對解剖學早已經有了充分認識，然而這仍不足夠，我還必須觀察人的自然衰退腐敗。

家父在我的教育方面事先提醒過我的最大警告，就是要我的心理務必不受任何不可思議的驚恐影響。我的確不記得曾為什麼迷信故事發抖過，或害怕幽靈之類的……黑暗在我的幻想力上不見半點作用，墓園對我而言不過是收容喪失生命軀體的地方。那些軀體原是力和美的所在處，而今早成了蟲子的食物。這時我被引來檢驗這種腐化的原因和過程，不得不在地下墳墓和停屍間裡度過幾晝夜。我的注意力全鎖定在每一樣令人類脆弱的情感最難以消受的事物上。我觀看美好的人體軀殼是如何遭侵蝕、被毀損；我目睹死亡的腐敗緊接生存時的美貌而來；我看見腐蟲如何繼承眼睛和腦子的奇觀。我停下來，小心翼翼檢視並分析所有細節，做為由生到死、由死到生之間變化的範例，直到在這昏暗之中一道光芒驀然照到我身上——一道照耀出無邊景象，看得我眼花撩亂的強光。我很訝異在歷來眾多把研究方向指向同一門科學的人才中，這驚人的秘密竟一直保留到今天，才獨獨被我一人發現！

記住，我可不是在紀錄一個瘋子的幻想。那道如今經我確認實際出現過的光芒，要比陽光更加耀眼光亮。也許它是某個幻術之下的產物，然而卻清楚呈現發現之路的可行。歷經多天沒日沒夜、忙得天昏地暗的工作和努力，我不僅發現生育和生命的起因；並且更進一步，還能自行賦予無生命的物體生氣。

最初因這發現而感受到的驚愕，不久就被開心和狂喜所取代。在為這艱苦工作耗費那麼多時日後一下達成自己的渴望，正是最能滿足我的辛勤努力之成就。但這發現是如此偉大、如此勢不可擋，抹滅了我這一路步步行來的腳印，讓我只看見它的結局。自宇宙生成以來，多少聰明睿智之士埋首鑽研、一心渴望的東西，如今已在我的掌握之中。它倒不盡然像個幻影，倏忽之間全然呈現在我眼前：我所見到的訊息，與其說是爲了呈現那已經完成的目標，不如當做爲求儘速指正我的努力，使它們朝著我研究的目標方向進展才出現的實況。我就像那些殉葬之後又找到一條生路的阿拉伯人，僅僅憑藉一線隱約閃爍、效果不彰的光線指引。

我從你急切的神情和眼神流露的納悶與期盼看出，朋友，你希望我告知當初所探究到的秘密；我辦不到！耐心聽完我的故事，你自會恍然大悟我爲何對那話題有所保留。我絕不會在你像我當時一樣熱情而又沒有防備的情況下，領著你走向毀滅和必然的悲劇。從我這裡，就算不是經由我的規誡，至少也是經由我的例子，瞭解知識的追尋是何等危險，明白相信自己的家鄉就是全世界的人是何等幸福！然後，這個胸懷大志，渴望成爲更偉大人物的人就會自行斟酌了！

當我發現自己手中握有如此驚人的力量，我躊躇許久，考慮應當如何運用它。儘管我擁有賦予無生物生氣的能力，但想要準備一具纖維、肌肉、血管等等錯綜複雜組織樣樣齊備的身體來接收它，依舊是件異常困難且吃力的工作。一開始，我猶豫該嘗試創造一個像我一樣的生命，或者是個組織簡單一些的東西：但我的想像力被最初的成就捧過了頭，再不容許我懷疑自己眞有能力，足以賦予如人一般複雜奇妙的動物生命。就一項如此艱鉅的工作而言，目前可供我支配的素材實在貧乏得可憐，但我毫不懷疑自己終將成功。我替自己設想過衆多負面狀況；我的操作恐怕會不斷遇到障礙，最後的成果也會不盡完美：然後當我考慮到科學與機械學的進展正當日新月異便深受鼓舞，期盼我眼前的試驗至少能爲將來的成功打下基礎。此外我也無法把自己的計畫之龐大繁複，視爲它難以實行的任何理由。我帶著這些感受，展開創造一名人類的工作。由於各個部分的精細大大防礙了我的速度，於是我決心違反最初的意向，塑造一個體型巨大的人；亦即，高約八呎，大小按照相對比例。在形成這個決定，並花去數月時間成功地收集、準備好材料之後，我動手了。

誰也無法想像在最初那股成功的狂熱中，像陣狂風暴雨般，推動我向前的種種感受。生與死在我心目中就像兩道最終的界限，正是我應該首先突破，並爲我們的黑暗世界注入一股光明激流的地方。我將會以某一新物種的創造者與泉源的身份而受到他們的感激；許多快樂而優秀的個體都會將他們的存在歸功於我。沒有一位父親對自己的孩子能像我之於他們一樣，當之無愧地要求其感恩。依著這些思緒往下細想，我想既然我能賦予無生物生氣，說不定遲早（儘管我現在發現那是不可能的）也能爲已死透腐壞的屍身恢復生命。

當我帶著持續不斷的熱情投入工作的同時，這些念頭鼓舞我的精神。我的雙頰因研究而蒼白，我的身體因禁閉而憔悴。有時候，就在眼看著篤定沒問題時，我失敗了；然而我依然緊抱那很可能在下一天、或者下一個小時就會實現的希望。我全心投入奉獻的那個希望，是我獨自擁有的秘密。當月兒遙遙注視我的午夜勞動時，我正屏氣凝神、毫不鬆懈地急於對大自然刨根究底，一直挖到她的隱秘處。當我將手插入不聖潔的墳墓濁氣間，或者為賦予無生命的人身生氣而折磨存活的動物時，有誰來分擔我這秘密工作的恐怖？此刻我的四肢觳觫，雙眼浸浴在回憶裡；但當時一股如排山倒海、幾近瘋狂的衝動卻直催促我往前衝。我彷彿喪失所有的理智和品德，腦子裡只剩下這個研究。

事實上，這不過是一時的神志不清，一旦那反常的刺激停止運作，只會讓我馬上恢復敏銳的感覺，回歸舊習性。我用污穢的手指自停屍間裡收集骨頭，擾亂人體驚人的秘密。我將屋頂上一間藉著樓梯間、和一條通道隔離其他所存房間的單一套房——或者該說是牢房——做為創造那醜惡之物的工廠；我的眼珠子在參與工作細節時，震驚得從眼袋中突出來。解剖室和屠宰場所裡陳設著許多我的材料。常常，我的人性和強烈的憎惡反叛了我的工作；然而，在這同時一股逐漸增強的熱切卻依舊在鼓噪。終於，我的努力快要有結果了！

夏天，就在我全力以赴，專注於這項研究之中過去了。那是個最美麗的季節；田原帶來四季中最豐盛的收穫，葡萄樹也產出最豐富的葡萄酒；而我的眼睛對大自然的魄力卻視若無睹。讓我疏忽了周遭景色的那些感受力，同樣使我幾乎忘記相隔遙遠、許久不曾謀面的朋友們。我知道自己的音訊全無令他們心神不寧，也清楚記得父親的話語：「我知道當你對自己滿意時必定會深情地想著我們，而我們也會經常收到你的來信；萬一我將你的任何聯絡中斷想成你同樣疏忽了其他職責，請原諒！」

因此，我一方面很清楚父親會有什麼樣的感受，一方面又必須全神貫注於工作上，絕對不能夠分心二用。縱然這工作令人作嘔，卻又難以抗拒地操縱了我的想像力。我盼望保持當時情況，將所有屬於自己個人感情的事，延宕到那吞噬了我所有天性的偉大目標完成後再來談！

當時，我認爲假使家父把我的疏忽當成我的過錯或缺失，未免太不公平了，而今卻深信他認爲我多少該受責備並沒有錯。一個十全十美的人應當永保寧靜詳和的心境，絕不容許任何熱情或一時的渴望打亂自己的平靜。我不認爲追求知識應成爲這條規則的例外。倘若你所投入的研究有剝奪你眞摯情感的趨向，可能破壞你對那些示不可能因爲任何因素而打折扣的單純樂趣之喜好，那麼該項研究就必然是違法的；也就是說，不適合人類的心靈。假使這條法則能被奉行不渝，假使誰也不允許無論任何追求去干擾他家庭情感的穩定，希臘便不致遭受奴役，凱撒大帝就可使他的國家免受暴政之苦，美洲的開發將更循序漸進，墨西哥和秘魯也不會被消滅了。

總之，我一時忘了自己正說到整個故事中最吸引人的一部分，而你的表情提醒了我繼續往下講。家父在來信之中並未譴責我，只是比以往更深入詢問我所從事的活動，顯示他對我音訊全無的關注。冬天、春天、夏天都在我的勤勉工作中匆匆掠過，而我卻將所有精力傾注在自己手頭的工作上，不曾觀賞過去一向帶給我無限喜悅的繁花與綠葉。那一年的樹葉在我的工作即將告一段落前即已凋零！

這時的我，一天比一天更清楚看出自己進行得多麼成功。只是我的熱情遭到焦慮所阻；我看起來不像個埋首於自己鍾愛之事的藝術家，反而像是被判處在礦坑裡做苦工、服勞役，或者其他任何有害行業的人。每天晚上我都被一股悶熱壓抑著，人也變得神經質到令人痛苦的地步；一片樹葉飄落都能嚇我一跳！我像個罪犯似的，避開所有的同儕，我不時因察覺自己變得形銷骨立而猛然心驚！唯一支撐著我的是我旺盛的決心：我的工作就快結束了，而且我相信屆時運動和娛樂將會趕走初發之病；同時我對自己承諾，等創作完成之後這兩者我都將擁有！

第五章

在一個陰冷的十一月夜晚，我目睹自己辛苦的工作完成！我帶著幾近亢奮的急切渴望收拾好身邊的生命儀器，以便爲躺在我身邊那具無生物注入一點生命。

當時已是淩晨一點；雨水陰沈沈地打在窗板上，我的蠟燭就快燃盡了。忽然，在將要熄滅的暗淡燭光下，我看到那東西一隻呆滯的黃眼睛睜開了；它吃力地呼吸著，一陣抽搐的動作顫動它的四肢。

我該如何形容自己對這悲慘成果的感觸，或者該如何描繪這經由我千辛萬苦塑造而成的可憐人？他的四肢比例勻稱，而且我還把他的五官挑得漂漂亮亮。漂亮！我的天啊！他的黃皮膚剛剛好蓋住肌肉及其底下的動脈成品；他的頭髮是黑褐色的，牙齒如珍珠般潔白；但這些華美之處只會使他那雙水涔涔的眼睛相形之下顯得更恐怖！那雙眼睛的顏色看起來幾乎和嵌著它們的淡褐色眼窩、慘白的膚色、及深黑色的雙唇一模一樣。

人生的無常際遇遠不如人類的情感多變。我辛苦工作兩年，目標只有一個——爲副無生氣的軀體注入生命——爲了它，我賠上休息和健康。我帶著超乎尋常的熱情渴盼做到了。可是如今工作才一完成，美麗的夢想也跟著破滅，令人屏息的畏怖和厭惡充滿了我胸臆！受不了自己所創造這東西外觀的我衝出工作室，在臥房裡踱了大半天腳步，始終無法平心靜氣下來，我和衣倒在床上，努力尋求片刻的遺忘。

但這是沒用的；不錯，我睡著了，卻飽受最狂亂的夢境打擾！我以為自己看見伊莉莎白，健健康康，走在英格爾史泰德街道；我驚喜交集，擁抱著她，在她的雙唇上印上我的初吻，而她的嘴唇卻變成死灰色；她的五官開始變化，我覺得懷中抱的是亡母的屍體；一襲壽衣裹著她的身軀，我看見腐屍蟲在法蘭絨布褶之間裡爬來爬去！我嚇得從夢中驚醒，我額頭冒著冷汗，兩排牙齒格格打戰，四肢都在痙攣。

這時，在強行穿透百葉窗的暈黃月光中，我看見那個可憐人——我一手創造出來的不幸怪物！他抓起床罩，兩隻眼睛——如果可以稱之為眼睛的話——盯著我；他的嘴巴張開，喃喃吐出幾個咿唔不清的聲音，咧著嘴，扭曲了他的臉型。也許他說了話，不過我沒聽到；一隻手往前伸，彷彿是要攔住我，可是被我閃過並且衝下樓。我藏身在自己居住的那幢公寓樓房庭院裡，度過剩下的大半夜，提心吊膽地傾聽每一個聲音，彷彿每一聲都是宣告那不幸由我賦予生命的狂魔接近了。

噢！沒有人能承受得了那副恐怖的尊容！就算一具被重新賦予生命的木乃伊，也沒那可憐蟲的醜陋嚇人！我曾在工作尚未完成時凝視著他；當時他是很醜陋，可是等那些肌肉、關節被賜予活動能力後，卻更成了一件連但丁❶也無從想像的東西。

我淒慘地度過那一夜。有時我的脈搏跳得快速又強烈，使我感覺到每條動脈的悸動；而在其他時間裡，卻又險些因倦怠和極度虛弱而倒地。除了恐懼外，我還在其中感受到絲絲失望的心酸！長久以來一直是我的養料兼愉快休息的夢境，如今成了我的地獄！而這變化又是如此快速，瓦解得如此徹底！

又陰又溼的早晨終於降臨了，我那雙徹夜未闔的酸痛眼睛望見英格爾史泰德教堂，和它的白塔與時鐘，鐘面指向六點，門房打開當了我一夜避難所的庭院大門。我急忙走到街上，快步離開，彷彿在尋求躲避那個我每一走到街角，就害怕迎面撞見的可憐人之道；儘管天上烏雲密佈，看似就要下場大雨，我還是不敢回到住處，只覺得一直被逼策著快走！快走！

我繼續這樣如喪家之犬般狂亂地在街上胡走一陣，拚命想藉肉體的運動抒解在心頭上的沈重負擔、渾渾噩噩地滿街飄盪！

在驚懼中，我的心跳急促、步伐零亂倉惶，完全不敢東張西望：

---

❶ Alighieri Dantean（一二六〇～一三二一）義大利詩人。〈作者註〉柯雷爾基詩作Ancient Mariner（古水手）。譯按：山繆爾．泰勒．柯雷爾基（一七七二～一八三四），英國詩人、哲學家。該詩原名The Rime of the Ancient Mariner（古水水歌謠，爲柯氏代表作之一。）

似一個，走在荒涼路上的人
悽悽惶惶，走得提心吊膽，
行路中一度回頭張看後，
從此再也不敢把頭轉；
因為他知道，一個嚇人的惡漢
亦步亦趨追著他的腳步趕。（作者註）

走著走著，我終於來到那間平常停靠各路公共馬車和一般大馬車的旅舍對街，莫名其妙地暫停腳步，兩眼盯著一部從街道另一頭奔來的馬車注視好幾分鐘。等它靠近之後，我看出那是一部瑞士馬車；它就停在我佇立之處。車門打開，我看到的是一望見我立即往下跳的亨利．科勒佛！「我親愛的法蘭康斯坦，」他大叫：「看到你眞棒！多麼幸運呵，你竟然正好就在我下車的時候到這裡來！」

見到科勒佛的興奮是任何事也無法比擬的；看到他，就讓我想起父親、伊莉莎白、和所有在記憶中如此親密的家鄉風物。我緊緊抓著他的手，暫時忘卻自己的驚懼和不幸；突然間，我感到好幾個月以來的第一次平靜，和安詳的喜悅。因此，我以最熱忱的態度歡迎這位好友，相偕走向我的學校。科勒佛接著又說了些我們倆共同的朋友近況，還有他如何能夠幸運獲准到英格爾史泰德來。「你可以輕易想見，」他說：「我是費了多大力氣才說服家父，必要的知識並不單單只有優秀的簿計而已。其實，我相信直到最後一刻他都不怎麼相信我的說法，因為對於我鎮日死纏活賴的懇求，他老是套用一段『威克菲的牧師』裡那位荷蘭校長的話打我回票：『我博學廣聞年賺一萬弗羅林❷，不挑精揀細吃得痛快。』不過最後對我的疼愛終於戰勝了他對學習的厭惡，允許我到這知識國度從事一趟發現之旅！」

「看到你真叫我快活極啦！不過請先告訴我你離開時，我的父親、弟弟們、還有伊莉莎白他們都好嗎？」

「很好！非常快樂！只是對於你的疏於連絡感到有點不安！對了，我本想代他們數落你一頓的！可是，親愛的法蘭康斯坦，」他猛然住口，緊盯著我的臉龐：「我得先說聲你的樣子看起來好糟！這麼瘦又這麼蒼白，好像已經熬了好幾個通宵似的！」

「你猜得不錯！近來我一直全心投入某項工作，因此就像你說的，沒有辦法充分休息。不過我希望，真心誠意希望，這所有的事務全都忙完了，好讓我終於可以空閒下來。」

我劇烈顫抖著！一想到昨夜發生的事我就難以忍受，更遑論要提起了。我快步走著，很快地兩人就來到校區。這時我想起那被我丟在房間裡的東西恐怕還在那裡，而且活生生地到處走動，

❷ florin：歐洲各國在不同時代所使用的金幣或銀幣。在英國，一弗羅林（銀幣）值二先令。

不由自主地渾身戰慄起來。我害怕看到這怪物，更怕亨利見到他。因此，我央求他先在樓梯底下稍侯幾分鐘，自己箭步衝往我的房間。我不假思索地把手搭在門鎖上，略一沈吟，一陣機伶伶的冷顫傳遍全身！就像小孩子預料有隻幽靈鬼怪在門裡等著自己那樣，我猛力推開房門；但，裡頭什麼都沒有。我心中七上八下地往裡走：房子裡頭空空盪盪的，臥室內也不見那醜陋賓客的蹤影！我簡直不相信這天大的好運能夠降臨在自己身上，但等到一確定那名大敵眞的已經走掉後，立即開心地鼓起掌來，飛奔下樓去接科勒佛。

我們進了我的房間，傭人立即端來早餐，而我卻完全失去自制！我全身並非僅遭興奮支配；我覺得自己的肌肉因神經過敏而刺痛，脈搏跳得非常快！我不能固定在某個位置待上一秒鐘；我拍著手，放聲大哭，一張椅子跳過一張椅子……科勒佛最初將我的異常精神狀態歸因於高興他的到來，可是再一密切觀察，卻從我眼中看到一抹令他難以解釋的狂亂！而我那無法克制的冷酷大笑聲，更讓他感到震驚害怕！

「我親愛的維克多，」他高喊：「我的天，究竟是怎麼一回事？不要那樣狂笑個不停！你的樣子好嚇人！到底是爲了什麼原因？」

「別問我；」我捂著眼睛大叫；因爲我自以爲看見那駭人的鬼魅飄進房裡。「他可以告訴你！噢，救我！救救我！」我幻想那怪物抓住了我；我瘋狂掙扎，隨即突然昏倒。

可憐的科勒佛！他心底會是什麼感受啊？一次他興沖沖滿心期盼著的相會，卻這般莫名其妙地轉變爲心酸！不過我並未目睹他的憂傷；因爲我已經失去了意識，一直到好久好久以後才恢復知覺。

這是一場禁錮我達數月之久的神經緊張型高燒。這麼長一段時間裡，亨利是我唯一的看護。事後我得知，由於家父年事已高，不適合長途旅行，而我的病情又必定會使伊莉莎白焦慮、苦惱不已；他隱瞞了我的病情嚴重程度，好讓他們不致太擔心。他知道沒有人能比他更加親切、細心地照顧我；同時，在毫不懷疑我必將復原的堅定希望下，他不但沒害他們窮擔心，並且盡可能對他們採取最善意的回應之道。

但是我眞的病得很重！若非好友持續不斷、無微不至的照顧，我絕對不可能恢復清醒。那由我親手賦予生命的怪物，身影隨時出現在我眼前，而我也不時發出和他有關的囈語！我的話語無疑讓亨利大吃一驚；最初他相信那是出自我精神錯亂狀況下的幻想，但由於我持續不斷地重複同樣的主題，他終於漸漸相信我的精神失常其實是源於某椿罕異而可怕的事情。

我在頻頻令好友緊張、擔憂的復發之中，以非常緩慢的速度復原。我記得在自己初次又能帶點兒愉快心情觀賞戶外景致時，便發現落葉已無蹤跡，遮住我窗口的那些樹木正吐出嫩芽——那是個絕佳的春天；這個季節對我的健康恢復大有助益。另外我也感到胸中的喜悅和愛的情操復甦了！我的抑鬱已然消失，剎那間變得像在被那陣要命的熱情侵襲前一樣快活！

「最親愛的科勒佛，」我嚷著：「你對我是多麼仁慈、多麼好哇！不但沒有把時間用在自我期許的學業上，反而全花在我的病房裡。我要如何才能報答你？惹出這種教人失望的情況來，我覺得懊悔極了！不過你一定會原諒我的。」

「只要你別自責不安，趕緊快快好起來，就是對我最完美的回報了！而既然你現在看起來精神這麼好，我想和你談談一個話題，可以嗎？」

我微微顫抖著！一個話題！是什麼話題？他指的會不會是那個我連想都不敢去想的話題？

「鎮定下來。」科勒佛注意到我的臉色變化，說：「若是這會讓你情緒激動的話，我就不提；只是倘若令尊和表妹能夠收到一封你親手寫的信，一定會感到非常高興。他們根本不曉得你病得多重，加上這麼久都沒有收到你的信，更讓他們心底惴惴不安。」

「就只是這件事情嗎，我親愛的亨利？你怎會以為我第一個思緒，竟不飛向那些我所深愛、而且值得我愛的最最親愛的朋友呢？」

「既然你目前正有此熱情，朋友，或許你會樂於看看一封已經躺在那裡等你好幾天的信。我相信，是你表妹寄的。」

第六章

科勒佛接著把他所說的信塞進我手裡，正是我的伊莉莎白寄來的：

親愛的表哥：

你生病了！病得很重！即使親愛的亨利好心地一封接著一封寫信回來，也不足以讓我對你的情況安下心來。你被禁止書寫——不許握筆；但沒有你的隻字片語，親愛的維克多，我們完全無法舒解焦慮。好長一段時間，我每看到一次郵差就會以爲其中一定有你的信，而姨丈更是在我三番四次的勸阻之下，才勉強沒有親自動身到英格爾史泰德去。我的確避免了他在這麼長的旅程中遭遇不便或危險，可是自己卻又多麼時常遺憾無法自行前去！我想像自己取代了某個花錢僱來的老看護，親自在你病床前照料；她絕不可能像你可憐的表妹一樣善解你意，也不可能像我一樣細心、深情地執行你的意願。不過現在這一切都過去了！科勒佛來信說你病況眞的好多啦！我熱切盼望你很快就能以親筆字跡來確證這訊息。

復原——並回到我們身邊，你將會發現一個幸福、愉快的家，還有深深愛你的朋友們。你父親身體硬朗，只求見到你，只想確定你平安無事；永遠別讓他慈藹的容顏，籠罩上掛慮的愁雲！若知道我們的恩尼斯特有多大進步，你不知會有多麼快活哩！他現在已經十六歲，活潑好動、朝氣蓬勃、一心渴望當個道地的端士人，加入國外部隊；可是至少在他的長兄回來前，我們不能與他分離。姨父對遠赴遙遠國度從軍的主意有些不悅，但恩尼斯特不像你那麼能夠專注用功。他視學業爲可恨的束縛，把時間全花在戶外；不是爬山、就是在湖中划船。我擔心除非我們讓步，允許他加入自己所選擇的行業，他會變成一個游手好閒的人。

除了兩個親愛的孩子一天天長大，自你走後一切大多如往常。碧藍的湖水和白雪皚皚的山頭——它們從不改變！我想我們安詳的家園和知足的心，正是受到同樣的不變定律在支配！細微瑣事塡滿了我所有的時間，也逗我過得開心，看到大家快快樂樂，還有身邊圍繞的親切面孔，我的辛苦就有了補償。自從你離開我們以後，我們小小的家庭圈只有一項改變：你可記得佳絲婷．莫里茲是在什麼樣的情況下加入我們家中的？或許你不記得了，因此我將簡單敘述一下她的往事。她的母親莫里茲夫人是個帶著四個孩子的寡婦，佳絲婷排行老三。這女孩向來是她父親的心肝寶貝，然而基於某種奇怪的性格偏差，母親卻完全無法忍受她，甚至在莫里茲先生過世後，苛刻地虐待她；阿姨注意到這情形，於是在她十二歲時勸服她母親讓她住進我們家。我們國家的公家機構所制訂的規矩，比起周圍那些君主政治國家的制度簡單、快樂多了。因此這裡各個階層的居民之間也就沒有那麼明顯的區分；而較低階層的民眾既然不像其他國家的那麼貧窮、受輕賤，舉止態度自然就比較端正文雅。一個日內瓦的僕人和英、法兩國的僕人之間所代表的意義是不相等的，於是成爲我們家中一份子的佳絲婷學會做僕人的義務，而也正因爲是在我們這幸運的國家，這其中並不包括不受教育的觀念和犧牲做爲一個人的尊嚴！

你應當還記得，佳絲婷是你非常喜愛的女孩；我想起有次你曾經表示，要是你情緒惡劣，只要佳絲婷的一瞥就可以趕走你心頭的陰霾，理由和阿里奧斯多對於安潔莉卡之美的觀感一樣——她看起來如此率眞、快樂！阿姨對她極爲疼愛，所以在原先打算讓她接受的教育外，又讓她有更高的唸書機會。她的恩惠得到百分之百的回饋；佳絲婷是全世界最懂得感恩圖報的小人兒：我的意思並不是她做過什麼表示；我從未自她口中聽到什麼感激之類的話，不過你可以從她眼中看出她對自己的女保護人幾近崇拜的情懷。儘管她性情活潑，在很多方面都顯得輕率莽撞，可是對阿姨的一舉手一投足卻無不全神貫注地留意。她視她爲集所有菁華於一身的模範，竭盡全力倣效她的遣詞用句和舉止神態，以至於即使到現在，她仍常使我回想起阿姨！

在我最親愛的阿姨過世時，大家都太沈溺於自己的哀傷中，沒有人注意到一直憂心如焚、關愛地照料著她病情的佳絲婷！可憐的佳絲婷病得很重，可是還有其他的考驗等著她呢！

她的兄弟姊妹一個接一個相繼亡故了，母親除了這個備受她冷淡的女兒外，身邊已無子女。那婦人的良心不安了；她開始認爲幾個心愛的孩子之死，是上天爲懲戒她的偏心所做的審判！她是名天主教徒，我相信想必是聽她告解的神父堅定了她原先的假想，於是，在你動身前往英格爾史泰德的幾個月之後，佳絲婷被她那後悔不已的母親召回家。可憐的女孩！離開我們家時她淚如雨下，自從阿姨死後她整個人改變不少；悲傷使得原本活蹦亂跳的她言行舉止變得輕聲細氣、嬌柔委婉不少。回到母親家中居住，也無法使她恢復活潑愉快。可憐的婦人在懺悔之中態度搖擺不定。她常乞求佳絲婷寬恕她的不仁不愛，但卻更常把她兄弟姊妹的死都歸咎於她。持續的煩躁終於使那婦人陷入衰弱狀態；最初只是脾氣越來越暴躁，現在卻永遠安息了！她死在去年冬初，第一波冷天氣接近之時，佳絲婷又回到我們身邊；我向你保證一定好好愛護她，她非常溫婉聰慧，而且美得令人驚艷！正如我前面提到過的，她的儀態神情，時時教我回想起心愛的阿姨。

另外，親愛的表哥，我還必須告訴你幾句關於小寶貝威廉的話，眞希望你能看見他。在同年齡的孩子裡他算很高的啦；有著帶笑的甜蜜藍眼睛，黑黑的眼睫毛，還有一頭鬈髮。當他笑的時候，兩邊臉頰各自綻開一朵梨渦，臉色健康又紅潤。他已經有了一兩位小妻子，不過五歲的小美女露薏莎．畢隆是他最心愛的一個。

接著，親愛的維克多，我想你一定盼望聽聽有關日內瓦這些好鄉親的閒談吧！美麗的曼斯菲爾德小姐已經開始為她即將舉行的婚禮，接待前來道賀的賓客了，對象是名英國青年——約翰．梅爾本恩先生；她的醜姊姊梅南則在去年秋天嫁給富裕的舉行家杜維拉先生。至於你很要好的同學路易士．曼紐自科勒佛離開日內瓦後就禍不單行。不過他已經重新打起精神，據說最近說快迎娶一位非常美麗迷人的法國女子塔佛尼亞女士了。她是一名寡婦，比曼紐年長許多，但卻普受人人敬仰、喜愛。

親愛的表哥，寫著寫著，我的心情好多了；可是到了最後，卻又不尚得焦急起來！寫個信吧，最親愛的維克多——一行——不，只要一個字，都會讓我們高興萬分！無限感激亨利；謝謝他的好心、他的摯情、和他的頻頻來信；我們尚衷感激。再會了！我的表哥，好好照顧自己；還有，求求你，務必寫信！

伊莉莎白．拉凡薩
日內瓦，三月十八日

「我心愛的，心愛的伊莉莎白！」看完來信，我失聲高喊：「我一定馬上寫信，解除他們大家心中的焦慮！」我寫了；這項工作差點累垮了我！不過我已開始進入復原期，正持續而穩定地逐漸康復；兩週之後，我終於能夠踏出自己的寓所。

復原以後，我的首要任務之一就是將科勒佛介紹給大學裡的幾位教授認識。在進行這項任務期間，我經歷一種難堪的對待，對我心靈上所承受過的創傷極不合宜。自從我結束辛苦工作，開始走向一連串不幸的那個要命夜晚以來，只要偶一想到自然科學這個名詞都會產生劇烈的反感。等到身體完全康復之後，見到化學儀器還是會勾起我全身神經系統的劇烈反應。

亨利看出這情形，將我的所有儀器、裝置全搬離我的視線外。另外他還留意到，我對先前用來當作實驗室的房間有股厭惡感，於是將我的住處改頭換面一番。但科勒佛的小心、關切在我拜訪教授們時便完全派不上用場了。當韋德曼先生滿懷善意、熱情地對我在科學領域中的進展讚不絕口時，對我造成極大的折磨！他很快注意到我不喜歡這話題，卻猜不出真正的原因，於是將我的感受歸因於謙虛，趕緊將話題轉移到科學本身，不再討論我的進步。看得出來，顯然是想引發我的談興。我能怎麼辦呢？他的用意是讓我開心，結果反倒使我陷入痛苦！我覺得自己眼中所見的那些儀器，彷彿是他早已一件一件精心佈置，以便往後用來將我推向緩慢而殘酷的死亡！我在他的言談之中滿腹酸楚，卻又不敢流露自己的痛苦；一向敏於觀察、並感受別人情緒的科勒佛，藉口完全不瞭解這方面學問，伺機結束這主題；接著大家交談的內容便廣泛移轉到一般事項上。

我打從心裡感謝這位老友，嘴巴上卻沒說出來。我清清楚楚看出他的訝異，但他從不企圖從我這裡挖出任何秘密；而我對他雖然懷有一股融合了無限摯情與尊敬的愛，卻仍無法說明自己，將這段時間時常出現在我記憶中，卻不敢對人詳加透露，以免造成對方更深刻的畏怖。

克林普先生可就沒這麼容易遷就他人了；而以我當時那種最難以忍受刺激的敏感狀態，他那刺耳且又大剌剌的歌頌，遠比韋德曼先生和顏悅色的嘉許更教我痛苦。「唷——唷，老弟！」他大叫：「喂，科勒佛先生，我向你保證他已經勝過我們每一個人了。哎！愛瞪就瞪吧，反正這是事實。一名只不過才幾年以前，還像信仰福音一般信仰著寇尼流斯．阿古利巴的小伙子，現在卻憑自己實力在校園裡獨領風騷；假使他不快快被拉下來，我們可都要侷促不安啦。呀，呀，」他注意到我臉上難過的表情，又說：「法蘭康斯坦先生個性謙沖，以一個年輕人來說是項優點哩！你知道的，科勒佛先生，年輕人應當謙虛些才好；我自己年輕時候也是，只是沒多久就放棄啦！」

這時克林普開始自我歌功頌德起來，連帶也使我快樂地擺脫那極爲困擾人的話題。

科勒佛向來對於我獨鍾自然科學毫無共鳴，而他的文學追求更與我全心鑽研的方向迥異。他來上大學，懷抱的藍圖是成爲一名學問精深的東方語文大師，以便爲他早已規劃的人生遠景開創一片天地！決心不要平平淡淡過一生的他將視線轉向東方，以做爲拓展進取精神的望遠鏡：波斯文、阿拉伯文、梵文等等各種語言吸引他全心投入，而我也在他的感染之下輕鬆涉略這些學問。以往我最厭煩成天無所是事，如今卻盼望遠離沈思，甚至對從前的用功感到悔恨！做爲好友的學生讓我如釋重負，並發現在東方學者的著作中有的不只是指導，還可得到精神上的安慰！我並不像他那樣，企圖由這些語系的各地方言中求取精確高深的知識；除了聊以做一時消遣，我根本不屑拿它做別的用途。我閱讀它們只求瞭解其中含義；而只要我下過功夫，它們也必定給我豐富的報償！它們的沈鬱滄涼具有撫慰作用；它們的喜樂，或多或少將我昇華到在研讀其他任何國家作家的作品時，生活恍如溶入溫暖的陽光和滿園玫瑰，溶入某個旗鼓相當的對手一顰一笑裡，還有呑沒你自己心田的熊熊烈焰中！這和希臘、羅馬英勇豪邁的詩篇是多麼不同啊！

夏天就在這些活動之中度過了。我原訂在秋天返回日內瓦，卻又臨時被幾件事情耽擱下來。寒冬與霜雪隨之而至，馬路勢必無法通行，我的歸期只得又延到來年春天。這番延滯讓我感到很難過，因爲我十分渴盼重見自己家鄉和親愛的朋友們。這趟返鄉之行之所以延後這麼久，一開始只是爲了不願在科勒佛還未熟識任何本地人之前，把他留在這個陌生的地方。無論如何，這個冬天過得非常愉快，而且儘管春天來得出奇的慢，但等它來到以後，美麗的風光卻爲它的遲到做了彌補。

五月已經開始，我正日日翹首企盼安排我返鄉日期的書信來到。這時亨利提議環繞英格爾史泰德郊區做一趟徒步旅行，也好讓我親自向這居住多年的村莊告別：我性喜運動，而在故鄉時，科勒佛始終是我在山光水色間漫步時最喜歡的同行夥伴。

我們在逍遙間遊間消磨掉兩星期時間；我的身體和精神早已恢復許久，這段期間又從我所呼吸到的清爽空氣、行程中的自然風物、和與好友的交談間添得不少元氣。

長期以來，學習、研究使我孤立於同儕之間的交流外，也讓我變得不喜歡和旁人相處；但科勒佛卻能喚起我內心較為美好的情感；他再度教導我去愛惜大自然的風貌和孩童們愉快的臉龐。多棒的朋友哇！你是多麼眞誠地愛護我，又是多麼盡心盡力設法讓我的心情和你一般歡暢！一項自私的追求使我變得心胸狹窄、目光如豆，直到你的和善、摯愛再度溫暖、並敞開我的胸懷；我又變回一年前那個快樂的我——無憂無慮，愛大家，也受大家喜愛！那個時候，快樂且無生命的大自然擁有賜予我最歡欣感覺的力量，一片晴朗的天空加上幾片青蔥的田園，便足以迷得我心醉神馳！此時正當一年裡頭最美好的時節；樹籬間，春日的繁花開得正燦爛，夏季的花朵又已含苞待放；過去一年裡壓得我直喘不過氣，就算費盡力氣想擺脫，卻還像個無形包袱般始終揮之不去的思緒，也終於不再困擾著我了。

亨利見我高興，自己也就開心了。對於我的心情，他是由衷地感同深受。絞盡腦汁，使盡渾身解數，逗我放寬心懷。同遊期間，他的機智、巧計著實教人驚歎；他的談話內容充滿豐富的想像力，並且不時摹仿波斯和阿拉伯作家，自創飽含神奇幻想和熱情的故事；而在其他時候又會背誦，一些我所偏愛的詩篇，否則就是費盡心思設下一些巧妙機關故意引我加入爭辯……

我們在一個週日下午回到學校；農夫們正當歡欣雀躍，沿路遇見的每個人看來也都興高采烈；而我自己同樣神采飛揚，帶著無牽無掛的歡樂和喜悅，連奔帶跳地前行。

第七章

回來之後，我見到一封父親的來函：

親愛的維克多：

也許你正焦急地等候確定你歸期的信件，原先我打算只寫個幾句，提一提我盼望你回到家中的日子就好。不過那將是種殘酷的善意；我不敢那麼做。當你預期受到一場快快樂樂的歡迎，結果，相反地，迎目所見卻盡是淚水與悲戚，兒子！你將會多麼震驚？而我，維克多，又怎能親口敘述我們的不幸？分隔兩地不可能已經使你不再在乎我們的喜樂或悲傷；而我又怎忍將苦痛加諸濶別已久的兒子身上？眞希望我能爲你先做好接受不幸消息的心理準備；但我知道這根本不可能；即使是在你的眼光正匆匆掠過字裡行間，蒐尋將要寫給你可怕訊息的字句之際——

威廉死了！那每個笑容都帶給我心愉快、溫暖，如此乖巧，卻又如此活潑可愛的好孩子！維克多，他遭人殺害了！

我不會企圖安慰你，只會簡單敘述事件發生前後的情況。

上週四（五月七日），我、我的甥女、和你的兩個弟弟到普蘭帕萊斯散步。當天傍晚，天氣晴朗溫暖，我們的路程也走得比平常遠。等我們想到要往回走時，這才發現天色已經昏昏暗暗，我們找張椅子坐下來休息，等著他們走回頭。沒多久工夫恩尼斯特便到了，詢問我們有沒有看見他弟弟；他說他倆原本在一起玩耍，可是威廉不知跑到哪裡藏起來，他找來找去都沒找著，又等了許久，始終不見他回來。

這情形嚇壞了我們，大家繼續搜尋到夜幕低垂，伊莉莎白猜想他大概已經回家去了，可是他並不在家中。於是大家又心急如焚地折回原路，因爲一想到我那討人喜愛的孩子可能迷路了，整個晚上都得流落在寒露與濕氣中，我就無法休息；伊莉莎白也承受了極大的痛苦！大約清晨五點左右，我終於找到在昨晚以前還看著他健健康康、生龍活虎的可愛男孩，全身死灰、動也不動地直挺挺僵臥在草地上！兇手手指的勒痕清清楚楚留在他的脖子上！

他被運回家中；伊莉莎白從我的一臉沈痛中窺知這秘密。她非親眼看看遺體不可。起初我全圖阻止，但她很堅持，進了停屍的房間，倉促檢視遺體頸部，立即緊握雙手尖叫：「噢，天啊！我害死了我心愛的孩子！」

她昏倒了，而且極盡辛苦才救活過來！甦醒之後，她整天不是哭便是歎氣！她告訴我說就在出事那天傍晚，威廉曾再三懇求她讓他戴戴一條價值不菲的精緻小畫像項鍊，那是你母親留給她的。這幀小畫像已經不見了；與疑它正是引誘兇手行凶的東西。目前我們仍無他的線索，然而大家始終努力不懈地想要找出這兇手；只是這一切都無法挽回我心愛的威廉了！

回來吧，最親愛的維克多！只有你能安慰伊莉莎白。她終日以淚洗面，而且無端端譴責自己是害死他的人；她的話深深刺痛我的心！我們都很難過，可是那不也將成爲你回來的另一個動機嗎？孩子，回來當大家的安慰者，好嗎？至於你敬愛的母親！主啊，維克多！現在我要說感謝上帝，沒有讓她活在人世，目睹自己心愛的幼子遭遇殘酷、悲慘的死亡！

回來吧，維克多！不要懷著對兇徒的報復思想，只要帶著平靜溫和的情感，那將會治癒、而非加劇我們心頭的創傷。我的朋友，請帶著所有愛你之人的善意與摯愛走進這喪宅，而非對你敵人的恨意。

深愛你的傷心老父，阿爾馮斯．法蘭康斯坦

日內瓦，五月十二日，十七——

在我閱讀這封信時一直留意我臉上神情的科勒佛，驚訝地注意到我由一開始接獲親友音訊時的喜悅遽轉為絕望！我雙手掩面，任由信件掉落在桌上！

「我親愛的法蘭康斯坦，」亨利一見我傷心欲絕地直流淚，急急嚷著：「難道我們註定永遠不幸嗎？我親愛的朋友，究竟出了什麼事？」

我示意他把信拿起來看，自己則心亂如麻地在屋子裡踱來踱去。等科勒佛看完我悲慟的原因後，同樣也是淚如泉湧。

「朋友，我無法給你任何安慰；」他說：「你的不幸是無可挽回的。你有什麼打算？」

「馬上回日內瓦！亨利，陪我去搭馬車。」

步行途中，科勒佛拚命地想擠出幾句安慰的話，結果卻只能表達他由衷的憐憫。「可憐的威廉！」他說：「可愛的好孩子！現在他長眠在他的天使媽媽身旁了！所有曾見他發自小小美麗心靈的開朗和喜悅的人們，如今勢必都在為他的夭折哀泣！在這般悲慘的情況下死去，必須承受被兇手扼殺的痛苦！多麼狠心的凶徒啊！面對這樣天真爛漫的孩子竟然下得了毒手！可憐的小傢伙！唯一讓我們感到安慰的只有：他的朋友們固然傷慟悲泣，但他已得安息！劇痛已經過去，他所承受的苦難永遠結束了！一杯黃土蓋著他平靜的身軀；而他不知痛的感覺；他不再是一個被人可憐的對象了，可憐的是他周遭活著的親友！」

我們一路急急忙忙趕去搭車，科勒佛一路這樣說著。這些話語深深烙在我心田，日後常在孤獨之中憶起。可是在當時，車店一到，我便急匆匆跳上一部有篷馬車，與好友相互道別。

我的旅途十分淒涼！起初我一心只想趕快、趕快……因爲我渴望安慰、並與我所深愛的傷心親友們共同分擔悲傷情緒；可是等到漸漸接近故鄉時，我卻又放慢了前進速度……只因難以承受五味雜陳、一齊湧上心頭的情感。我與年少時候非常熟悉、卻已有將近六年未見的景物錯身而過——那麼長的一段時間裡，萬事萬物該有多大的變化啊！一個突如其來的傷心變化發生了；然而無數小小的因素恐怕也逐漸形成一些其他轉變，雖然比較細微，其決定性卻未必稍遜。恐懼吞噬了我，我不敢向前推進。儘管無法明確指出，卻害怕那無數令我渾身顫慄的無名邪惡。

我懷著這種痛苦心理在洛桑（瑞士西部城市）逗留了兩天。我凝視著湖水暝思；水面平靜，周遭景物都很安詳。雪封的山頭「大自然的宮殿」皆一仍舊觀。寧靜脫俗漸漸平復我的心境，繼續趕往日內瓦。

道路傍著湖畔而築，到了接近我的故鄉時，路面變窄了。我更清晰地看出侏羅山脈黝黑的輪廓，和勃朗山（爲阿爾卑斯山的第一高峰）閃亮的山頭。我像個孩子一般哭得涕泗縱橫！「親愛的高山！我最美麗的湖泊！你們是如何迎接你們遠遊歸來的浪子啊？你們的山頭清亮；天光湖色一派湛藍安詳，這是在預卜平靜的到來，亦或嘲諷我的不幸？」

朋友，恐怕我這般叨叨述說初期的原委會惹人生厭，只是相形之下，那是些個幸福的日子，想著它們讓我感到欣悅。我的故鄉，我心愛的故鄉！除了鄉親，誰能體會我重見你的河川、你的山嶽，還有你那迷人湖泊時的歡喜！

然而，就在我快接近自己的家園時，悲傷、害怕再次襲上心頭。周遭夜幕圍攏，我幾乎不見那昏昏幽幽的山脈，心頭的感覺更加陰鬱了。那畫面呈現出一幅巨大朦朧的邪惡景觀，讓我隱約預見自己註定要成爲最不幸的人類。天啊！我的預感果然應驗了！只差一點，我所想像、畏懼的所有悲慘不幸，尙不及於命中註定要承受的苦難百分之一。

在我抵達日內瓦近郊時天色已經完全暗了，入城的通道早已關閉，使我不得不在距離市區半里格之遙的塞契隆小村莊過夜。天色清朗，我既然無法成眠，索性決定親自探望可憐的威廉遭人殺害的現場。由於不能穿城而過，只好搭乘小舟來到湖對岸，抵達普蘭帕萊斯。在這段短短航程中，我望見幾道電光正以最美麗的形影在勃朗峰頂閃動，看來一場暴風雨就要來了；因此，我一上岸，立即爬上一座低矮的小山頭，以便觀察它的過程。暴風雨到啦！天上烏雲密佈，沒一會兒工夫我便感覺到大滴大滴的雨珠緩緩落下，隨即迅速轉爲狂風暴雨！

儘管四周天昏地暗，風雨越來越強，暴雷在頭頂上連連發出可怕的吼聲，我還是站起身來往前走。雷聲在沙勒維、侏羅山脈、和色佛伊（在法國東南部）迴響；亮晃晃的閃電一忽明、一忽暗地打得我眼花撩亂，照得湖面通亮，好似一幅巨大的火幕！這時，彷彿所有東西都在剎那之間變成漆黑一片，直到眼力漸漸由持續的閃光之中恢復過來。在瑞士一帶猶如家常便飯的暴風雨跡象，立即在天庭的各個方位出現。最強烈的風暴在城的正北方天空作勢欲撲；就在湖水凸出於貝爾萊芙與柯佩特小村的角落上方。另一陣暴風雨的微弱閃電光芒照在侏羅山上，還有一陣則時而晦暗、時而曝現湖東那座尖尖的摩爾孤山。

我邊瞻望那如此美麗、卻又如此可怕的暴風雨，邊疾步遊走。天空上風雲際會的交戰振奮起我的士氣；我緊握雙手，高聲大叫：「威廉，親愛的小天使！這是你的葬禮，這是你的輓歌！」正當我說這話時，突然看見陰暗中有個身影從附近的一簇樹欉後悄悄溜走；我定定站立，全神貫注地凝視；我絕不可能看錯！一道閃電照亮那東西，使它的外觀清清楚楚呈現我眼前；它巨大的體格，還有遠比人類外觀醜陋得多的畸形相貌，讓我立時明白它正是那可憐人；那個曾由我賦予生命的醜怪惡魔！他怎麼會在那裡？他會是（一想到這裡，我不由得猛打哆嗦）殺害我弟弟的兇手嗎？這念頭才閃過我的腦際，我立即對它的可能性深信不疑；我的牙齒咯咯打戰，整個人不得不靠在一株樹幹上撐住身體。那身影迅速從我眼前掠過，隨即在陰暗中失去形跡。沒有一個人會動手殺害那俊美的好孩子。凶手絕對就是他！我毫不懷疑；單憑他出現在這裡這一點就是鐵證！我想到要追捕那惡魔；不過，不會有用的，因為另一道閃電使我看清他正飄盪於擋在普蘭帕萊斯之南、幾乎垂直上升的小山——沙勒維山的山岩間，不一會工夫就已達山頂，立即失去蹤跡。

我佇立原地，呆若木雞！雷聲已息，但雨勢仍持續未歇，一切景物全被密密包圍在伸手不見五指的黑暗裡！我暗自將那些至今為止一直努力尋求遺忘的事件細細反省一番：我一步步創造出這東西的整個過程；我親手製作、活生生在我枕畔走動的作品外觀，以及他的離去……自他剛得到生命的那一夜到現在，已經將近整整兩年了，這是他的第一樁罪行嗎？天哪！我把一個以殺戮和悲劇取樂的邪惡小人解放到這世上來了；我的弟弟不正是被他殺害的嗎？

剩下的大半個夜晚，我渾身又溼又冷地在戶外度過，沒人能夠想像我內心所承受的極度悲慟！然而對於天候的不便我卻渾然未覺，只因滿腦子的想像力正忙於幻想凶惡、絕望的景象！我細細思索那個被我鑄造成人類當中的一分子，又賜予足夠他進行類似此樁惡行的意志與能力，去完成駭人聽聞的目的，就我的觀點而言，幾乎和我自己的殭屍、自己的幽魂脫離墓穴，危害所有深深愛我的人沒有兩樣！

曙光初現，我邁步直往城裡走。通道已然開啓，我急急忙忙往父親的住處趕去。我的第一個念頭便是快去揭發我對兇手的瞭解，促使緝兇行動早日展開，可是等我再一深思必須交待的故事，卻又不禁遲疑了；一個由我親手塑造、賦予生命的人，在三更半夜裡，於某座難以攀登的山嶺懸崖峭壁間與我相遇……我又想起自己在創造出那東西後有一段時日都陷於精神錯亂狀態；如此一來，說出這麼個離奇詭異的故事來，只會被當成一時恍惚的狂言囈語！我很清楚要是換了別人對我做這麼一番陳述，我準會當他是荒天下之大唐的瘋言瘋語！再說，就算有人肯相信我弄出那個怪東西來，那不人不獸的東西也會躲避所有人的追捕。況且追捕又有何用呢？誰有能耐逮捕一個能夠攀登形勢陡峭的沙勒維山之人？這番細思使我拿定主意，決心保持沈默！

當我踏進父親家門時，時間大約是清晨五點；我站立在當年將要遠赴英格爾史泰德前和父親最後一次擁抱的地方。可愛可敬的父親啊！我依然擁有他。我凝視著立在壁爐架上方的亡母畫像，那是根據父親意願、以眞實題材繪製而成的畫作，重現出跪在亡父棺木旁、傷心絕望的卡洛琳·鮑佛神采。她衣著寒酸、面色蒼白，但卻流度出一股美麗高貴的風度，幾乎不容人產生悲憐的反應。在這幅畫的下方是一幀威廉的小畫像；我俯首注視，淚水滾滾而下。

就在傷心淚流中，恩尼斯特進來了。他聽見我到家的聲音，急忙過來迎接我。見到我，他流露一抹含悲的喜悅。「歡迎回家，我最親愛的維克多。」他說：「啊！要是你在三個月以前回來該多好，就能看見大家全都高高興興、開開心心的樣子了。如今你回到家中，與我們共同分擔一樁任何事也無法安慰的悲劇；然而我盼望，你的歸來能使沈溺在哀傷之中無法平復的父親振作起來；而你的勸說也能教可憐的伊莉莎白別再徒然自責、折磨自己了。可憐的威廉！他是我們的愛寵，我們的驕傲啊！」

汩汩的淚水由我弟弟眼中奪眶而出。一股激烈的悲慟在我全身蔓延之前，我一直只在想像中想見不幸的家人們所承受的苦楚；而今呈現在我面前的實況雖然和想像中不同，哀傷程度之劇卻未減半分。我盡力安撫恩尼斯特平靜下來，並進一步探詢父親和那與我表兄妹相稱的女孩現況如何。

「她，」恩尼斯特說：「是最需要人安慰的一個；她把招致弟弟遇害的責任全怪在自己頭上，導致自己痛苦萬分！可是自從兇手被找到以——」

「兇手已被找到！老天爺！這怎麼可能？誰會企圖追捕他？不可能的！那和超越風速或利用一根草梗去抵擋高山流水的可能一樣渺茫。我也看到他了！昨夜他還無拘無束、行動自如！」

「我不知道你究竟在說什麼？」我弟弟驚詫地說：「不過對我們而言，那發現卻使得我們的悲劇更加徹底！起初誰也不肯相信；即使到現在，儘管證據充足，伊莉莎白還是不願完全相信。事實上，誰會相信那向來柔順和乖巧，又深愛全家每一份子的佳絲婷·莫里茲，竟會突然心性大變，狠得下心犯下如此駭人聽聞的罪行？」

「佳絲婷·莫里茲！可憐，可憐的女孩，被起訴的人是她嗎？但那是錯誤的！人人都曉得，絕對沒人相信的，對不對，恩尼斯特？」

「最初的確沒人相信，但幾項因素加起來卻幾乎由不得我們不信。加上她自己的行爲又是那麼教人困惑；恐怕，更使得事實眞象顯得不容置疑。不過今天她將要受審，到時你就會聽到全部詳情了。」

他敘述：在可憐的威廉遭人殺害的事被發現那天早上，佳絲婷害了病，接連好幾天都無法下床。這段時間內，一名僕人偶然檢視她在凶案發生當晚穿戴的衣物，在她的口袋裡發現家母的畫像。而據研判，那正是引誘兇手犯案之物！那名僕人立即將它拿給另一名僕人看，那人一句話也沒對家裡任何人說，直接去找一名法官。根據他們的口供，佳絲婷被捕了。在被以這項罪名提出控告的情況下，那可憐的女孩表現出極端令人迷惑的態度，更加深了她的嫌疑。

這是個奇怪的故事，但它並未動搖我的信心。我急切地答道：「你們全都弄錯了；我知道兇手是誰！佳絲婷，可憐的、善良的佳絲婷是無辜的！」

就在這一剎那，家父進來了。我看出他臉上愁容慘澹，但他仍盡力愉快地歡迎我歸來，在互致哀悼之後，原想撇開我們的不幸引入別的話題，恩尼斯特卻大聲嚷著：「老天保佑！爸爸，維克多說他知道誰是殺害小威廉的兇手。」

「很不幸的，我們也知道。」家父回答：「因爲說眞的，我寧可一輩子不曉得眞相，也比發現原來自己這般看重的一個人，竟是如此忘恩負義、喪盡天良！」

「我親愛的父親，您誤會了；佳絲婷是無辜的！」

「假使她是無辜的，上帝不會容許她揹負罪名。她將會在今天受審。我希望，我眞心希望她被宣告無罪！」

這番言語撫平了我的不安。私心裡，我百分之百確信佳絲婷——其實是任何一個人——都未犯下這樁兇殺案。因此，我並不擔心會有人提出任何強而有力到足以使她定罪的旁證。我的故事不是可以當衆公開的經歷；它那駭異恐怖的內容只會被視爲平民百姓的胡言亂語。撇開我這創造者不談，世上究竟會不會有人——除非那人的見識說服了他——肯相信那個因我的膽大妄爲和莽撞無知，而被釋放到這世上來的怪物眞的存在？

不久，伊莉莎白也加入我們的會晤。自從我上次注視她，時間已使她改變不少，超越兒時的美麗，更增迷人丰采。同樣的坦誠、同樣的充滿生命力，卻又平添一抹充滿感性、智慧的表情。她帶著最深、最眞的感情迎接我。「你的到來，我親愛的表哥，」她說：「使我充滿了希望。說不定你會找到什麼辦法，替我那可憐無辜的佳絲婷辯護。天啊！假使她被判定有罪，世上還有誰是可靠的？我信賴她的清白，就像信賴自己的清白一樣篤定。我們不僅失去那心愛的可愛男孩，我由衷喜愛的這名可憐少女也將被更惡劣的命運帶走。萬一她被宣告有罪，我將永遠不再知道歡喜爲何物；但要是她沒有，我相信她不會，那麼屆時我將會再快樂起來；即使是在我的小威廉悲哀的死亡後！」

「我的伊莉莎白，她是清白的，」我說：「事實一定會證明。什麼都別擔心，只管百分之百相信她將被宣告無罪，讓你的精神振作起來。」

「你是多麼仁慈、多麼寬厚啊！別人全都相信她有罪，這眞教我痛苦極了！因爲我知道那是不可能的；再看看大家抱持的偏見都是這般深，更是讓我感到絕望無助！」她說著，淚流滿腮。

「最心愛的小甥女，」父親說：「快擦乾你的眼淚！假使她眞如你相信的——清白無辜——那麼，信賴我們法律的公正，還有我將爲防止任何一絲偏袒可能而操行的活動。」

第八章

我們在哀傷中捱過幾個小時，直到十一點鐘審判開始。父親和家中其他成員不得不以證人身分出席，我則陪伴大家到法庭去。在整場藐視正義的可悲審判過程間，我的心靈承受無比的創痛！因爲它將決定我那好奇且不法的發明，結果是否將導致兩名親友的死亡：一個是充滿純眞和喜悅的愛哭小寶貝；另一個則是被某個令人回想起來猶自心有餘悸的醜惡罪名，更加恐怖地害死！佳絲婷一樣也是位性情美好的小姑娘，擁有許多保證可爲自己帶來終身幸福的優點；如今這一切都將被葬送在一座不名譽的墳墓，而我正是罪魁禍首！好幾百次，我眞想開口招認那些被誤加在佳絲婷身上的罪名，可是出事之時我根本不在這一帶；再說這樣的宣告只會被當成瘋子的滿嘴胡言，根本無法爲因我受罪的她洗刷清白。

佳絲婷外表看來很平靜。她身著喪服，向來迷人的臉龐帶著端凝肅穆的情操，格外顯出一種高尚的美麗。她看似對自己的清白深具信心。儘管周遭是無數群衆的逼視與詛咒，也未令她顫慄。而縱然她的美麗可以贏得不少好感，但那些旁觀者們只要一想到那據信是由她犯下的滔天大罪，所有的好感又在心靈之中被抹殺了！她看似鎮定，但那份鎮定顯然是勉強壓抑下來的；而既然先前的惶亂不安被視爲有罪的證明，她決心咬著牙，努力裝出勇敢的樣子。她一走進法庭，兩眼往四周掃視一圈，迅速找出我們所坐的座位；當她立即恢復平穩，一抹憂傷的深情恍若在爲她的全然無辜做證言。

審判開始。在反方律師陳述過控訴的罪狀之後，數名證人被傳喚做證。幾項對她不利的奇怪事實結合起來，除了像我這樣擁有證據顯示她無罪的人之外，任誰都會信心搖動。命案發生當晚她徹夜外出，將近清晨時又在距離後來遇害兒童屍體被發現的不遠處，被一名在市場做買賣的婦人撞見。那婦人問她在那裡做什麼？但她卻神情古怪，而且只做了個沒頭沒腦不清楚的回答。她在八點左右回到家中，當有人問起她昨夜在何處過夜時，她答覆說她一直在尋找那孩子，還急切盤問有沒有聽說關於他的事情。一見到男孩的屍體，她立刻陷入瘋狂的歇斯底里，好幾天時間都無力下床。這時，僕人在她口袋中發現的畫像被提出來做爲罪證，伊莉莎白也呑呑吐吐地證實了那正是男孩失蹤前一個小時，她親手爲他戴在脖子上的小畫像。一陣驚恐和憤慨的嘈嘈低語，刹時充滿整座法庭。

佳絲婷被叫上前去爲自己答辯。在審判進行過程間，她的神色已然改變，流露出強烈的驚詫、恐懼和淒楚。她不時強自掙扎忍淚，然而一旦意欲抗辯時也會努力集中意志力，以雖然時高時弱、但仍清晰可聞的聲調陳述。

「上天知道，」她說：「我是完全無辜的。但我不敢聲稱我的答辯足以使自己脫罪；我只想針對被用以做爲對我不利證據的各項事實做個簡單、平實的解釋，藉以證明我的清白！此外我希望以我從小到大的人格，能夠使我的審判官們在遇到任何可疑或無法斷定的客觀證據時，傾向於較爲有利的解釋。」

接著她開始陳述，在發生命案那夜的傍晚，她在伊莉莎白的允許下前往距離日內瓦一里格遠的雪恩村姨媽家。九點左右她自姨媽家返回，途中遇到一名男子問她是否曾看到那失蹤男孩的任何東西？她一聽心中大爲驚慌，花了好幾小時的時間在尋找他。這時進入日內瓦的通道已經關閉，不得已，她只好在一間附屬某座農舍的穀倉裡度過剩下的大半夜，因爲她不想叫醒熟識的農舍主人一家子。那夜大半時間她都清醒著，將近清晨時分時，她相信自己曾睡著幾分鐘。一陣腳步聲打擾了她的睡眠，使她清醒過來。這時天已破曉，她不再打盹，以使再度盡全力找到我弟弟。就算她曾靠近他的陳屍處，她也根本不曉得。在被那名做買賣的婦人質問時，她的態度慌亂自是不足爲奇，因爲她才經歷一個失眠的夜晚，而可憐的威廉命運又還未確定。關於畫像之事她未做任何解釋。

「我知道，」那不幸的犧牲者繼續說道：「這項物證對我有多麼不利，多麼攸關緊要，但我沒有能力解釋這件事。而既然我已表明毫不知情，就只能揣測一下它是被人放入我口袋之內的可能性。不過就這一點我也曾接受過查問。我相信自己在世界上沒有仇敵，更不會有人如此邪惡地想要任意害死我。會是兇手放的嗎？我不認爲他有這機會；就算有，他又何必在偷得珠寶之後，又這麼快就捨棄它？」

「我將自己的官司託付給審判官們的正義，卻仍看不出有什麼希望。我請求允許傳喚幾名證人來針對我的人格展開訊問。倘若他們的證言不如我被懷疑的罪嫌那般被採信，那麼縱然我以永世不得超生爲詛咒，誓言自己的無辜，仍將勢必被定罪。」

幾名認識她多年的證人被傳喚出庭，大家都爲她說了些好話。但由於他們都猜測她可能有罪，又都害怕、而且痛恨這樁罪行，使得他們既不敢、也不願挺身擔保她的清白。伊莉莎白看出即使是這項經過她精心布置、妥善安排的策略，都將無法洗脫佳絲婷的罪名，於是儘管內心苦痛萬分，仍然渴望獲許在庭上發言。

「我，」她說：「是那遇害的可憐男孩表姊，或者說是姊姊更爲恰當。因爲早在他尚未出生好多年前，我就接受他的雙親教養，與他們共同生活。因此或許我會被認定不適於在此場合挺身而出。但當我看見一位平日共同相處之人，就將因爲她那些虛僞朋友的懦弱而死時，我盼望能夠獲准發言，讓我說說自己對於她這個人的認識。我對被告十分熟悉。我曾兩度與她共住一個屋簷下；一次五年，另外一次將近兩年。這麼長的時間裡，我對她的感想一直是個性情最爲溫柔乖巧、善良慈悲的人。在我的姨母法蘭康斯坦夫人病重臨終那段期間，她帶著最深的感情、最無微不至的關懷細心看護她，之後，又在自己母親得了極爲麻煩的病症後，以令所有認識之人無不由衷感佩的態度妥善照料，然後才再度回到人人喜愛她的我姨父家中生活。她和那如今已過世的男孩之間非常親暱，總像個最疼愛孩子的母親一般呵護他。就我個人而言，無論所有被提出來的證據對她多麼不利，我還是要毫不遲疑地聲明：我相信、並百分之百堅信她清白無辜。她沒有犯罪的誘因。至於那條被用來做爲最重要證據的小玩意兒，假使她曾眞的那麼渴望得到它過，以我對她的敬重和推崇，早就欣然贈送給她了。」

一陣嗡嗡的讚許之聲緊隨伊莉莎白簡短有力的懇求而發出；但那並非爲了支持可憐的佳絲婷，而是讚美伊莉莎白的寬大爲懷。對於被告，大家反而重新激起一陣強烈的公憤，指控她是最狼心狗肺、不知感恩的人。在整場審判過程中，我的憤慨和痛苦已升高到頂點！我相信她的清白；我知道她是清白的！莫非那殺害我幺弟的惡魔（我片刻都不懷疑這一點）在完成這項惡毒行動的同時，也故意陷害無辜的佳絲婷於恥辱與死亡？我難以承受自己恐怖的境遇。而當我察覺大衆的聲音和審判官們的表情，都已判定那可憐的無辜祭品有罪時，不禁激動得衝出法院。被告心靈所受的折磨尙不及於我：她有自己的清白可當後盾，而我胸中的懊悔苦痛卻永遠沒有停息時！

我在痛心、絕望的深淵中度過一夜。天亮後，我前往法院，張著嘴，卻不敢問出那決定性的問題。但法院職員一眼就猜出我前來造訪的原因。審判官已經投票；全是黑票，佳絲婷已被定罪！

我無法形容自己的感受。我曾多次經歷恐怖駭異的感覺，也曾努力尋求適切的表達方式，然而當時那種刻骨銘心的傷心絕望，卻不是言語可以傳達的。在我向那人表明身份後，他又補充說道佳絲婷業已認罪。「其實，」他說：「在案情這麼明朗的案件裡，她的證詞已經不是很必要了。不過我還是很高興她認了罪。再說，事實上我們的審判官也沒有人喜歡根據旁證將犯人定罪，即使旁證再確鑿也一樣。」

這眞是個奇怪而出乎意料的情報；究竟怎麼回事？難道是我的眼睛欺騙了我？還是其實我當眞瘋了，倘若因爲揭發心目中的嫌疑犯而被看成瘋子也不冤枉？我急急回到家中，伊莉莎白迫不及待地追問結果。

「好表妹，」我回道：「結果妳大概早已料到了；所有的審判官都是寧可錯殺一萬，也不錯放其一。不過她已經認罪了。」

這對始終堅信佳絲婷無辜的伊莉莎白是個重大的打擊。「天啊！」她說：「從今以後我要如何再相信人性的善良？佳絲婷，我一直視如親姊妹般相敬相愛的佳絲婷，她怎能只爲辜負大家而始終裝出純眞的笑容？她那溫柔的雙眼看似永遠也狡詐、嚴酷不起來，而人卻犯下謀殺案！」

不久之後，我們得知那可憐的代罪羔羊曾表達想要見我表姊一面的心願。家父希望她別去，但表示一切全憑她根據自己的判斷和感受決定。「要！」伊莉莎白說：「雖然她有罪，我還是要去！而你，維克多，你陪我一道兒去；我無法獨自前往。」這個主意使我內心備受煎熬，但卻又不能夠拒絕。

我們進入陰暗的牢房，看見佳絲婷坐在另一頭的乾草上，雙手戴著手銬，把頭靠在膝蓋上面。一見我們進來，她立即站起。等牢中只剩我們三人後，她便撲倒在伊莉莎白腳跟前痛哭流涕，我的表妹也跟著淚流不止。

「噢，佳絲婷！」她說：「妳爲何奪走我最後的安慰？我信賴妳的清白；儘管當時我非常難受，卻不像此刻這般傷心欲絕！」

「難道妳也相信我眞有那麼邪惡嗎？妳也加入我的敵人陣容欺壓我，判定我是個殺人犯嗎？」她抽抽噎噎、泣不成聲。

「起來，我可憐的女孩，」伊莉莎白說：「假如妳是無辜的，何必要跪下？在我聽說妳言一稱自己有罪前，不管所有證據對妳多麼不利，我始終相信妳是清白的。只要妳說，那個傳言是不實的；那麼，相信我，親愛的佳絲婷，除了妳自己的招供，任何事也不能動搖我對妳的信心一毫一分。」

「我的確招供了，只是我招的是個謊言。我懺悔，以便得到救贖；但如今那謊言壓在我心頭，卻比任何過錯都沈重。天上的主啊，請你原諒我！自從我被判罪後，聽我告解的神父便百般困擾我。他又威脅又恫嚇，讓我幾乎認爲自己眞是他所說的那種怪物。他威脅說要是我再繼續執迷不悟，就要將我逐出教會，讓我在生命的最後階段嚐盡地獄之苦！親愛的小姐，我沒有人可以依靠，人人都將我看成命中註定要墮落沈淪、墜入地獄的卑鄙小人，我能怎麼辦？在某個不祥的時辰裡，我認下一個謊言；而只有此時此刻，才是我最悲哀的時候！」

她頓了一下，痛哭一陣，接著又說：「心愛的小姐，我一想到萬一妳竟相信妳的佳絲婷——一個深受妳那好心的姨母嘉許，又被妳所疼愛的人——會狠著心腸犯下這種只有惡魔才可能犯的滔天大罪，就不由得驚慄不安。親愛的威廉、最最親愛的好孩子！我馬上就會在天堂與你相見了。在那裡我們全都將快快樂樂；想到這兒，即使我將遭受恥辱與死亡，內心也會感到安慰。」

「噢，佳絲婷！原諒我曾一度對妳失去信心。妳爲何要認罪呢？不過，千萬別憂傷，心愛的女孩，也不要害怕。我會正式發表聲明；我會證明妳的清白。我會用我的祈求和淚水，溶化妳所有敵人的鐵石心腸。妳不會死的！妳，我的玩伴、我的同伴、我的好姊妹，命喪刑臺！不！不！我絕對無法經歷這麼可怕的悲劇而殘存下去！」

佳絲婷哀傷地搖搖頭。「我不怕死，」她說：「那種面臨死亡的痛苦早已不復存在。上帝解除我的軟弱，賜給我承受最壞情況的勇氣。我告別一個傷心、悲痛的世界；只要妳記得我，認爲我是個冤枉受罪的人，我便甘心順從等待著我的命運。親愛的小姐！看過我的遭遇，請妳學會堅忍地順服上帝的旨意。」

在她倆談話之間，我始終退避在牢房的一隅，以便隱藏盤據我整個心中的摧心裂肺之痛。絕望！有誰敢提到那字眼？這可憐的犧牲者，即將在明白通過可怕的陰陽界線的代罪羔羊，內心的沈痛、悲哀不如我這般強烈、這般深！我咬緊牙根，打從內心最深處發出一聲悲歎！佳絲婷猛吃一驚！等她看清是誰在呻吟，便走在我面前對我說：「親愛的先生，謝謝你這麼好心來看我。但願──你不會相信我是有罪的吧？」

我答不出一句話來。「不，佳絲婷，」伊莉莎白說：「他比我更確信妳的清白。因爲即使在聽說妳已認罪時，他也不肯相信。」

「我眞心感謝他！在我生命的最後時刻裡，我由衷感激那些好心看待我的人！對像我這樣一個不幸的人，別人的眞情是多麼教人感到甜蜜！它解除了我一大半的悲哀；現在，在你們兩位──親愛的小姐，和妳的表兄──認同我的清白下，我覺得自己彷彿可以安詳地死去。」

就這樣，那可憐的受難者試著安慰他人還有她自己。不錯，她的確做到了自己渴望的聽天由命；而我，我這眞正的殺人兇手，卻感覺到永生不滅的痛楚在我胸中啃噬，既不接受安慰，也不容許希望進駐。伊莉莎白同樣傷心悲泣、鬱鬱不歡。但她的悲傷也是清清白白的悲傷。就像一片烏雲從皎潔的明月之前飄過，雖然一時遮蔽卻無法除去它的光華。心酸絕望早已滲透我內心的最深處；我的心中擔負著無論任何事物都無法消滅的苦楚。我們留在那兒與佳絲婷共處幾個小時，伊莉莎白說什麼也捨不得拋下她離去。「我眞希望，」她哭喊著：「能夠和妳一起死；我無法生活在這悲哀的人世間。」

佳絲婷極力忍住心酸的淚水強作歡顏。她擁抱著伊莉莎白，壓抑著傷心難過說：「別了，心愛的小姐，最最親愛的伊莉莎白，我深愛的、唯一的朋友；願慷慨的上天賜給妳福氣，保護妳；願這是妳今生今世所經的最後一次悲劇！活下來，快快樂樂地活下來，同時也讓其他人都活得快快樂樂！」

第二天，佳絲婷死了！伊莉莎白心碎的動人陳述，無法感動那些死心認定那高尚少女有罪的審判官們的想法。我激動憤慨的哀求對他們完全不產生作用。當我聽到他們一成不變的回答，還有冷酷無情的論據，臨到嘴邊的坦誠招認之詞便再也無法出口了。就算我公開細述原委，也只會使自己被當成一個瘋子，根本無法推翻加諸那名代罪羔羊身上的判決。於是，她以謀殺罪名被處死在絞刑架上！

除了自己內心的痛苦與折磨，我開始留意起我的伊莉莎白那深沈、無言的悲慟。這也是我造成的！還有家父的哀傷，以及從前笑聲不斷的家園中那股淒涼——全都拜我這罪該萬死的雙手之賜！啊，您流著眼淚，悲愁的眼淚；而這卻不是您最後的淚水！您將會再度揚起送葬的悲號，您悲切的哭聲將會一遍又一遍地被聽到！法蘭康斯坦，您的兒子，您的親人，您多年以來深愛的朋友；那願意為您流盡全身每一滴血——那一向除非自您親愛的容顏見到喜悅，便不知快樂為何物！那願意為侍奉您而奉獻一生，為您祈求萬千之福的法蘭康斯坦——他令您悲泣——令您流下無數的淚水；倘若殘酷的命運之神就此滿足，倘若在您的一連串悲傷苦痛之後死亡能早日終止，他將感到喜出望外！

我看著自己心愛的人們在威廉和佳絲婷——首批因我那萬惡不赦的技術不幸遇難的犧牲者——墳前徒自悲傷，帶著不祥預兆，被懺悔、恐懼、和絕望片片撕扯的心靈如此宣告著。

第九章

對人類心靈而言，再也沒有什麼比情感被一連串急劇事件激動後，又隨著心靈的希望和恐懼都被剝奪而完全靜止更痛苦的了。佳絲婷死了，她已安息，而我卻還活著！血液在我的血管裡暢快地奔流，但無論如何也難以解除的絕望和懊悔卻沈沈地壓在心頭！我的眼睛不知睏意；我像個不祥的幽靈一般到處飄盪；因爲我已造成遠非恐怖二字可以形容的禍事，而且（我如此相信）日後還會不斷再出現；然而我的內心依舊氾濫著仁慈與堅貞的愛。我帶著慈悲的心意展開生活，並渴盼這些意向早日實現，快快做個對全體人類有益的人。如今這一切卻全遭到詛咒！我不但失去了道德良心的平靜，無法心滿意足地回顧過去，再抱定志向實踐新希望，反而被懺悔和罪惡感緊抓不放，逼促我加速掉入言語難以形容的無盡痛苦深淵！

這種心理狀況大大損害我的健康。也許當初的第一場大病始終都不曾徹底復原，如今更是雪上加霜。我避不見任何人之面；所有喜悅、得意的聲音對我都是一種折磨；孤寂是我唯一的安慰——深沈、黑暗、如死一般的孤寂。

家父痛苦地注意到我心性、習慣的明顯轉變，於是根據自己純淨無瑕的良知和清清白白的生活感受，推演出種種論據，不屈不撓地再三激勵我，喚醒我的內在勇氣去驅散層層籠罩的烏雲。「莫非你以爲，維克多，」他說：「我不也一樣受苦嗎？我對你弟弟的愛比任何人對孩子的愛都要深」——說著說著，他淚水盈眶——「但對我們這些活著的人而言，克制自己不因悲傷無度而陷入更深的悲哀，不也是一種責任嗎？這也是你對自己應盡的義務。因爲過度悲傷阻礙了進步和享受，甚至使你無法發揮平日的才幹，如此一來又如何能夠在社會上生存呢？」

大約就在這時，我們又遷回在貝爾萊芙的宅中過起隱居的生活，這個轉變特別合我心意。平時，在十點左右，關道關閉以後，我就必須待在日內瓦居處的屋子裡頭，不能夠繼續逗留在湖邊，這種情況令我感到苦不堪言；現在我自由了！常常，在夜晚家人都已安歇之後，我會划著小船，在湖上盤桓好幾個小時；有時，張起船帆，任風吹送；有時在划至湖心之後，我便沈浸在自己的悲哀省思中，任由小舟自漂自盪。當四周一片寧靜，如詩如畫如天仙之境的景致中，只剩我是唯一飄盪不定的東西時，我便時常受到引誘——彷彿除了只在我接近湖濱時才揚起聒噪擾人聲音的蝙蝠、青蛙外，湖域只有我一人——經常，我會被引誘著投入寧靜的湖泊，好讓湖水緊緊包圍我，讓我的災難成永恆。但一想到正勇敢承受苦難的伊莉莎白，我便強自克制衝動。那是我心愛的人兒；而她的生死也必與我相依。此外我也想到父親和依然健在的大弟。難道我竟要因自己懦弱的遺棄，使他們在完全未受保護的情況下，暴露於於那被我釋放出來的惡魔威脅之中嗎？

每當想到這裡，我便淚流滿面，只盼平靜能夠重回我、心靈，好讓我可以帶給他們安慰和幸福。但那是不可能的，悔恨根絕了一切希望！我成了那些已經無法改變的悲劇創始人，日復一日地活在恐懼中，擔心自己創造出來的怪物，會再犯下某樁新的惡行！我隱約感受到事情尚未完全結束，他將會再做個大案，而其凶惡殘暴度，幾乎將完全勾消人們對過去那次事情的回憶；只要世上仍有我喜愛的事物，就會有我擔心害怕的餘地。我對那惡魔的深惡痛絕遠遠超過任何人所能想像。每一想到那怪物就會讓我咬牙切齒，兩眼就快噴出火來，恨不得親手殲滅那條被我冒然賦予的生命！只要仔細想想他的罪行和歹毒，恨意和報復之心便強烈得足以讓我喪失理智；只要能夠捽死他，我眞恨不得攀登上安第斯山脈❶最高峰，把他踹到山腳下！我渴望再次見到他，好讓我用飄升到極點的惱恨砸爛他的頭，爲威廉和佳絲婷之死復仇！

我們的住家是喪宅，家父的健康因近來連串事件的震駭大受影響；伊莉莎白悲哀沮喪，不再開心帶勁地從事日常的工作。所有的快樂彷彿都成了她獻給亡者的祭品；永恆的哀愁和淚水，是當時的她自認該爲那無辜送命的女孩付出的哀悼。她不再是幾年以前陪伴我漫步湖畔、悠然神往地討論我們未來展望的快樂人兒。第一波用以使我們擯絕世事的憂傷已經造訪她；而它那暗淡的影響力更終止了她最惹人喜愛的笑容。

「每當我心頭想起，」她說：「佳絲婷慘死之事，親愛的表哥，我就覺得世界和它的運轉看

❶安第斯山脈：在南美洲西部。

起來和從前都不同了。以前，我總以爲書上看到、或是從別人那裡聽來的不公平或罪惡之事，是古時候或虛構出來的故事；至少它們非常遙遠，頂多只能當做是種想像；可是現在悲劇卻深入家中。在我眼裡，人們彷彿都變成亟欲吸吮他人鮮血的怪物；然而我的想法自然不公道。人人都相信那可憐的女孩有罪；而倘若她當眞有可能犯下被安上的罪名，當然百分之百是個最邪惡的人類。只爲區區一點珠寶，就謀殺既是她恩人、也是朋友之人的兒子，而且還是從出生以後就由她照顧、視如己出一般的小孩！我無法認可任何人的死亡，但認定這樣的人物不適合繼續留在人類社會間，卻是天經地義之事。然而她是無辜的！我知道，我感覺得出來，她是無辜的！你的看法也相同，這使我的信心更加堅定。天哪！維克多，既然子虛烏有的事情都可以看似如此逼眞，誰又能夠保證自己絕對幸福？我覺得我彷彿走在懸崖邊緣，崖上有成千上萬的群衆聚在那裡，拚命想將我推下萬丈深淵！威廉和佳絲婷都遭到暗算，而兇手卻逃走了！他自由自在地在這世上到處走，說不定還頗受他人敬重。但就算要因同樣罪名被判定上絞架行刑，我也絕不肯和這樣一個惡魔交換身分！」

我痛苦萬分地聆聽這番告白。在行爲上我雖然沒動手，但實際上，卻等於是眞正的兇手。伊莉莎白看出我臉上極度痛苦的表情，親切地執起我的手，說：「我最心愛的朋友，你必須設法平靜下來。這些事件影響了我，天知道有多深；但我不像你那樣哀慟逾恆！在你臉上隨時可見一股絕望，有時更是一臉復仇心切的表情，教我看得膽顫心驚。親愛的維克多，消除這些陰霾的情感，記住周遭所有把希望集中在你身上的朋友。莫非我們已經失去給予你快樂的能力？啊！當我們相愛，彼此眞心眞意愛著對方，就在這塊和平、美麗的土地上，在你的故鄉；我們可以重拾每一絲、每一分幸福——還有什麼能擾亂我們的平靜？」

難道這番由我珍惜、鍾愛超過一切的女子口中說出的話語，尙不足以趕走潛伏在我心中的惡魔嗎？即使就在她講話的同時，我也忍不住要戰戰兢兢地向她靠去，唯恐就在這一刻，那破壞者已經接近得可以動手搶走我的她。

因此無論友情的溫柔、大地的美麗、或天堂的純淨、都無法將我的心靈從苦惱的深淵之中解救出來。深情款款的聲調，並沒有發揮效果。我被團團包圍在一朵烏雲裡，任何有益的影響都無法滲入。受傷的鹿隻拖著牠無力的腳步到某片杳無人獸蹤跡的灌木叢裡，凝視刺入身上的箭矢，慢慢死去——這，正是我的模式。

有時，我能應付那排山倒海而來的陰鬱絕望，但有時在心靈中狂飄的情感，卻迫使我不得不借助肉體的運動和改變位置，去尋求從逼使我無法忍受的激動情緒中解脫之道。就在一次這類情況下，我突然離開家園，朝向阿爾卑斯山谷地走去，尋求在這些景物的壯闊、永恆間，遺忘自己，遺忘我因身爲人類、因爲憂傷而導致的短命。我的流浪之路朝向查尼可谷前進。少年時代，我常三天兩頭往這地方跑；到如今，已經整整六年過去，我，判若兩人——而那些原始蠻荒、亙古長存的景物卻始終不曾改變。

最初這段旅程，我騎馬而行。後來租匹騾子；圖牠腳步安穩，同時也是在這種崎嶇坎坷路面上唯一一種牢靠的牲口。天候晴好，時節約當八月中旬，距離佳絲婷死亡當日近兩個月後。那悲慘的一天，是我撕心裂肺，永遠也忘不了的。等到更深入阿維谷地後，沈甸甸壓在我心頭的重負頓時減輕不少。廣闊無邊的山脈，身旁四周峭立的懸崖，河水在岩石之間滔滔怒奔的聲響，代表著一股萬能上帝偉大的力量。望著眼前種種展現駭人無比之聲勢的自然條件；我，不再害怕，也不再屈膝於那遠不如創造出它們的偉大主宰之物。然而，等我再爬上更高的地方，山谷便又呈現出另一番更壯闊、更令人咋舌的風貌。一座座挺立於松林茂密的各個山頭懸崖頂上那些荒堡，怒濤奔騰的阿維河，此一處、彼一處自林木縫間向外窺望的小茅舍，構成一幅美妙絕倫的景觀！但偉大的阿爾卑斯山擴大了它的視野，也帶給它更雄峻的感受！山脈閃亮的銀白尖峰和圓頂高聳於萬物之上，如同隸屬於另一片土地，另一個族群的居民居住的空間。

我通過庇里瑟橋，河流切成的谷地就在此處在我面前開展，我開始攀登巍巍懸立於其上的大山。不久，我進入查莫尼可斯山谷。這片谷地的氣勢更為浩蕩驚人，但景色卻不如我剛剛通過的色佛克斯那般如詩如畫。白雪皚皚的高山是它最直接的邊界，但傾圮的城堡和沃腴的田野已不復可見。遼潤的冰河直逼馬路；我耳中聽到轟隆隆的雪崩聲音，又從蒸發之氣辨識出崩落的路徑。勃朗山——華麗巍峨的勃朗山在群峰圍繞之間一枝獨秀，巨大的圓頂俯瞰著山谷。

在這趟旅行間，一絲消失已久的喜悅常湧上我心頭。某條路上的轉折，某樣獰然出現眼前又被認出的東西，勾起我對逝去的往日回憶，聯想到少年時代輕鬆自得的歡暢！同樣的山風帶著安慰的語調在耳畔低訴，慈愛的大自然女神要我別再哭泣！忽然間，這親切的影響又失去了作用；我發現自己再度禁錮於憂傷中，沈緬於悲淒的思緒裡。於是，我猛踢胯下的牲口，拚命想遺忘這世界、遺忘我的憂心恐懼，還有最重要的，忘掉自己──或者，更不顧一切地，跳下騾背，仆倒在草地上，任憑千鈞重的恐懼和絕望壓得我爬不起來！

終於，我來到查莫尼可斯小村。在歷盡身心兩方面的極度疲憊後，整個人都虛脫了。我在窗口逗留一小陣子，看著在勃朗山頂上方微弱閃動的閃電光，傾聽底下喧囂奔流的阿維河水聲。當我枕著枕頭，同樣的和緩聲音恰以一支搖籃曲，鑽入我那過分敏銳的感官。睡意悄悄爬到我身上；我感受到它的降臨，並衷心感激這遺忘的施與者。

第十章

隔天我漫遊谷區，站立在阿維河的源流地區；這些源流自某條冰河發源，由封阻谷地的小山山頭緩緩往下流。崇山峻嶺的陡急山勢矗立在我眼前，零星幾株松樹散佈在周邊。這威儀凜凜的大自然女神壯麗輝煌的接待室裡一片肅靜，打破它的只有淙淙波濤或者某塊大斷層墜落的聲響，轟隆的雪崩，或者透過不變的規律悄然運作，積了又裂、裂了又積，沿著眾山邊綠不斷迴盪，彷彿不過是它們手中一樣玩具的積冰，持續發出的吱吱軋軋斷裂聲！這些恢宏壯闊的景觀，提供給我所能接收的最大安慰，使得一心認定自己卑劣鄙陋的我精神振奮不少！雖然無法盡釋悲傷，卻使這種惡劣心緒減輕、平靜許多！另外，它們或多或少也轉移掉一些最近這個月來始終盤據心頭的憂思！

晚上，我回宿處休息；白天一直蠢蠢欲動的瞌睡蟲，這會已經聚集成一大片前來謁見、服侍我；它們團團繞著我。潔白無瑕的積雪山巔，閃閃發亮的尖峰，松木森林，光禿禿、凹凸嶙峋的山澗、深谷，在雲層間嘎嘎厲叫的老鷹——環繞在我身邊，要我安寧平靜下來。

等明年我醒過來後牠們將已消失何方？所有提振精神的一切都隨睡意遁走，每個念頭都被陰鬱遮蔽。暴雨傾盆而下，濃霧遮斷了衆山的峰頂，教我連那些偉大朋友的面也無法望見，但我仍將洞穿它們的霧幛，在煙雲嬝繞的隱居之地找到他們。大雨、風暴對我又算什麼？我將騾子牽到門口，決心攀登安佛特山山頂。我回想起自己初次看到那永遠在移動中的龐大冰河景觀時，對我心裡產生的影響：當時它令我內心充滿了無比的狂喜，賜給我的心靈一雙翅膀，讓它可以衝破暗淡的世界，飛向光明與喜悅！大自然令人敬畏的威嚴壯魄景象，對我的心裡的確始終擁有肅穆的效果，使我忘懷浮世人生短暫的操煩！由於熟悉路徑，加上若有旁人在場將會破壞該地的幽寂壯觀之感，我決定不僱嚮導，獨自前往。

山勢非常陡直！幸好山徑是以一小段、一小段蜿蜒曲折的形式相銜而成，以便登山人能夠順利克服山嶺的垂直走勢，那是一幅荒涼得可怕的景象！冬季雪崩的痕跡摭拾可見。樹木斷裂倒地，有的完全被摧毀了，有的被打彎了腰；當你爬到較高處，小徑被一道道雪谷貫穿；走在谷底，常有石頭由雪峰上面滾下來；這之中會有一顆特別危險，聲音卻最輕微，像是在扯著嗓門說話一般，而產生的氣流衝擊力卻足以將說話者的頭砸個稀爛！松林並不高或茂盛，但是陰陰鬱鬱，爲這景色憑添一份酷烈感！我俯瞰腳下的山谷；幾團龐大的霧氣從穿過谷地的河流上升起；這些河流盤成粗細的圓環，纏繞在對面各個山頭的身上；山巔的頂端都藏在清一色的雲層裡，大雨從陰暗的天空潑下，加深我對周遭景物的悲涼印象。

天啊！人類爲何自許爲萬物之靈？這只使我們的需求更勝別的物種。要是我們的衝動可接近逍遙自在了；但現在，因那訊息可能傳達的情境而感動。

我們休息；一個夢擁有毒殺睡眠之能力。
我們起床；一個遊思污染那一整個白天。
我們感覺、設想、或理解；大笑或哀泣，
擁抱沈溺的哀悲，或者拋開我們的憂煩。
都是一樣，因為無論是喜悅或悲意，
離去的道路仍舊是自由自在地通暢。
人們的昨天永不可能像他的明日，
世上可忍的獨獨只有變化之無常！

我爬上山頂時已近正午時分。我在鳥瞰冰河的岩石上坐了一陣子。一團迷霧矇住了冰河和環繞冰河的群山。須臾之間，微風吹散了霧雲，我往下走到冰河旁。冰河表面十分不平坦，如惡浪滔滔的海洋忽漲忽落，又被深深低陷的裂縫交錯分割。整片冰原約莫一里格寬，但我花了近兩個小時才由這頭橫越到那頭。對面那座高山是塊寸草不生的峭直巨岩。安佛特山位於我現在所在位置的正對面，相距一里格遠。在它上方，竄起氣勢雄渾磅礡的勃朗山。我逗留在巨岩的深凹裡，凝視這壯麗驚人的景觀！冰洋——或者該說是一條遼闊的大冰河——依傍在山嶺之間盤繞，各座高聳的山頭懸垂於河凹上頭。晶瑩的冰封山峰高聳入雲，在陽光之下閃爍晶芒。我那原本悲悽的心此刻湧起一種像是喜悅的感覺；我高聲大叫：「流浪四方的精靈，倘若你們眞是飄飄盪盪，而非躺在各自窄窄的床上安歇，請允許我享受這些微幸福；或者攜著我，做爲你們的旅伴，告別人生的喜樂。」

正當我高喊之際，突然在一段距離之外望見一條人影，以超乎常人的速度飛一般向著我前進。在我方才戰戰兢兢行走其間的冰溝上方，他大步飛躍。此外，在他漸漸奔近後，身材看去也比常人高大。我很苦惱——一團霧氣矇住我眼睛，我突然感到一陣暈眩；但被颼颼的山風一吹，立刻又清醒過來。當那人影接近之後，（好一幅既可怕又可惡的畫面！）我看出那正是我所創造出來的可憐人！我憤怒、恐懼交集，全身直打哆嗦，決心等他來到跟前，然後給他致命一擊結束掉這東西！他來了！他滿面心酸苦楚，結合鄙視與極端的憎惡；加上本身醜陋無比的形貌，使得整張臉恐怖得讓人見了毛骨悚然！乍見他時的忿怒、怨恨使我激動得說不出話來；等到一開口，劈頭便是惡狠狠的一連串憎恨、不齒的攻訐，只想把他罵個狗血淋頭！

「魔鬼！」我大吼：「你怎敢接近我？你難道不怕我手臂的強烈復仇意志打爛你的頭？滾蛋，討厭的蟲子！不，還是留下的好，好讓我把你一腳踩成泥！還有，噢！好讓我消滅你這可憐的東西，挽回那些被你殘酷謀殺的犧牲者！」

「我早料到這樣的對待。」那惡魔說：「所有的人都討厭可憐鬼；而，像我這樣一個比所有生物都可憐的人，更不知被厭惡到什麼地步！而你——我的創造者更憎恨我，非要把我——你的產品——一腳踢開，踢到那些除非你我之間有一個被殲滅，否則你便無法泰然接近的人面前。你意欲殺死我！你怎敢如此拿生命當遊戲？盡你對我的義務，那麼我也將做到我對你和其他人類的本分。只要你答應我的條件，我就放過你和他們；但若是你拒絕了，我就會用你殘餘的親友們鮮血餵養死神大口，直到它厭足爲止。」

「可惡的怪物！你是個魔鬼！即使用煉獄的苦刑來懲罰你的罪行都嫌太便宜。該死的惡魔！你指責我創造了你；好哇，來吧！來讓我撲滅那由我糊里糊塗賜予的生命火花吧！」

我怒不可遏！在集所有足以命人發動「不是你死、便是我亡」的殊死戰的情緒壓迫下，飛身朝他撲去！

他輕易閃過，說：「鎮靜下來！在你把恨意報復在我這顆忠實的腦袋上以前，求求你先聽我說。難道我受的罪還不夠，非要你再來雪上加霜不可嗎？生命，雖然恐怕只是痛苦的累積，仍是我所愛；我要捍衛它！記住，你把我製造得比你自己更有力；我的身高比你高，我的關節比你更靈活；但我不會輕易與你對立。我是你創造出來的，要是你肯對我表現應有的和悅，我也會對上天賦予我的主子溫溫順順、柔和聽話。噢！法蘭康斯坦，千萬別像別人一樣，蔑視最期望得到你的公平待遇、甚至你的和善與感情的我。記住我是你創造出來的產物；我應當是你的亞當，結果卻像無故被你逐出樂園的墮落天使。我在處處見到幸福，唯獨只有我被放逐其外。我本親切善良；是悲哀使我轉變成惡魔。讓我快樂，我將會再度成爲安善良民。」

「滾！我不要聽你說。我們之間絕對不會有任何維繫；我們是敵人。滾！否則就讓我們較量較量，到時兩人之間非有一個倒下。」

「我要如何才能感動你？難道任何懇求都無法令你對哀哀懇求你的善意和同情、由你一手創造出來的創造物稍加青睞嗎？相信我，法蘭康斯坦，我是仁慈善良的；我的靈魂散發著愛與人性的光芒；但我豈不孤單，孤單得教人可憐嗎？你——我的創造者，對我尚且憎惡，我又怎能希望從你那些不虧欠我什麼的同類身上得到什麼呢？他們輕視我、討厭我。荒涼的山脈和陰寒的冰河是我的藏身處。我在這裡流浪好多天了——唯一不吝惜的地方。我向這些淒涼的天色歡呼，因爲它們比你們人類和善得多了。要是人類大衆知道我的存在，必定都會像你一樣，武裝起來準備殺死我。在這情況下我難道不會痛恨厭惡我的人嗎？我絕不和我的敵人妥協。我很可憐；而你應分擔我的不幸。但能否補償我，使我改過遷善全看你而定；除非因爲你讓我的惡性不再日益重大，否則不只是你和你的家人，甚至其他成千上萬的人，最後都將在它憤怒的狂飆中被吞噬！發揮你的同情心，不要輕視我，聽聽我的故事，聽完後，是該憐憫我或棄我於不顧，端看你如何判斷我應得的待遇，但務必聽我說。根據人類法律，無論多麼雙手血腥，罪犯在被判刑之前都有權爲自己抗辯。注意聽我說，法蘭康斯坦，你指控我爲凶手，而且爲滿足自己的良知，你還會摧毀自己一手創造出來的東西。噢！偉哉！人類永恆的正義！然而我仍將要求你放我一馬。靜靜地聽我說完；然後，若是你想要，就動手毀了你的作品吧！」

「你爲何要叫我回顧那些令人想起來就不寒而慄的事，」我回嘴：「教我想起自己是這悲劇的始作俑者？可惡的魔鬼，在你初見光明那天，正是遭天譴的一天！造出你的手，是雙遭天譴（雖然我譴責自己）的手！你已讓我的痛苦無法形容！你令我無力去思索自己對你是否公平。滾吧！從此別讓我再看到你可惡的身影，好減輕我的心理折磨！」

「我就這樣減輕你的折磨好了，我的創造者。」他用討厭的雙手遮住我眼前，被我猛力摔開。他說：「我用這個辦法讓你不用看見你憎惡的畫面；然而你還是可以聽我敘述，對我施予同情。那曾是我所擁有的美德，如今我向你索討。聽聽我的故事，它很長，也很奇特，而北地的氣溫對你敏感的感官並不適合。到山頂上的小屋去吧！太陽依然高掛在天空；在它西沈到覆滿冰雪的懸崖後躲起來，去照亮另一個世界前，你已經聽完我的故事，並且可以做好決定了。此後不管是要我永遠不再與人們爲鄰，過著無害的生活；或者成爲你親人朋友的禍害，並且加速你本身的滅亡，全在於你。」

他邊說邊帶頭穿越冰地；我一路跟隨。我一腔激動，但並未回答他的話，只是滿腦子想著他所發出的各種議論，決心至少先聽聽他的故事。半是出於好奇心的煽動；另一方面，同情心理更鞏固了我的決定。截至目前爲止，我始終推斷他是殺害我的弟弟的凶手。此時，這也是我第一次感受到身爲他的創造者之責任，還有我理應先使他快樂，才有資格責怪他的邪惡……這些動機，促使我答應他的要求。因此，我越過山地，攀登對面的巨岩。天寒地凍，雨又開始落下來。我們進了小屋。那惡魔得意揚揚，我卻心情沈重，情緒低落；但我還是答應聆聽，並且坐到我那醜陋同伴生好的火堆旁。

接下來，他開始敘述起自己的故事……

第十一章

「我費了好大周章，才記起自己存在之前的根源；那段期間所有的事件顯得一片模糊零亂。一種奇異的多重意識猛然攻佔我身上；我同時看到、感覺到、聽到、聞得到東西；而，實際上，又經過很長一段時間，我才學會區別各種感官的運作。漸漸地，我記得，一束更強的光線壓迫我的神經，逼得我不得不閉上雙眼。於是，黑暗籠罩著我，叫我大感困擾；但當我張開眼睛，就像現在這樣，當光明再度潑灑在我身上時，卻不再有這種感覺。我走動並（我相信）下樓，但立即發現自己的知覺有一大轉變。從前，我的周遭都是昏昏暗暗的屍體，既看不見，也不能碰；而現在，我卻發現自己可以行走自如，再也沒有我爬又爬不過、閃又無從閃的東西擋路了。在我走動之間，亮光對我的壓迫力越來越強，熱氣薰得人難耐，於是找到一處可以遮蔭的地方。這地方就在英格爾史泰德附近的一座森林裡；疲憊的我躺在一條小溪畔休息，直到飢渴交加，才又難受得從幾近睡眠狀態爬起，吃了些掛在枝頭、或掉在地上的漿果，喝點溪水解渴，然後再次因不敵睡意躺了下來。

「等我醒來時天色已經暗了。我覺得冷，且在發現自己如此孤獨淒涼後，不由自主地感到有點驚慌。在離開你的公寓前，我在一陣寒冷的意識下替自己找了幾件衣服穿，但這些衣服不足以保護我不受夜露之凍。我是個淒涼、無助、不幸的可憐蟲；我什麼也不懂，什麼也無法分辨，只覺得痛苦從四面八方襲來，情不自禁坐在地上痛哭流涕。」

「沒有多久，一道柔和的光線悄悄爬上天邊，帶給我一陣歡樂感。我一躍而起，看見一輪光華四射的形影從林樹之間升起。（作者註：月亮）我驚訝地遙遙凝視。它移動緩慢，但卻照亮了我的路徑，於是我又往外走去尋找漿果。我還是覺得很冷。忽然，在走到一棵樹下時發現一件長大衣，於是將它拿來披在身上，然後坐下來。我的心中沒有什麼明確的念頭，一切都是迷迷茫茫。我感受到光、餓、渴、和黑暗；無數的聲音在我耳邊響著，四面八方都有各種味道飄來；我唯一可以辨認的便是皎潔的月亮，於是開心地直盯著它看。

「幾番日夜轉換下來，夜晚的軌道已大幅縮短，我也開始能夠區分自己的各種知覺了。我漸漸清楚認識供我水喝的清澈溪流，和用它們的葉子爲我遮涼的樹木。當我初次聽出一種常常在我耳邊轉來轉去、透過某種常常把光線從我眼前截斷的帶翅小動物喉頭發出的悅耳聲音時，心裡好高興！另外，我也開始更精準地觀察出周遭事物的形狀，也覺察了遮覆在我身上那燦爛的光簷界限在何處。有時我努力模仿鳥兒們悅耳的歌唱卻學不來，有時盼望能以自己的模式表達感覺，但由我嘴裡發出那些含含糊糊的古怪聲音又嚇得我趕緊住嘴！

「某天，正當我冷得受不了時，忽然發現一堆某些流浪漢留下的火堆，在從火堆旁體驗到的溫暖中高興地驅走寒意。開心的我將手伸進還紅通通的火燼裡，但馬上又痛得慘叫一聲，趕緊把它抽回來。多麼奇怪啊！我心想著，同一個源頭卻仍產生兩種迥然不同的效果！我仔細查看那火的原料，欣然發現原本是木頭。我連忙撿了好些樹枝來，不過那都是濕的，不能夠燃燒。我心裡很難過，動也不動地坐在那兒看著火是如何燒的。被我放在靠近火堆旁的那部分木頭漸漸乾燥、著火了。我為此再三思索，摸摸不同的柴枝找出了原因，於是忙著收集大量木柴以便烘乾，才可以有豐富的來源供應火堆燃燒。夜晚降臨帶來了睡意。我惟恐火堆熄滅，擔心害怕得要命，小心翼翼地用乾木柴蓋著它，上面再鋪濕樹枝。然後，攤開大衣，躺在地上沈沈睡熟了。

「等我醒來已經是早晨，心底惦記的第一件事便是去看看那火堆。我撥開樹枝，微風一吹，馬上竄起一道火舌。我也注意到這現象；動手編編樹枝，使得幾近熄滅的殘火又熊熊燃燒起來。等到夜晚再度來臨，我高興地發現火除了熱之外還會帶來光。而這項要素的發現在食物方面也派上很大用場。因為我注意到旅人們留下的部分動物內臟已經烤熟了，而且吃起來比我從樹林裡採到的槳果更有滋味。因此，我嚐試以同樣的方式將我的食物擱在通紅的火燼上，發現槳果一經火烤就完了，堅果和樹根卻變得芳香可口許多。

「然而，慢慢的，食物稀少了。我常花了一整天工夫想找些橡實來舒緩被餓出來的痛，結果卻一無所獲。當我察覺這一點後，便決心離開一直居住至今的地方，找尋某個更能滿足我那些極少數需求之處。在這次遷移中，我極為惋惜失去那堆我無意中獲得、卻不知如何再製的火堆。我用去幾小時時間鄭重考慮難題，結果卻不得不打消設法生火的企凋，用我的大衣把全身包得密不透風，鑽進樹林朝著日落的方向走。這樣流浪三天之後，我終於發現一片曠野。前一天夜裡下過一場大雪，所有田園都是清一色的玉白；這景觀看著好生淒涼，而我發現，自己的雙腳被那覆蓋在地面上的濕冷物質凍得直戰慄。

「當時大約是清晨七點左右；我眞渴望能獲得食物和擋風避寒處。終於，我在一塊隆起的地上望見一座小屋，無疑是爲方便某個牧羊人休息而造的。這對我來說是幅新鮮的畫面，因此我好奇萬分地仔細查看它的架構。我發現大門是開的，舉步便跨進屋裡。一名老人坐在壁爐旁，在爐上準備他的早餐。聽到聲響，他扭頭過來看見了我，高聲尖叫著衝出屋外，以看他那虛弱的樣子絕對不可能達到的速度，飛也似地奔過田原而去！他的外表和我以前看過的所有東西形狀都不一樣，而他的神速倒叫我多少感到訝異。不過這小屋的外形教我著迷極了！這個地方雨雪都無法滲入，地面是乾的。當時的它在我眼中，就像地獄裡的惡鬼們在受過缺火之苦後，見到的群鬼宮殿一般精美絕倫。我貪婪地大嚼牧羊人剩下的早餐，內容包括麵包、牛奶、乳酪、和酒；不過後面這項我並不喜歡。接著，疲憊不堪的我便倒在乾草堆間睡著了。

「我在晌午時分醒來，溫暖的陽光亮晃晃地照射在雪白地面上，同時也將我誘至戶外。我決定重新展開旅程。在將牧羊人剩餘的早餐收進我所找到的一個旅行袋之後，我穿越田野，連走幾小時的路，於日落黃昏之際抵達一座小村莊。它的外觀是多麼神奇哇！茅舍；稍微整潔精美些的小屋；富麗堂皇的大屋；逐一吸引我的目光。院落裡的蔬菜，還有我看見某些小屋窗口擺放的牛奶，激起了我的食欲。我是進其中最棒的一家；只是腳都還來不及踩在門限裡，屋內的小孩便陣陣尖叫，一名婦人更是馬上昏倒。整座村莊嘩然騷動起來；有的倉皇奔逃，有的對我發動攻擊，直到我被石頭和其他許多種滿場亂飛的武器扔得鼻青臉腫，這才急忙逃向曠野，沒命似地撞進一座低矮的棚舍躲藏，權充我的避難所。棚舍內部擺設極為簡陋。在剛目睹過村子裡那些宮殿後，它的樣子看起來分外可憐。不過，這間棚舍另外還連結著一座外表整潔美觀的小屋，只是在有過方才的經驗後，我可不敢再隨便闖進去了。這是一間木造的棚屋，可是矮得讓我難以挺直腰桿坐正。此外，棚舍的泥土地面上並未鋪設木料，不過地上是乾的。儘管風從它的無數縫隙直往裡頭鑽，我發現，它仍是一座頗合人意的躲避雨雪之地。

「之後，我暫避此處，在高興找到這麼一個存身之處的心情中躺下來。然而，想到天候的嚴酷，更想到人們的殘忍，不由得一時悲從中來。

「早晨天剛破曉，我便從我的窩裡爬起來，以便瞧瞧相連的小屋，探查一下自己是否能繼續留在剛找到的居處。它座落於小屋的背後，兩旁分別是一個大豬欄和一汪清澈的水池，其中有個部分是打開的，昨天我便是從那個地方潛入。但現在，我卻用石頭和木塊把所有可能曝露我形跡的裂縫堵住，只是堵的方式是以我想出去時可搬開為準。豬欄那邊透進我所享受的所有光線，對我來說十分充足。

「在如此佈置完我的宿處，又鋪上潔淨的乾草之後，我遙遙望見一名男子的形影，趕緊往後退避。因為昨晚所受的待遇還深印在我腦海，難保在他的力量下自己是否能平安無事。無論如何，那天我先靠著一條偷來的粗麵包和一個茶杯支持度日。有了那杯子，從流經隱匿處的潔淨流水中舀水喝，要比用雙手便利多了。棚舍的地面稍稍隆高，所以能夠保持完全乾燥；加上位置接近小屋，所以還算得上溫暖。

「在擁有這些補給的情況下，我決心先在這裡住下，直到遇上什麼可能改變我決定的狀況為止。和我從前居住的那片荒涼森林、滴著雨水的樹枝、陰溼的地面相比，這裡真是一座樂園！我怡然自得地吃了早餐，正打算拆下某塊木板弄點水喝，忽然聽到一陣腳步聲。我從一道小縫中望去，只看一個頭上頂著水桶的少女打我的棚舍前經過。這女孩年紀輕輕，儀態溫婉，和我在一般農舍、農莊裡看過的女傭大不相像。然而她的打扮卻很寒酸，全身只穿著件藍色粗布裙和一件亞麻上衣，美麗的秀髮雖然紮成辮子，卻沒有配帶任何髮飾，堅忍的神色之中帶著悲傷。她走出我的視線，大約經過一刻鐘後，又頂著裝了些牛奶的水桶走回來。正當她頂著那桶子，有點吃力地走到中途時，遇到一名臉上佈滿更多愁雲慘霧的青年。他神情暗然地發出一些聲音，接下她頭上的桶子，自己提進小屋裡。她跟在後面，兩人都失去蹤影。不一會兒我又看到那青年，手中拿著些工具穿過屋後的田地；而少女也時而屋內、時而庭院地忙碌著。

「在仔細查看居處時，我發現它的一部分從前是小屋的一個窗口，只是原先的窗玻璃已改用木板隔住。在這當中有條小得幾不見的裂縫，恰恰好只容視線穿透。從這個缺孔望去是間粉刷成白色的小房間，打掃得十分乾淨，卻不見有什麼傢俱擺設。房間的一隅，靠近小壁爐旁的地方，坐著一個淒涼地雙手支頤的老人。少女一直忙著整理小屋；但沒多久她又從抽屜裡取出一樣東西，坐在老人旁邊，兩手忙個不停。而老人也拿起一件樂器開始演奏，製造出一種比畫眉或夜鶯的歌聲更悅耳的聲音。即使在我這從未見過任何美好畫面的可憐蟲眼底，它也顯得多麼動人啊！那耄耄老者花白的頭髮和慈祥的容顏贏得我的尊敬，而少女溫柔嫻淑的舉止則擄獲我的愛意。我看見老人家演奏的哀傷悅耳曲調引得乖巧的少女潸然淚下，而他卻不曾注意，直到她的啜泣聲音清晰可聞。這時老人口中發出幾個聲音，那美麗的姑娘放下手中的活計跪在他腳旁。他扶她站起，露出一抹非常慈愛、非常親切的笑容，讓我感受到某種強烈得難以抵擋的特殊天性。這些感受浪合著痛苦與快樂，是種我無論自飢餓或寒冷、溫暖或食物中都不曾有過的體驗。我難以承受這些情緒，悄然自窗口抽身。

「沒有多久，青年肩上扛著捆木柴回來了。女孩到門口迎接他，幫忙卸下肩頭的重負，拿些柴薪添到爐火上。接著她和青年走開到小屋一隅，青年拿出一大條麵包和一大塊乳酪給她看。她似乎很開心，跑到園子裡拔些塊根和植物，放在水中，然後擱到火爐上。之後她繼續進行自己的工作，青年則跑到園子，顯然是忙著挖掘和拔出一些塊根。這樣勤奮工作將近一個小時後，少女也到園中幫忙，然後兩人一同回到屋裡。

「這段時間，老人顯然一直很憂愁，但兩名青年一進屋，他便裝出快活的樣子，大家坐下來用餐。午餐，匆匆用畢，少女馬上又忙著整理屋內，老人則倚著青年臂膀，走到小屋前曬幾分鐘太陽。這兩名最好的人之間的對比之美，任何事物也無法超越。老人年邁，銀絲閃閃，臉上漾滿慈藹、疼愛的笑容；年輕的那個身材瘦削優美，有著最勻稱好看的五官，眼中流露的卻是最深切的悲傷和沮喪。老人返身入屋，青年帶著和早上不同的工具，舉步穿過田野。

「夜幕很快籠罩大地，但我驚訝無比地發現，小屋裡的人有種利用細蠟燭延長光明的辦法；同時開心地發覺太陽落山，並未結束我從窺看隔鄰人類中體驗到的樂趣。晚間，女孩和她的男伴忙東忙西地做著各種我不瞭解的事情；老人則再度拿起早上製造出像仙樂般聲音、令我陶然忘我的樂器演奏。等他演奏完畢，青年馬上接著——不是演奏——而是發出一些既不像老人的樂器般和諧，也不像鳥兒的歌唱那樣的單調聲音。後來我漸漸曉得那叫做朗誦；但當時，我對言詞或文學之類的學問卻一無所知。

「那一家人在這樣忙和了一小段時間後，便熄燈退下。如我臆測的，睡覺去了。」

第十二章

「我躺在乾草上，卻難以成眠。我想起白天發生的事件。最令我心靈震動的，是這些人溫文的舉止神態。讓我既恨不得加入他們，卻又不敢造次。對於前一晚上從蠻橫的村民們那兒遭到的待遇，我記憶猶新。因此決心無論是任何未來我可能認爲應當採取的行爲，目前都要先按兵不動，靜靜留在我的小棚舍裡，觀察、並努力發掘影響他們行動的動機。

「小屋裡的人隔天在太陽還未升起時就起床。少女打理小屋並準備食物，青年吃完早餐立即出門。這一天依照一日的模式度過。青年不斷在戶外辛勤勞動，少女忙著屋內的各項事情，至於那老人（不久後，我便看出他是個盲人）則將他的休閒時間，都用在把弄他的樂器或是瞑思裡。兩名年輕人對那年老可敬的同伴所表現的愛和尊敬，是任何事物都難以超越的。他們和顏悅色地盡到對他無微不至的愛護和責任，而他也用親切的笑容回報他們。

「他們並不盡然幸福快樂。青年和他的女伴常各自流淚。我看不出他們悶悶不樂的理由，卻深深爲此動容。假使連這麼可愛的人都可憐兮兮，像我這樣既不完美又孤單的東西，境遇悲慘也就不足爲奇了。然而這些溫柔和善的人爲何不快樂呢？他們擁有一幢可愛的房子（在我眼中如此）和所有奢侈品；寒冷的時候他們有座火爐可供取暖，餓的時候又有美味可口的食物吃。他們穿著極好的衣服。況且，他們還可以享受別人的陪伴和言談，交換每天深情、親切的表情。他們的眼淚暗示著什麼？眞的是在表示痛苦嗎？起初我無法解開這些問題；但持續的關注加上時間，爲我說明了許多一開始像謎一般的跡象。

「我經過相當久的一段時日，才發現其中某個導致這和善人家焦慮不安的原因：是貧寒；而且他們忍受貧寒之苦已到十分悲哀的地步。他們的營養全靠自家園子裡的蔬菜和所飼養那頭牛的牛奶供應。但在冬天裡，由於主人們幾乎買不起什麼食物餵養，母牛所能生產的乳量也就非常稀少。我相信，他們一定常常捱受強烈的飢餓之苦。尤其是那兩個年輕人；因爲有好幾次他們把食物全擺在老人家面前，沒替自己保留一點點。

「這項善良的優點深深感動了我。原本我總習慣趁著夜裡偷一點他們的存糧供自己消耗，但自從發現這麼做會增添小屋裡的人痛苦以後，我便自動戒掉這習慣，只以從附近林子裡採集到的漿果、堅果、塊根裹腹便滿足。另外我還發現一個可以協助他們辛苦工作的方法。我察覺那青年每天都要花掉大半天工夫，收集家裡生火用的木柴。因此我常趁著夜裡拿著他的工具（使用方法我很快便弄懂了），帶回足夠家裡使用好幾天的柴薪。

「我記得，當我第一次這麼做時，那少女一早打開大門看見門外堆著那麼多木柴，顯然感到大吃一驚！她大聲喊出幾個字，那青年立即跑到她身邊來，同樣顯得錯愕萬分。我欣然注意到那天他沒有前往森林，而把那多出來的時間用在修理小屋和在園裡栽植灌溉上。

「漸漸地，我達成一項更重大的發現。我發覺這些人擁有一種藉助清晰的發音，分享彼此經驗和感情的方法。我看出有時他們說出的話會使聽者的心理和臉上，產生高興或痛苦、笑容或悲傷的反應。這眞是門奇妙絕頂的學問；我熱切渴盼能早日摸熟。但每次只要我一嚐試，總會感到窒礙難行。他們的發音快速，嘴裡講出的字白，又和眼中可見物體沒有什麼顯著的關聯。我找不到任何線索，可以解開他們的言語所指的是什麼？然而在我逗留棚舍這段期間，經過幾次月亮的循環，我終於在花費不少心血後，弄清楚他們在言談之中對最熟悉的物品如何稱呼；我學會『火』、『牛奶』、『麵包』和『木頭』這些語詞的運用。另外我還學會小屋裡的人本身的稱呼。青年和他的同伴各自有好幾個稱呼，但老人只有一個，就是『父親』。少女稱做『妹妹』或『阿嘉莎』，青年叫『菲力克斯』、『哥哥』或『兒子』。當我明白專屬於這每個聲音的概念，並能夠發出這些聲音時，心裡說不出有多高興！此外有些詞語我雖然還無法明瞭或連用，但已經能夠區分清楚。比方說：『好』、『最心愛的』、『不快樂』等等。

「我就是這樣度過了冬季。小屋裡的人溫文和善的舉止、漂亮的長相，使我對他們大有好感。每當他們悶悶不樂時，我的心情也跟著低落；遇到他們歡欣鼓舞時，我也感染他們的喜悅。除了他們，我只見過少數幾個人類。而倘若他們其中有人進入小屋的話，那扎眼的舉動和粗魯的步態，也只會使我更覺得我那三位朋友眞是了不起！我看得出來，老人時常盡力鼓勵他的孩子們，不時發現他要求他們拋開煩憂。他會擺出一臉連我看了都會開心起來的和悅神情，用開朗的語氣對孩子說話。阿嘉莎恭恭敬敬地聆聽，有時眼眶泛起淚水，便努力趁人不注意時偷偷擦乾。但我慢慢發現，在聽過父親的勸誡之後，她的神情和語氣總會變得比較快活。菲力克斯則不然，他向來是三人之中最憂愁的。即使是我這些孤陋寡聞的感官，也感覺得出他受的苦顯然比另外兩人更深！但儘管他比妹妹更加愁眉不展，聲調卻顯得比她更開朗；尤其是在對老人說話的時候。

「我可以舉出無數雖然微小、卻足以顯示這三名溫柔和善的小戶人家性情的例子。在清寒貧困間，菲力克斯欣欣然為妹妹摘來第一朵從雪地下探出頭的小白花。七早八早，她還未起床前，他便替她清除掉堆在通往牛奶處理場小徑上防礙行路的積雪，到井邊打水，將屋外的木柴搬進來（他驚訝地發現，有隻不可見的手老是主動為他補充儲備燃料。）至於白天，我相信他是在為附近的一名農夫工作；因為他常一出門就到中午才回來，卻沒有帶回一根木柴。剩下的時間他會在園子裡工作。不過由於在天寒地凍的季節裡要做的事有限，他便朗誦文章給老人和阿嘉莎聽。

「起初他的朗誦讓我聽得糊里糊塗，漸漸便聽出在他朗誦中，發出許多和談話時候一樣的聲音。因此我據以推想，他從紙上找到一些自己瞭解的東西做為談話用，我也迫不及待渴望領悟這些內容。但我既無法理解那些聲音代表的意義，又怎能達到這一步呢？無論如何，我在這門知識上仍有顯見的進步。只是儘管付出全副的精神努力，還是不足以讓我明瞭任何形式的對話。我非下工夫不可；因為我可以輕易察覺，縱然自己是多麼迫不及待地渴望在小屋裡的人面前現身，但除非先精通他們的語言，否則不該嘗試。也許這項知識可以使他們忽略掉我外貌的醜陋畸形；因為從眼前不斷看到的人們，我對這項對比也產生了自知之明。

「隨著陽光日益溫暖，白晝日益延長，滿地白雪消失了。我看到光禿禿的樹木，和黑朠的土地。從這時起，菲力克斯更勤於工作，令人惶惶不安的飢荒將至的徵兆也消失了。他們獲取充足的食物；後來我發現，這些食物雖然粗糙，卻有益於健康。園子裡冒出幾株新植物，他們爲它們施肥；這些安樂的象徵隨著季節的前進而逐日明顯。

「不下雨的時候（我發現天空潑下水來就叫下雨），老人會每天中午倚著兒子散步一會兒。下雨的情況時常發生，但一陣強風迅速吹乾地面，而時節就變得更加舒適宜人了。

「我在棚舍裡的生活模式一成不變。早上，我全神貫注於小屋中人的一舉一動，等他們離開我的視線，各自做不同的事去了，我便睡覺；下半個白天我都用來觀察這些朋友們。等他們回房休息以後，要是天上還有月亮，或者那是個星光滿天的晚上，我便進入樹林中收集自己的食物和小屋裡的燃料。回程時，通常我都必須學習從菲力克斯身上看來的舉止，替他們將小徑上的雪打掃乾淨。事後我發現，這些由某隻不可見的手完成的工作，總令他們驚詫莫名！在這些時候，我曾一兩度聽到他們說出：『好精靈』、『不可思議』等字眼，不過當時我並不瞭解這些語意。

「這時我的思想更加活絡了，一心渴望探知這些可愛人物的動機與感情；我好奇地想要明瞭菲力克斯究竟爲何顯得那麼悲慘，而阿嘉莎又如此憂傷。我心想（可憐的笨蛋），說不定憑我的力量，可以爲這些應當幸福的人挽回歡樂。當我不在棚舍或睡覺時，那可敬的盲父親、溫柔的阿嘉莎、和出類拔萃的菲力克斯形影不時從我眼前掠過。我視他們爲高我一等的人物，將要決定我未來命運的仲裁者。我在想像中描繪出無數自己在他們面前現身、還有他們如何接待我的景象。我想像他們會感到厭惡；但在看過我溫文的舉止，聽過我和好的言談後，我將會先得他們的好感，往後再贏得他們的愛！

「這些想法令我內心振奮，重新爲我貫注取得語言技術的熱忱！我的發音器官固然粗糙，但善於適應；而縱然我的聲音一點也不像他們的語調那樣宛若柔和的音樂，但要發出這些已經瞭解的字眼卻也不太困難。這就好比同樣向主人膝頭撒嬌的驢子和哈巴狗之別；溫呑呑的驢子用意乃發乎至誠，縱然舉止粗魯，但絕對應當得到比鞭打、詛咒更好的待遇。

「春季裡暢快的陣雨和暖和的氣溫，大大的吹變了大地的風貌。原先彷彿一直躲在洞穴裡的人們，這時四散開來，忙著分頭進行自己的灌溉栽培工作。鳥兒唱出更輕快的樂章，新葉開始在枝頭萌芽。歡樂，歡樂的大地啊！一個在短短時間以前還淒冷、潮濕、有害健康的地方，如今已經變成適合神仙居住的境地了。大自然迷人的外表，提昇了我的精神；往日從我的記憶中抹去。眼前是一片詳和，未來則鍍著耀眼的希望光束和喜悅的期待！」

第十三章

「現在我加緊敘述我的故事中更動人的部分。我將陳述那些令我感觸良深，使我一由原來的我變為如今這樣的事件。

「春天快速推進，氣候變得晴朗，天空萬里無雲。我驚訝地發覺從前陰鬱荒涼的景色，如今盛開著最美麗的鮮花和青蔥的草木。無數宜人的芳香和萬千美景，滿足了我的感官、恢復了我的精神。

「就在這其中一天，我的小屋居民工作告一段落，到了固定的休息時間——老人彈起吉他，兩個孩子靜靜聆聽——我注意到菲力克斯神色憂愁到無以復加，不時長吁短歎。他的父親一度中斷彈奏；我從他的態度推測他大概在詢問兒子憂傷的原因。菲力克斯以快活的語調回答，於是老人再度撥動樂器；這時有人在門外敲門。

「那是一位騎在馬背上的小姐，同行的還有一位充當嚮導的本地人。小姐身穿一襲黑衣服，矇著厚厚的黑面紗。阿嘉莎問她找誰？而門外的訪客只以甜美的聲調唸出菲力克斯的名字。他的聲音很是美妙，但和我那幾位朋友們都不相似。菲力克斯三步並做兩步來到小姐面前；她一見到他便揭開面紗，而我，目睹了一張如天使般美麗、純潔的容顏。她那烏黑的秀髮閃閃發亮，編成奇特的髮型；她的眼珠漆黑，雖然溫柔，卻又顯得活潑靈動；她的五官比例勻稱，膚色白皙得驚人，兩邊臉頰各染著一抹淡淡的紅暈。

「菲力克斯見到她似乎欣喜欲狂，臉上所有的愁容瞬間一掃而空，立即流露出一股令人難以置信的狂喜；他的兩眼發亮，臉上高興得滿面飛紅；在那一刻，我覺得她和門外的客人一般漂亮。她看似百感交集，從迷人的雙眸中拭去幾滴清淚，向菲力克斯伸出雙手。菲力克斯欣喜若狂地邊吻著，邊聲聲地呼喚。在我耳中分明聽得，他呼喚的是『心愛的阿拉伯女郎』。她似乎聽不懂他的話語，只是報以嫣然笑靨。他扶她下馬，遣走她的嚮導，領她入屋。在菲力克斯和他的父親略作交談之後，年輕的女客人跪在老人腳跟前，預備親吻他的手，卻被他扶了起來，並疼惜地擁抱。

「不一會兒工夫，我便察覺儘管女郎發音清晰，而且顯得有自己的一種語言，但小屋裡的人根本聽不懂她在說什麼，她也不瞭解他們的話，他們打了許多我不明瞭的手勢；不過我看得出她的來到恰似朝陽驅散晨霧，趕走大家的憂愁，使得整座小屋洋溢一片歡欣氣氛。菲力克斯顯得特別高興，笑逐顏開地接待他的阿拉伯女郎。阿嘉莎，始終溫柔婉約的阿嘉莎吻著那俏麗陌生人的手，指指她哥哥，比劃出在我看來，彷彿說明直到她來以前，他老是愁眉不展的手勢。我不明白原因何在？總之，他們眉開眼笑、比手畫腳地度過好幾個小時。不久之後我發現，那初來乍到的女郎正藉著重唸幾個他們頻頻反覆唸誦的聲音，努力學習他們的語言；於是我馬上想到應該利用相同的方法，達到同樣的目標。第一堂課，女郎學了大約二十個左右的字，這些多半都是我以前就明瞭的；而另外那些，卻是額外的收穫。

「夜晚來臨，阿嘉莎和阿拉伯女郎早早回房安寢。臨去之前，菲力克斯親吻女郎的手，道聲：『晚安，心愛的莎菲。』自己則留下來與父親交談許久才睡。我聽見他們頻頻提到那女郎的名字，猜想這嬌美的客人正是他們談話的主題。我渴望瞭解他們的話意，卻參現即使傾盡全力也毫無可能。

「隔天早上菲力克斯出門幹活兒。在阿嘉莎平日的工作做完後，阿拉伯女郎一如老人那般拿起他的吉他，彈出某種令人心醉神馳的曲調；立即引得我流下悲喜交織的淚水。她引吭歌唱，歌聲恍如一隻林中的夜鶯，時而高亢飽滿，時而淡淡消逝，音韻變化無窮。

「彈完之後，她將吉他交給阿嘉莎，最初被她婉言推辭了。後來少女彈了一首簡單的旋律，伴著悅耳的歌聲，曲調卻不如阿拉伯女郎那般神奇。老人顯得更加興奮，說出幾句話來。阿嘉莎竭力對莎菲說明老人的話意，他是希望表達莎菲的音樂賦予他莫大欣喜！

「接下來的日子，一如從前般平靜地度過，唯一的變化是喜悅取代了這些朋友們臉上的悲傷。莎菲每天開開心心、笑臉迎人；她和我在語言這方面知識上都進步神速，因此在兩個月之內，我已經開始領悟我的保護者們大部分話意。

「這段期間裡，黑沃的土地上同時覆滿了芳卉，無數繁花間交錯著一道道翠堤。鼻中所聞是陣陣芬芳，放眼望去盡是賞心悅目景象，月光盈溢的林中更點綴著淡淡星輝。陽光日益溫暖，夜色溫和清朗。縱然因爲我怕遇見初次進入村莊所遭到的待遇，不敢隨意白晝外出，太陽的早升晚落又使得夜裡的散步大幅縮短，夜間漫步仍是我極大的樂趣。

「白天裡我心無旁鶩，因此可以更快速地精通語言；不是我吹牛，我的進步要比阿拉伯女郎神速得多。她瞭解得很少，交談的時候又把話講得支離破碎，而我卻能夠領會並模仿幾乎他們所講的每一個字。

「除了在語言方面進步外，我也趁他們教導新成員文學知識時領略這門學問；而這更爲我眼前開展出一片寬廣的驚奇與娛樂園地。

「菲力克斯用來指導莎菲的書本是伏爾尼撰寫的帝國淪亡錄。若非菲力克斯巨細靡遺地詳加解釋，我絕對無從瞭解這本書的主旨。他說之所以選擇這本書，乃是因爲其著重修辭的風格是仿照東方作家的筆法而成。透過這部作品，我對歷史獲得粗略的認識，同時對於當今現存的幾個帝國也有了概念；它使我洞察世上各個不同國家的風俗、政府和宗教。我從聽說智性活動中，得悉古羅馬人的戰爭和不可思議的豪勇氣概——聽說他們往後的衰退——通曉那龐大帝國的覆亡，知道武士制度、基督教、和眾國王。我聽說美洲的發現，還伴著莎菲一同爲其原住民不幸的命運灑淚。

「這些令人驚異的敘述在我心頭激起各種奇妙的情緒。難道人眞的可以同時既如此強勁有力、如此勇敢、偉大，卻又如此邪惡、卑鄙嗎？他曾經表現得像個微不足道的邪惡根源後裔，在別的時候卻又一言一行都足以被視爲高貴聖賢。當個偉大勇敢人物時，呈現出的是可能加諸於感性生物身上最崇高的榮譽感，做爲卑鄙邪惡之徒時，便表現出低劣的墮落——一種比鼴鼠或無害的蟲子更卑躬曲膝的狀態。有很長一段時間，我無法想像人怎麼動手謀殺他的同類，甚或何必有什麼法律、政府的存在；但等我聽到詳述罪惡行爲、流血事件的細節後，自然不再訝異、懷疑，並且厭惡而又噁心地把頭別開。

「現在，小屋居民的每次談話都爲我帶來新的驚奇。當我聆聽菲力克斯對於阿拉伯女郎的指導，便獲知對於人類社會的奇怪制度之解說。我得知財產的劃分，無盡的豪富和悲慘的赤貧；曉得階級、出身、和貴族血統。

「那些言語促使我反躬自省。我知道你的同類們最爲推崇的所有物，便是高尙清白的出身再加上財富。一個人很可能只因具備其中一項優點而受人尊敬，但若一項皆無，那麼除了有如鳳毛麟角般的幾個例子，他必定會被視爲奴隸和流民，註定要爲少數特定人物的利益而白白浪費他的力氣！我呢？我是什麼？我對自己的源起和創造者一無所知，不過我曉得我沒有金錢、沒有朋友、沒有任何一種財物。此外，我的外型被塑造得奇醜無比、惹人憎惡；甚至我和人根本不屬於同一個種類。我比他們更機智靈活，也更能夠靠粗食維生；我承受極度的炎熱和寒冷時，身體比較不易受傷害；我的身材遠遠超越他們。我留意四周，看不到、也沒聽說有人像我一樣。這麼說，莫非我是一個人人避之唯恐不及、誰都不肯承認的怪物，一個世間上的污點嗎？

「我無法對你形容這些思緒在我身上造成的痛苦；我試圖趕走它們，但悲傷只會伴隨知識俱增。噢！要是我一直逗留在原來那片樹林裡，除了飢、渴、炎熱什麼感覺也沒有，什麼知識也不知道該有多好！

「知識是個奇妙的東西啊！它就像岩上的青苔，一旦占領了，便緊緊依附心靈不去。有時我眞希望甩掉所有的知覺唯有一個方法，那便是死亡——一種我所恐懼卻還不明瞭的狀態。我欣賞我的小屋居民們的好品德、好天性，喜愛他們溫和的態度和柔順的脾氣，但除非憑仗我在沒人看見、沒人知曉的情況下偷偷學來的本事外，我完全無法與他們交流；而我的這些本領，早已飛速進步到足以滿足自己渴望成爲這些夥伴當中一員所需的程度了。阿嘉莎輕柔文雅的談吐，迷人的阿拉伯女郎活潑的笑容，都不是爲我而發。老人委婉的勸誡，和受人喜愛的菲力克斯熱烈的談話，也不是爲我而說。唉！悲哀、不幸的可憐人吶！

「其他課程令我留下更深刻的印象。我聽到兩性差異、孩子的誕生和成長；做父親的是多麼溺愛嬰兒的微笑，還有大孩子活潑的俏皮話；做母親的又是如何爲可愛的嬌兒奉獻出所有的人生與關懷；青春少年的心智如何擴充並吸收知識；還聽說一個人與另一個人類間互相繫絆的兄弟、姊妹……等等各種不同的親屬關係。

「但何處是我的親朋好友呢？我的嬰兒時期沒有父親看顧，也沒有母親帶著微笑和撫慰疼惜。或者，就算有的話，往日生活對如今的我也只是一團模糊；一個讓我什麼也無從辨識的茫茫空洞。自我最初記憶所及，我的身高、體型就一直是這樣。我從未見過一個和自己相似、或者要求與我溝通的生物。我究竟是什麼？這個問題再度浮現腦海，而答案，卻只有聲聲歎息！

「我將會馬上說明這些感受的歸向，但此刻先容我將話題轉回小屋居民身上。他們的故事在我心頭激起憤慨、喜悅、驚奇等等各種情緒，但是一切終歸使我對我的保護者們（因爲，單純的我，喜歡半心酸自欺地如此稱呼他們）更增一重愛與尊崇。」

第十四章

「經過一段時間後，我終於瞭解這些朋友們的歷史。那眾多環節一一揭開，而每一個事件、每段細節對像我這種完全未經人情事故的人來說，又都是那麼引人入勝、惹人驚歎，不由得我深深印在腦海。

「老人姓德拉希，出身於法國的一戶上等人家，多年來生活於優裕環境中，頗得上司的尊重和同儕的愛護。他的兒子受到國家的栽培，阿嘉莎躋身最高貴的千金小姐之列。在我來到此處的幾個月以前，他們原本住在一處叫做巴黎的華麗大都市，周遭眾多朋友圍繞，擁有一切凡是擁有品德、才智、或品味，加上適度的財產便可享受得起的樂趣。

「莎菲的父親是導致他們一家破敗的罪魁禍首。他原是個居住巴黎多年的土耳其商人，後來不知什麼原因成了令政府厭惡的人物。就在莎菲從君士坦丁堡❶來與他會合那天，他被捕下獄，經過審判處以死刑。這項判決的不公至為明顯，整個巴黎幾乎人人義憤填膺！根據判斷，與其說

---

❶ 君士坦堡：昔日為土耳其首都，現改名伊斯坦堡。

他是因涉嫌的罪行被判處死罪，不如說是爲了他的宗教和萬貫家財！

「審判當時菲力克斯湊巧在場；當他聽到法庭的判決時，心中的震驚和憤慨到了難以克制的地步。他當下鄭重立誓要營救那商人，隨後便多方設法。經過多次企圖進入監獄都白費心機後，他在該幢建築的一個無人戒備角落裡，發現一扇堅固的鐵窗，正好開在監禁那戴著手繚腳銬、絕望地等待殘暴刑罰執行的倒楣回教徒牢房。入夜後菲力克斯來到鐵窗口，向牢犯透露自己打算救助他的心意。喜出望外的土耳其商人，不計一切只求激發這救星的熱心，向他承諾要給予報答和財富。

「菲力克斯不屑地回拒了他的提議。然而等他見著獲准探視父親的美女莎菲，看到她表達熱烈感激的姿態，心中立即不由自主地默默承認，那囚犯擁有一件百分之百足以酬謝自己勞心勞力、艱苦冒險的稀世珍寶。

「土耳其商人迅速察覺女兒在菲力克斯心中留下的印象，爲了更加確保自己利益，他不惜承諾一旦自己被送到安全地點，就把女兒許配給對方。菲力克斯體諒囚犯的心境，並未接受這條條件，但仍滿心期盼那成就自己終身幸福的事眞的可以實現。」

「接下來這段日子裡，忙著安排商人逃脫事宜的菲力克斯收到這美人的幾封信件，更增加他的滿腔熱忱。女郎經由她父親手下一名懂得法文的老僕幫助，找到以情人的語言表達自己心思的辦法。她一方面用最熱烈的文詞感謝他設法營救父親，一方面溫和地悲歎自己的命運。

「我有這些信件的抄本。因爲在居住於棚舍期間，我想辦法取得書寫的工具；而信件則經常由菲力克斯或阿嘉莎保管。在離去之前，我會由把這些抄本交給你；這些抄本將會證明我所說的故事是否屬實。但眼前，由於太陽已經西下許多了，剩下的一點時間只夠我對你敘述其中的主要內容了。

「莎菲透露她的母親是名信奉基督的阿拉伯女子，被土耳其人擄去當奴隸；美麗的姿色使她贏得莎菲之父歡心，娶她爲妻子。談起生來自由，如今已踢開奴役生涯的母親，莎菲使用的都是熱情、亢奮的詞彙。

「她用自己信奉的宗教教義指導女兒，教她要追求更高的智慧，和回教世界的女性同胞所不容許擁有的獨立精神。這位女士雖已故世，諄諄教誨卻深印在莎菲心中，永難磨滅。一想到重返亞洲之後便須鎮日幽禁於深閨，只能做些與如今已習慣遠大思想、和在品德方面高尚競爭的她心性不合的幼稚消遣，莎菲就感到厭煩。嫁給基督徒，留在一個允許婦女在社會上有其他地位的國家，是種令她嚮往的期望。

「土耳其人的行刑日期已經確定，但就在前一個晚上他逃離巴黎。菲力克斯早已用他父親、妹妹和本身的名義取得護照。他事先曾向前者透露過這計劃，由他協助，僞稱出門旅行，帶著女兒前往巴黎的一處幽僻處隱藏行蹤，完成整個騙局。

「菲力克斯帶領兩名逃亡者，一路橫貫法國來到里昂❷，再越過塞尼峰❸，抵達萊亨❹，也就是商人決定暫時安頓一陣，等待進入土耳其領土良機的地方。

「莎菲決心繼續陪伴父親，直到他離開那一刻。在此之前，土耳其商人重提女兒應當與他的救命恩人婚配的承諾；一心期盼締結姻緣的菲力克斯於是留在他們身旁。這段期間，他享受著與阿拉伯女郎交往的歡樂；而她對他則表現出最單純、最溫柔的款款深情。他們平時透過一名翻譯員交談，又不時靠眉目傳情；另外莎菲也常演唱自己祖國那些仙樂般的曲子給他聽。

「土耳其人表面上容許這種親密情形發生，並且鼓勵這對小情侶的希望，暗地裡卻有其他打算。他不願讓女兒嫁給一名基督教徒，卻又怕萬一自己表現冷淡，菲力克斯會反悔。因爲他很清楚，眼前是否選擇向他們居住所在的義大利政府揭發自己，權力仍操在他的救星手上。他訂下無數計策，以便將那騙局拖延到不再需要它的時候。並且在自己離去時，偷偷將女兒一併帶走。這些計謀因巴黎傳來的消息而更易實現。

「法國政府對於他們的人犯脫逃大爲震怒，決計不惜千辛萬苦查明，並嚴懲營救他的人。菲

---

❷里昂爲法國東部之一城市，巴黎位置偏法國西北，是該國首都。
❸塞尼峰：在法、義兩國間，有隧道貫通。
❹萊亨：義大利西部之一港埠。

力克斯的密謀很快就被發現了，德拉希和阿嘉莎都被捕下獄。消息傳到菲力克斯耳裡，驚醒他的歡樂夢。正當自己呼吸著自由空氣，享受與愛人來往的快樂同時，雙目失明的龍鍾老父、和溫柔的妹妹卻被囚禁在臭氣薰天的地牢裡。想到這裡，菲力克斯心裡痛苦萬分！他迅速與土耳其商人商量，若是對方在自己能夠趕回義大利之前便遇到逃脫的好機會，就讓莎菲留在萊亨，寄宿在某家女修道院中。隨即，他告別了美麗的阿拉伯女郎，匆匆趕往巴黎自首，希望能因此使德拉希和阿嘉莎獲釋。

「他的期望落空了。在審判舉行之前，他們繼續被監禁達五個月之久。判決結果沒收了他們的財產，並永久驅離祖國。

「他們在德國找到我發現這一家人時那間家徒四壁的小屋，權充容身之地。菲力克斯不久即得知，那名致使他和家人承受如此空前壓迫的奸詐土耳其人，在一發現他爲此事落魄潦倒、一文不名以後，馬上搖身一變，成爲背信忘義、寡廉鮮恥的小人，帶著女兒離開義大利，還侮辱人地寄給菲力克斯一筆小錢，說是做爲幫助他另圖日後維生之計之用。

「在我初次見到菲力克斯——這一家人當中最悲哀的一份子時——折磨著他內心的正是這些事。他可以忍受貧窮，甚至在窮困便是其苦行的回報時，他還頗爲以此自豪。然而土耳其商人的忘恩負義和失去心愛的莎菲，卻是更教人難堪、更加難以彌補的不幸！如今阿拉伯女郎的來到，又爲他的心靈注入嶄新的活力！

「當菲力克斯喪失他的財產和職位的消息傳抵萊亨後，商人命令女兒不許再想她的情人，立即準備返回自己祖國。這道命令觸怒了莎菲高潔的天性；她企圖向父親抗議，但他不顧她的憤怒，一再重申他霸道的訓令。

「幾天後，土耳其商人走進女兒的房間，倉惶地告訴她說，他有理由相信自己在萊亨的住處已經走露，恐怕很快就會被遞解到法國政府手中。因此他已經僱好一艘船將他載往君士坦丁堡；因爲到達那個城市只需要幾個小時船程，打算將女兒託給一名心腹的僕人照料，讓她帶著他尚未運抵萊亨的大部份財產，隨後再從容返國。

「等到剩下隻身留在萊亨後，莎菲暗自決定趁這危急狀況，讓行動方針變成自己追求的計劃。她討厭住在土耳其；她的宗教信仰和情感都反對那麼做。經由落入父親手中的一些文件，她得知情人遭到放逐，也曉得她此時居住之地的名字。於是她帶著幾件屬於自己的珠寶和一筆金錢，帶著一名懂得一般土耳其語的萊亨女子爲伴從，告別義大利，動身到德國。

「她平安來到距離德拉希家小屋約二十里格外的鎮上，隨行的女伴忽然重病病倒。莎菲全心全意地悉心照料，但可憐的女孩還是過世了，留下人生地不熟、語言又不通的阿拉伯女郎孤單單一個。幸虧她遇上貴人，女伴曾經提到過她們預備前往之地的名字，在她死後，她倆寄宿的那戶人家女主人，便小心留意起務必讓莎菲平安抵達情人的小屋。」

第十五章

「這便是我敬愛的小屋居民一家人的經歷。這段往事深深感動了我。從其中顯現的社會生活觀念，我學會了敬佩他們的美德，藐視人類的邪惡。

「到此時為止，我仍將犯罪視為一種遙遠的罪惡。慈愛和寬容不斷在我眼前呈現，漸漸在我內心激起一股欲望，恨不能在這幕喚起眾多美德同臺演出的場景中，也扮演一個角色。然而這時的我已經增長了不少智慧，知道自己絕不能忽略掉這一年八月初時發生的那件事。

「一天夜裡，我習慣性地來到平日收集自己食物、替保護者一家帶回柴薪的樹林，發現地上有個皮製旅行箱，裡面裝著幾件服裝和數本書籍。我迫不及待地抓起這個收穫物，帶著它回到我的棚舍。幸運的是，這些書本是用我在小屋學來的那種語言寫成的，其中包括失樂園，一冊普魯塔克❶撰寫的希臘羅馬名人傳，還有少年維特的煩惱。擁有這些寶貝帶給我無上的喜悅；現在當我的朋友們忙著進行日常工作時，我便不斷用心研讀，將我的智力投注在這些往事陳壓中。

❶普魯塔克：生卒年代不明，為希臘傳記作家。

「我無法向你形容這些書本的效應。它們在我心中製造出無限的新的意象和情感，時而令我欣喜若狂，但更常讓我陷入最沮喪的深淵！在少年維特的煩惱中，除了它那簡單而傷感的故事使人看得津津有味外，還探討了許多觀念，照亮許多至今為止對我仍舊晦莫如深的題材，因而我也在其中發現一股滔滔不絕的沈思與驚詫的泉源。書裡描述的與人相處時那種文質彬彬的態度，加上他們情不自禁對其對象油然而生的高尚情操與情感，和我置身於我的保護者之間的體會，以及時時活躍在胸中的渴望如無二致。但在我心目中，維特本人比我所見過、或想像過的所有人物都不凡；他的性格毫無矯飾，只是甚為沮喪。一段段關於死亡與自殺的言論寫得我嘖嘖歎服。我不敢自稱能夠領悟內中的真義，但仍傾向支持書中主人翁的觀點。雖然不是真正瞭解死為何物，卻為他的亡故痛哭！

「總之，我一面閱讀，一面不時將所有看的內容套用到自己的情感和狀況上。我發現自己和書中讀到、或者耳中竊聽到他們談話的那些人物相似之餘，卻又很奇怪地，並不全然相像。我同情他們，也多多少少瞭解他們，但在心智上並不成熟；我無依無靠，和任何人都沒有親戚關係。『我的死亡之路無牽無絆，』也沒有人會哀悼我的寂滅。我的身材巨大，外貌奇醜。這意味著什麼？我是誰？是什麼東西？我何以來到這世間？有什麼打算？這些問題不斷浮現腦海，而我卻無法解答。

「我所持有的那冊普魯塔克的希臘羅馬名人傳，內容涵蓋了幾個古老共和國創立者的歷史。

這本書帶給我的影響與少年維特的煩惱迥然相異。我從維特的想像之中學得消沈與鬱悶，然而得自普魯塔克的卻是高超的思想；他策勵我超脫自艾自憐的思緒，去仰慕、敬愛過往時代的英雄。我讀到的許多事情都超出我的理解和經驗範圍外。我對王國、國家幅員、滔滔大河、和無邊海洋的知識含含糊糊，對於城鎮和人群大量聚集的情形，全然陌生。我的保護者們那間小屋是我研究人性的唯一學堂，然而這本書卻開拓了更加宏大的新活動場景。我讀到一些涉及公共事務的人物，有的統治自己的族人，有的進行大屠殺，內心不由得升起對美德最強烈的熱情，和對罪惡最深沈的憎惡。在一瞭解那些相關名詞的意味後，便運用它們獨自取樂、或使自己痛苦。經由這些感受的誘導之下，我對和平的立法者努馬、梭倫❷、萊克爾加斯❸等人的景仰，自然勝過羅繆勒斯❹及西修斯❺。我的保護者們可敬的生活，使得這些意念在我心中益發牢固。也許，倘若最初指引我認識人性的，是個嗜榮譽與殺戮如狂的青年戰士，我所萌生的便是不一樣的情操了。

「然而，失樂園卻激發起許多更深刻的不同情感。我像捧讀另外兩本我手中的書一般，將它

---

❷梭倫：西元前六、七世紀人，雅典政治家，爲古雅典立法者，希臘七賢之一。

❸萊克爾加斯：西元前九世紀斯巴達政治家，爲斯巴達憲法制定者。

❹Romulus：古羅馬之建國者及第一代國君。

❺西修斯：雅典王子，曾入克里特迷宮斬除妖怪，一生勳業頗多。

視爲眞實史傳那樣閱讀。萬能的上帝與其創造物交戰那幅畫面極具刺激之能力，挑動起每一股驚奇與敬畏的情感。由於其中某些與自己狀況相似的情節常教我猛吃一驚，我時常將它們視同自己的處境。我顯然像亞當一樣，和其他任何生物都互不相聯繫；但在別的方面，他和我的情況又相去甚遠。他是出於上帝之手的一件完美作品，既快樂又順遂，有他的創作者呵護備至地留意著。他可以和神明交談，由他們那兒吸收到知識；而我卻是可憐、無助、孤孤單單的一個。好幾次，我認爲撒旦更適合做爲我身份的表徵。因爲，常常當我觀望著我的保護者們幸福的畫面時，內心便竄起心酸的妒火！

「另外一個因素強化並鞏固了這些感覺。就在我剛到棚舍不久，曾在自你實驗室帶走的衣服口袋裡發現一些紙張。起初我並未加以理會，但現在既然我已經能夠讀通紙上寫的文字，便開始勤奮地研究起來。那是你在創造我的四個月當中所寫的日誌。在這些紙張上，你巨細靡遺地描寫在工作過程中所採取的每一個步驟；這段敘述之中摻雜著家庭事件的記錄。你無疑想起這些文件了；就是這些。一切有關我那可惡的出身之事，上面都記得一清二楚。製造它時的一連串討厭細節歷歷在目；對於我那醜陋、嘿心的身體如何產生有著最精微的描述；字裡行間流露出你本身的駭異，更帶給我永難磨滅的驚恐！我讀著讀著，厭惡極了！『我得到生命的一天，是多麼可恨的一天啊！』我苦悶地大叫：『該死的創造者！你爲何把我塑造成一個連你都嫌惡的掉頭而去的怪物？上帝出於悲憫之心，依著自己形像，將人製造得美麗又迷人；而我的形體卻是你鄙賤的類型，比起追隨的惡魔崇拜、鼓舞他，做為他的黨羽，而我卻是形單影隻、人人都痛恨。』

「這些是我在孤獨沮喪時候內心的思緒；可是等再一細想小屋中人的美好的德行，還有他們溫柔和悅的氣質，我又說服自己，只要他們一明瞭我是多麼仰慕他們的品德，自然就會同情我，不會在乎我個人的醜陋了。不管是多麼龐大畸形，對於一個懇求他們憐憫和友誼的人，難道他們會拒之於千里之外嗎？我下定決心，至少先別絕望，要先想盡辦法找個合適的機會，與他們進行決定我命運的會晤。這個意圖拖延達數個月之久。因為每當成功的希望鼓舞著我時，總會有個唯恐失敗的心理如影隨形而至。況且，我發現自己的理解力隨著每日的經驗而有這麼大的進步後，更是寧可多等幾個月，等到睿智增長之後再展開這項大事。

「這段期間，小屋之內發生了幾樣變化。莎菲的來到為屋裡的居民們注入歡樂幸福，另外我還發現那兒比起原來富足多了。菲力克斯和阿嘉莎把更多時間用在娛樂、交談上，工作也有僕人幫忙。他們看來並不怎麼富裕，但卻知足常樂；他們的心情恬靜安詳，而我的情緒卻一天比一天激烈紊亂。知識的增長只是更教我認清自己是個多麼悲慘的漂泊者。沒錯，我珍惜希望！可是當我在月光下看見自己的水中倒影，縱然是個恍恍惚惚的形像，加上變化不定的暗影，也足以完完全全粉碎我的希望了！

「我致力擊潰這些恐懼，增強自我心理建設，以便在幾個月內迎接決心進行的試驗。有時候，我放任自己的思潮不受理性的阻欄，在天堂樂園之中漫遊，勇於想像那些溫柔可愛的人們憐憫我的感受，鼓舞我陰鬱的心境；他們天使般的容顏浮現安慰的微笑。但這一切終歸是個夢！我的憂愁沒有夏娃撫慰，我的思慮也沒有她分享；我是孤孤單單的一個。我想起亞當對他的創造者提出的祈求。但我的創造者在何方？他遺棄了我！在心酸悲痛中，我暗暗對他咀咒！

「秋天就這樣過去了。我既驚訝又擔憂地看見樹葉紛紛枯萎、墜落，天地再度恢復我初次見到樹林和可愛的月亮時那種荒涼、貧瘠的面貌。然而我並不注意天氣的淒冷；由於本身的構造，我對寒冷的忍耐力遠勝於耐熱。但我最主要的樂趣就是看見花、鳥，和所有賞心悅目的夏日景色；等到這一切都棄我而去，我又將更多注意力轉移到小屋居民的身上。他們的快樂並未因夏天的離去而削減。他們相愛相惜；他們的喜悅端看彼此是否開心而定，不受周遭偶然發生的事件所干擾。我越是看見他們，越是渴望求取他們的庇護與親善。我的心渴望被這些馴良的人們認識、喜愛；看到他們眞情流露地對我展現和悅的表情，就是我最大的野心。我不敢想像他們會既輕蔑、又深惡痛絕地排拒我。逗留在他們家門口的窮人從未被趕走過。不錯，我要求的是遠比一點食物或休息更寶貴得多的東西；我需要的是親切與同情；但我不相信自己不配得到它們！

「冬天漸漸逼近。自我復甦以來，四季已經整整遞經一個輪迴。這時候，我的注意力完全投注在我介紹、進入我的保護者們那間小屋的計畫上。我決定了許多方案，但最後鎖定要趁只有失明老翁一個人在家時，進入他們的家中。現在的我已經夠精明了，覺察得出過去遭到見過我的人恐慌、厭惡，主要是因爲這副醜怪得離譜的外形。我的聲音固然刺耳，倒是一點也不可怕。因此，我認爲要是我能夠趁老德拉希的孩子不在時取得他的的好感和斡旋，大概就可以透過他而受到年輕一輩的保護者們容忍了。

「有一天，當太陽照在滿地紅葉上，儘管陽光已經不再溫暖，依然散放出一派歡樂舒暢。莎菲、阿嘉莎、和菲力克斯結伴到郊外遠足，老人則依照自己的意願，獨自留在家中。等孩子們都出門以後，他拿起自己的吉他彈了幾支悽愴中帶著溫婉的曲調，比我從前聽到他彈的所有曲子都要柔和、哀傷。最初他的臉上煥發著愉快光彩，但彈著彈著，深思與悲傷的表情漸漸浮現。最後，他放下樂器，坐在那兒，一意地沈思默想起來。

「我的心跳得好快；要想進行那看是決定我的希望、或實現我的恐懼的試驗，眼前正是最恰當的時機。僕人們全到附近赴一個市集去了，小屋裡外一片靜悄悄。這是一個絕佳機會。而且，當我正要執行心中的計劃時，四肢卻不肯聽使喚，整個人癱坐在地上。我再度站起，集中我最堅強的意志，拆下放置在棚舍前遮掩自己棲身之處的板子。清新的空氣吹得我精神一振。我再度堅定決心，走近抛們的小屋門口。」

「我敲門。『誰啊？』老人說聲——『進來。』」

「我進入屋內。『貿然打擾，請寬諒！』我說：『我是個渴望休息一下的旅人；要是您肯讓我在壁爐前逗留幾分鐘，我將感激不盡！」

「『進來吧，』德拉西說：『只要是能力所及，我很願意盡量抒解你的需要。不過，很可惜我的孩子們都不在家，加上我又失明，恐怕很難幫你張羅食物。

「『千萬別麻煩，好心的主人；食物我有。我所需要的只是溫暖和休息。』

「我坐了下來，緊接著是一段沈默。我知道對我而言每一分鐘都極爲寶貴，卻又一直猶豫不決，不知該用何種方式展開會談才好。這時老人對我說：『客人，從你的語言，我猜想你大概是我的同胞；你是法國人嗎？』

「『不；不過我接受法國人的教育，而且只懂那一種語言。現在我正打算請求幾位朋友庇護，同時希望得到他們的好感。』

「『他們是德國人嗎？』

「『不，他們是法國人。不過，我們換個話題談吧。我是個爲人所棄的可憐人；我環顧四周，在這世上，既無親戚又沒有朋友。我要找的這些善良人家與我素未謀面，也不太曉得我。我滿心憂懼，唯恐萬一在那兒失敗，就將永遠是個爲世界所放逐者了。』

「『請不要灰心。沒有朋友確實很可悲，但人類的心，在不因任何明顯的切身利益而產生偏見的情況下，都是充滿友愛和仁慈的。因此，務必信賴你的希望，只要這些朋友是溫和善良之輩，就千萬別氣餒。』

「『他們很和善；他們是世上最優秀的人。只是，很不幸的，他們對我存有偏見。我性情良好；到目前爲止，我的人生不但不曾害人，甚至還有點裨益。但某個重大的偏見矇蔽了他們的眼睛，原該看見一位善良、有感情的朋友之處，他們卻只見到一個討人厭的怪物。』

「『那的確很不幸；但假使你果眞沒有過錯，難道不能向他們告知實情嗎？』

「『我正打算進行這項工作；也正因此，使我感到無比驚恐！我鍾愛這些朋友！好幾個月來，我習慣每天在他們不知情的情況下、幫他們一點忙。但他們相信我意欲傷害他們，而那正是我亟欲戰勝的偏見。』

「『這些朋友居住在哪裡？』

「『就在附近。』

「老人沈吟一下，說：『要是你願意無保留的詳細說明你的故事，也許我可以助你說明實情。我雙眼失明，無法鑑識你的相貌，但從你的言談之中，確實能感受到你的誠摯。我是個被放逐的窮人，但只要能幫上別人一點忙，都會帶給我由衷的快樂。』

「『眞了不起！我感謝你，並接受你慷慨的提議。你這項好意提高了我微賤的地位；我深信，透過你的幫助，我將不會被逐出社會，逐出你同胞們的同情範圍。』

「『天不容許！就算你眞的犯了罪也一樣；因爲那只會將你逼進絕望之境，無法鼓舞你向善。我也是個不幸之人；我和我的家人雖然清清白白，卻被判了罪；我是否同情你，儘可以據此判斷。』

「『我最好的、同時也是唯一的恩人，我要如何才能報答你的大恩大德？我從你的口中首次聽到對我和善的聲音；我將永遠銘感五內。而你此刻的仁慈，更使我對與即將會面的朋友順利交往這件事信心大增。』

「『我可以知道那些朋友的姓名和住處嗎？』

「我遲疑一下，心想，這正是決定永遠奪走、或賜予我幸福的關鍵時刻，於是奮力想鼓足勇氣，堅定回答。但一番努力的結果反而將剩餘的勇氣摧毀殆盡；我頹然坐在椅子上，大聲抽泣。就在這時，我聽到年輕一輩保護者們的腳步聲，連忙高叫：『就是現在！救救我！保護我！你和你的家人正是我所尋找的人！請千萬別在審判時刻遺棄我！』

「『老天爺！』老人驚呼：『你是誰！』」

「正是那一瞬間，小屋門開了，菲力克斯、莎菲、和阿嘉莎走進屋裡。誰能形容他們看見我時那種駭異和恐懼？阿喜莎昏倒過去，莎菲無力照料好友，轉身狂奔而出。菲力克斯衝上前來，使出驚人的力氣，將緊抱他父親雙膝的我拖開、慣倒在地，抄起一根棍棒死命地痛打。我大可以像獅子撕咬羚羊一般把他扯得五馬分屍，但我悲痛萬分，意氣消沈，並且自我克制著不加反擊。當看他又打算再揮動棍棒，我再也承受不住那痛苦和悲憤，在一片混亂之中神不知、鬼不覺地逃回我的棚舍！」

第十六章

「該死！該死的創造者！我爲何活著？爲何不在你胡亂賜予生命火花的那一瞬間，就將它熄滅？我不明白；絕望還未佔領我的心；我所擁有的感受是憤怒和報復。我眞可以開開心心毀了小屋和屋裡的居民，以他們的尖叫和悲劇滿足自己。

「夜晚來到，我離開宿處，在林子裡漫遊。這時，不再因害怕被人發現而自我節制的發出陣陣可怕的咆哮，借以宣洩心中的悲痛。我就像一隻脫離網羅的野獸，摧毀所有擋道的東西，邁動似雄鹿般勁疾的步伐衝過林地。噢！那一夜我過得多麼痛苦啊！冷冷的天星嘲弄般地放射寒光，光禿禿的樹枝在我頭頂上搖擺；萬籟俱寂間，一隻鳥兒甜美的聲音不時啼破寂靜。除了我，天地萬物不是在歇息，便是在享受生趣。我，好比撒旦，內心扛著一座煉獄，沒有半點惻隱之心，恨不得拆了整座樹林，毀壞、並蹂躪周遭的一切，然後坐下來欣賞被破壞的遺跡。

「但這是一種難以負荷的情感放縱。在肉體活動過度下我疲累極了，無助的絕望使我不支倒地。萬千的人群之中沒有一個人會可憐或協助我；難道我該對他們心存好意嗎？不！從那一刻起，我宣告對人類展開永無止盡的戰爭；尤其是對那個塑造了我，將我送入這無依無靠、悲慘境遇中的人。

「太陽升起，我聽到人聲，知道自己不可能在那個白天返回宿處，於是躲藏到某片濃密的灌木欉裡，決心利用接下來的幾個小時仔細考慮自己的處境。

「舒暢的陽光和白晝清淨的空氣，多少使我恢復幾分平靜。當我細想起在小屋中那段經過，心裡禁不住相信是自己的結論下得太倉促。我的確表現得太莽撞。很顯然的，我的一番言詞已經打動那老父為我盡力，是我自己笨得暴露自己的形影，嚇壞孩子們。我應該先讓德拉希熟悉了我，等他的其他家人對我的接近有個心理準備後，再慢慢在他們面前現身。但我不相信這些錯誤完全無法彌補。幾經深思熟慮後，我決心返回小屋找尋老者，靠著言語陳述，將他拉進自己的陣容之中。

「這些思緒撫慰了我的心情。到了下午，我沈沈地睡了一覺；只是亢熱的血氣容不得安詳的夢造訪。前一天裡可怕的景象老是在眼前重演；兩名女子慌張逃竄，憤怒的菲力克斯一把將我從他父親的腳跟旁拽開……我渾身無力地醒來，發現時間已經是夜晚，於是躡手躡腳爬出藏身處去尋找食物。

「填飽肚子後，我舉步邁向通往小屋的熟悉的路徑。一切都是那麼平靜。我悄悄潛入棚舍，靜靜期盼平日那家人起床的時刻來到。那個時刻過去了，太陽高掛天空，小屋中的居民卻沒有出現。我渾身劇烈顫抖，意識到某種可怕的不幸！小屋裡頭黑漆漆，我聽不到半點動靜；這種懸疑不決的痛苦眞是言語難以盡訴。

「不一會兒兩名鄉下人通過，卻在靠近小屋時停下腳步，比手畫腳、神態激烈地交談起來。不過由於他們使用的是當地語言，和我的保護者們不一樣，我聽不懂他們說些什麼。但沒有多久菲力克斯便夥同另一個人來了。知道那天早上他還沒離開小屋，讓我大感意外，迫不及待地等著從他的言論間，探聽這些反常現象代表的意義。

「『你是否考慮到，』陪他同來的那人問：『你們將不得不償付三個月租金，同時賠償損失的園中作物？我可不希望獲取任何不當的利益。因此，我懇請你暫緩幾天，仔細考慮一下自己的決定。』

「『不用了！』菲力克斯一口回絕：『我們絕對不能在你的小屋裡住下去。基於我所陳述的那項恐怖因素，家父的性命有極大的危險。內人和舍妹永遠無法完全從驚悸中恢復過來。我求求你別再勸我了，收回你的房屋，快快放我逃離此地吧！』

「菲力克斯全身猛打哆嗦地說完，和那名同伴一塊兒進了小屋，停留數分鐘，然後離開那地方。從此以後，我不曾再見過德拉希家的任何人了。

「後半天裡，我渾渾噩噩、全然絕望地呆在我的棚舍裡。我的保護者們翩然離去，同時扯斷了我與世間的唯一牽繫。我的胸中首度塡滿了報復與痛恨的情緒；我不但沒有竭力控制它們，反而任憑自己隨仇恨之流漂盪，全心全意傾注於傷害和死亡。當我想起我的朋友們，想到德拉希溫和的口吻、阿喜莎柔婉的眼神、阿拉伯女郎高雅的美貌……這些念頭便逐一消逝，而奔放的熱淚也多少撫慰了我的情緒。可是再一細想他們已經排拒我，棄我而去，怒氣不禁重上心頭。一陣憤怒的狂濤湧起，偏又無法傷害到任何人類，只有將暴怒轉嫁在無生命的物體上。黑夜降臨，我在小屋四周堆起各種易燃物，然後強迫自己耐著性子，等候月亮西沈以後再執行我的操作。

「夜色漸濃，一陣強風從樹林間颳起，快速吹散滿天徘徊的雲朵。狂風猶如大雪崩般狂嘯而至，對我吹起一股衝破所有理智與反省藩籬的瘋狂。我點燃一截大樹的枯枝，兩眼依舊緊盯著幾乎和月亮碰觸的西方地平線邊緣，繞著那祭品狂舞亂蹈。最後，月的光環終於被遮去部分，我也揮動起那段著火的柴枝。它掉落地上。在一聲嘹亮的尖叫聲中，我引燃了事先收集的乾草、石南、和矮樹。強風助長火勢，轉眼間熊熊烈焰便包圍住小屋，伸出它們椏椏叉叉的紅舌，纏繞著它施以毀滅之吻。

「在一確定所有援助都挽救不了那住所的任何一部分之後，我立即離開現場，到林子裡去找個容身處。

「現在，整個世界在我眼前，我究竟該走向何處？我決心遠離傷心地。但對我這個受人厭惡、鄙棄的人言，天涯海角，走到哪裡都一樣可怖。最後，我想起了你！從你那些紙張上，我得知你是我的父，我的創造者！世上有誰比賦予我生命的人更適合接受我的訴願呢？在菲力克斯教導莎菲的課程中，並未漏掉地理這一門；我早已學會地球上各個不同國家的相關位置。你曾提到你的故鄉叫做日內瓦，於是我決定朝著這個地方行進。

「但我要如何爲自己指引方向呢？我知道要想達成目的必須朝著西南方向走；不過太陽是我唯一的指標。我不曉得自己經過的那些城鎮地名，更不可能向一個人類打聽；但我並不灰心。雖然我對你的感情除了痛恨還是痛恨，但你終是唯一帶給我救助的希望所寄。無情無義的創造者！你先賜了我知覺和情感，後又將我丟棄在外，成爲人類叱責、恐懼的對象。但我只能向你一人索求憐憫和矯正。同時，我也決定向你尋求從別的披著人皮的對象那兒，都無法找到的正義。

「我的旅途十分漫長，一路之上飽嚐艱苦辛酸。在我離開長期蟄居的地帶時，時節已經是深秋。爲恐撞見人類，我只在夜間趕路。周遭的天地褪去顏色，太陽也不再炎熱。身畔豪雨傾盆、大雪紛飛，滔滔大河凝成冰川，土地表面又凍又硬、寸物不生，讓我找不到一個避風遮雪的地方。噢，大地啊！我是多麼常常咀咒自己生命的源起！我天性中的溫和逸失了，內心全然轉變爲苛酷與惡毒。我越是行近你的家鄉，心海裡越是深深感受到對你的報復之意。冰雪降落，流水硬結，但我依然奔波不歇。一些偶發事件不時指揮著我，此外我還擁有一張本國地圖；只是我常偏離正路好遠好遠！情緒上的劇烈苦痛促使我腳不停步；每樁事件、每段插曲都讓我的憤怒和悲哀吸收到養料。但等到我抵達瑞士邊界、太陽已然恢復溫暖、大地開始青蔥翠綠時，偏又碰上了一段際遇。它以特殊的方式，證實人們對我的感覺是多麼痛恨、恐懼！

「我通常白天休息，只在不會被人看見的夜晚趕路。然而，有天早晨，我發現自己正走在一條穿過深長林地的小徑上，於是放大膽子，在日出之後仍舊繼續我的行程。那是早春的一天，宜人的陽光和芬芳的空氣，就連我也為之精神一振！我感受到消失已久的溫和、愉悅情緒在我體內復甦。半是出於對這些新奇知覺的驚訝，我優遊其中，遺忘自身的孤零和畸型，挑戰快樂滋味。柔情的淚水再度潤濕我雙眼，我甚至懷著滿心感激，抬起濕濡的眼睛，仰望那賜給我這般愉悅的太陽！

「我繼續東拐西繞地在林中小徑中走著，直到抵達樹林邊緣。林外傍著一條湍急的深流，許多林邊的大樹枝條低垂，沾著流水，在清新的春日裡吐出嫩芽。我停在河流邊，不知接著該往哪個方向走，忽然聽到人聲傳來，趕緊躲到一株絲柏的密蔭下藏身。就在我剛要躲好時，一名少女沿路笑咯咯地朝著我躲藏之處跑來，像是後頭有人在與她追逐運動似的。她繼續沿著陡峭的河岸奔跑。突然間，腳下一滑，掉進湍急的水流裡。我忙從藏身之處衝出，千辛萬苦地從強勁的奔流之中救起那少女，將她拖到岸上。少女昏迷不醒。我竭盡全力，試盡各種辦法想救她回生。忽然間，一名鄉下人的來到打斷我的努力；這大約就是與她笑鬧追逐的人吧！一看到我，他立即朝我箭步衝來，奪走我懷抱中的少女，急急奔往樹林裡。我不知所以，飛速追上去。但那人一見我奔近，急忙掏出隨身攜帶的槍枝，瞄準我的身體射擊。我受傷倒地，而射傷我的人，則加速逃入林中。

「喏，這就是我好心的回報！我從鬼門關前救回一條人命，得到的報酬卻是被打出一個皮開肉綻、深及骨頭的傷口，痛得齜牙咧嘴的！幾分鐘前的親切、溫和情緒刹時消失無蹤，取而代之的是咬牙切齒和狂怒！肉體的痛苦導致分神上的激亢，我立誓對全類的痛恨和復仇永不停歇。但傷口的創痛使我虛弱無力；我的脈博停止，隨即昏倒過去。

「接下來的幾個星期我盡力療傷，在林子裡過著悽慘的日子。子彈射中我的肩胛；我不知道它是停留在身上，或者穿透肩骨、破皮而出了。總之，我無法將它取出。此外，不平之氣帶來的壓迫感和所受的忘恩負義對待，也加深我的苦痛。我天天發誓報復——強烈、致命的報復；唯有如此，才能彌補我所承受的極度憤怒和痛苦！

「但此刻我的辛苦跋涉已接近終點；不到兩個月後，就已來到日內瓦近郊。

「我在傍晚時間抵達，就近找個位於田園之間的藏身處，細細思忖該對你採取什麼態度。我身心俱疲、餓得發昏，情緒又十分鬱悶，根本無心享受輕柔的晚風，或者欣賞太陽沈落在宏偉的侏羅山脈之後那幅景觀。

「這時，一陣淺眠解脫了我的苦苦沈思。一名漂亮的孩子天眞無邪、嬉嬉笑笑地奔入我選擇好的隱藏地，打擾了我的睡眠。我定睛注視那孩子，心中驀然興起一股念頭：心想像他這樣一個小娃兒想必不會存有什麼偏見，而且生長的歲月還短，不足以感染對醜陋、畸型的畏怖。因此，假使我能夠抓住他，教導他做我的朋友和同伴，就不至在人世之間如此悲哀孤寂了！

「在這股行動的刺激下，我趁那男孩通過之際一把將他抓住、拉近身前。他一看見我的長相，馬上雙手捂著眼睛，厲聲尖叫；我猛力扳開他雙手，說：『孩子，這是什麼意思？我不打算傷害你；聽我說！』

「他激烈掙扎，放聲大叫：『放開我，怪物！醜八怪！你想吃掉我，把我撕成碎片！你是吃人精！放開我，否則我就告訴我爸爸。』

「『孩子，你永遠見不到你爸爸了；你必須隨我走。』

「『邪惡的怪物！放我走。我爸爸是官員——是法蘭康斯坦先生——他會懲罰你。你才不敢抓著我不放。』

「『法蘭康斯坦！這麼說來你是屬於我敵人的嘍——那個我發誓永遠要報復的人；你將會成爲我的第一個受害人。』

「那孩子依舊不停掙扎，嘴裡並咒罵著令我心灰意冷的詞句；我扼住他的喉嚨好讓他住嘴，不久他就死在我的腳跟前了。

「我凝視著我的受害者，內心澎湃著狂喜與冷酷的得意。我拍著手大叫：『我也能製造悲哀；我的敵人並非無懈可擊！這樁死亡將會爲他帶來絕望，其他的無數悲劇將會折磨、毀滅了他！』

「我定定注視那孩子，在他胸口看見一件東西。我拿起那東西；是幀美麗絕倫的婦人畫像。儘管滿腔恨意，這幀畫相仍舊軟化我的心，吸引我的注意。我愛悅地盯著她那長睫毛下的漆黑雙眸端詳好一陣。不過很快地，怒氣便又重上心頭。我想起自己被永久剝奪了這種美人兒可能帶來的喜悅；而像我眼裡端詳這女子一般的人要是瞧見我，無比親切的神韻鐵定馬上變成驚惶、厭惡的表情。

「這些思緒竟使我怒不可遏；你覺得奇怪嗎？我只奇怪當時我竟然不但沒有靠大叫大吼、激烈掙扎來發洩情緒，也沒有貿然衝入人群，死於企圖消滅他們的行動中。

「這種種感受擊潰了我。我離開行凶地點，在尋找一個更隱僻的藏身處過程中，走入一間看似空無一人的穀倉。穀倉裡有名女子睡在乾草堆上；人很年輕，雖然不全像我手中畫像上的女子那麼漂亮，不過是渾身散發著青春健康的迷人氣息、外貌很討人喜愛的那種類型。我俯身對她耳語輕喚：『醒來吧，最美麗的姑娘，妳的情郎就在身旁——他願奉獻自己的生命，只為得到妳雙眸深情的一顧；心愛的，快快醒來！』

「睡中的少女身子動了動；一陣驚恐泛遍我全身。她會不會真的醒過來，然後看見我，咒罵我，甚至揭發兇手的身份？只要她睜開雙眼看到我，那是必然的行動！這個念頭太瘋狂了！它驚起我內心潛伏的惡魔——該受罪的人是她不是我；我之所以犯下謀殺案，是因為她可以帶給我的我都永遠被奪走了，她要負責贖罪。罪行是緣自她而起；懲罰當然要她來受！多虧有菲力克斯的課程和人類殘暴的法律，我早已學會如何做怪、搗鬼。我彎下腰，將畫像牢牢靠地放進她服裝的一個褶縫裡，她又蠕動身體，我忙一溜煙跑出穀倉。

「接下來那段日子，我一直逗留在附近，有時盼望見到你，有時決心永遠告別世界和人世間的悲哀。最後，我懷著滿腔唯有你才能滿足的激烈情緒，一路翻越崇山峻嶺，朝著這些山脈流浪而來。除非你答應配合我的請求，否則在那之前我們倆不能分手。我孤單又悲慘。人類不會與我交往，但一個和我同樣醜陋可怕的女性可就不會拒絕我了。我的伴侶必須和我同種同類、擁有同樣的缺陷。你必須創造一個這樣的東西來。」

第十七章

那人結束談話，一臉期待地盯著我，等候我回答。但我聽得滿頭霧水、困惑茫然，無法充分釐清概念，全盤理解他的提議。他接著表示：「你必須爲我創造一名女性；有了她，我就能夠生活在交換生命中必要的同情裡。這件事唯有你才能辦到。我將這個要求視同自己的權利，你絕不能拒絕讓步。」

聽他講述與小屋居民相鄰那段平靜生活時消失的怒氣，慢慢因爲後半段故事而再度高漲。現在他又說出這種話，令我再也無法壓抑內心熊熊燃燒的怒火。

「不行！」我答道：「再大的折磨也休想逼我答應。你可以教我成爲世上最不幸的人，卻永遠別想讓我做個自己心目中卑鄙齷齪的匪類。要我再製造一個像你一樣、說不定聯合你倆的邪惡，足以令全世界變成一片廢墟的東西？滾！我已經回答你了。你大可以折磨我，但我永遠不會答應。」

「你錯了！」那惡魔回答：「而且我不但不是在威脅，甚至很願意和你衡情論理。我是因爲遇悲慘才心狠手辣。難道我不是遭到所有人類的排拒和痛恨嗎？你——我的創造者——

恨不得把我撕成碎片而洋洋得意。記住這一點；然後告訴我，人們既不同情我，我又何必同情他們？要是你能夠將我推下冰崖，摧毀這副自己親手製造的身軀，你絕不會稱這是謀殺。難道當一個人處決我時，我還該尊敬他嗎？且讓他與我在善意交流中共處。如此一來，我非但不會傷害他，還會為他的接受而感激涕零，做盡一切有益於他的事。但那是不可能的；人類的意識是阻礙我們和睦相處無可跨越的藩籬。不過我卻絕對不會甘心逆來順受、甘心認命。我將為我所受的傷害復仇。要是我不能促成愛，就要引發恐懼，而且主要是針對你——我最重要的敵人——因為我鄭重發誓，對於這個創造者，我有無法澆滅的恨意。小心啦！我將全力進行毀滅你的工作，非到陷你於悲哀絕望之境，咀咒起自己誕生的那一刻時絕不終止。」

說這話時，他渾身散發一股凶惡的怒氣；他的臉皺成一團，恐怖得讓人不敢多看。但很快地他又鎮定下來，接著表示：「我打算說服你。這種激烈情緒對我有害；因為你並沒有反省到造成這種過激反應的原因正是你自己。倘若有人對我感到親切、和善，我必定以千百倍的善意回報他們。只要有一個這樣的人，我就甘願和人類講和！可是如今我卻沈緬在無法實現的美夢裡。我對你提出的是合理、適度的請求。我要求創造一個異性，但要和我同樣醜陋；那種喜悅雖然小，但我所能接受的就只是這樣，而且我也將以此為滿足。不錯，我倆將會是一對隔離於全世界之外的怪物；但我們也會因此而更緊密相依。我們的生活不會幸福美滿，卻不會有什麼害處，更可以免除我現在所感受的悲哀。噢！我的創造者啊，讓我快樂起來吧；讓我對你懷抱屬於恩人的感激！

讓我看到自己激起某個生物的憐憫；不要拒絕我的請求！」

我不禁為之動容。雖然一想到答應下來後可能產生的後果教我不寒而慄，但他的一番辯解也不無道理。他的故事和此刻流露的情感，證明他是個具有良好感情的人。而我身為他的製造者，難道沒有義務在自己能力範圍內賜給他最大的快樂嗎？他看出我的情緒變化，接著又開口：「只要你肯答應，不管是你或者其他任何人，都永遠不會再看到我們。我會前往南美洲的大荒野。我的食物和人類不同，我不會殺害羔羊和小孩來填飽自己的肚子，橡子和漿果足以供給我充份的營養。我的伴侶天性會和我相同，也會以相同的食物為滿足。我們會用枯葉鋪成臥榻；太陽會像照耀人類一般灑在我們身上，催熟我們的食物。我呈現給你的是和平、人性的景象，除非你濫用權力或鐵石心腸，否則是不可能拒絕的。你對我向來毫無憐憫之心，而現在，我在你眼中看到同情。且讓我牢牢掌握這有利的一刻，說服你應允我熱烈的渴望。」

「你提議，」我答道：「要遠離人類居住地，遁入只有野獸為伴的荒野裡。像你這樣一個渴盼人類的愛與同情的人，如何能夠堅守這種流放生涯？你一定會回來尋求他們的善意，然後遭遇他們的鄙棄。你的凶惡情操又會甦醒，到時候你將會有個同伴進行毀滅的工作。不行！別再爭辯了，因為我不會同意。」

「你的感情是多麼變化無常啊！不過才一會兒工夫前你還為我的申訴感動，現在又為何對我的訴苦無動於衷？我以我居住的大地，以創造我的你之名對你發誓：我將帶著你賜給我的伴侶離開人類居住的鄰近地帶，可能的話，深入最蠻荒的地方落腳，我的凶惡性情將會煙消雲散，因為我會遭到憐憫！我的生命將會靜靜流逝，而到了臨終的時刻，我不會咀咒自己的創造者。」

他的話對我有種奇妙的影響。我同情他，有時甚至很想安慰他。只是每當一看到那一大團又醜又髒的形體邊動邊說話，我的心就開始作嘔，感情也轉變成畏怖和厭惡。我努力壓抑這些感覺；心想自己既然無法同情他，自然就無權扣留在自己能力範圍內，可以賦予他的一丁點兒的幸福了。

「你發誓，」我說道：「不危害他人；但你不是已經展示過某種程度，足以教我有理由不信任你的狠毒嗎？難道不會就連這也是你用來提供自己更寬廣的報復範圍，增加你勝利機會的詭計嗎？」

「搞什麼鬼？我不想爭吵，只要求一個答覆。要是我沒有任何繫絆和鍾情，痛恨和惡毒就會是我的宿命。別人的愛將會摧毀我犯罪的原因，而我也會變成一個無人知道有我存在的人物。我的惡毒是害怕被強迫孤立無依之下的產物，一旦和某個相互匹配的對象共享生活，我的善性必會浮現。我將會感受到一個靈長生物的鍾情，也會和如今被排拒在外的事件以及生存的鎖鏈產生聯結。」

我沈吟半晌，仔細考慮他所講述的經歷和運用的各種辯論。我想起他在生命初啓時所表現的美德，還有他的所有善良情操都是因為後來保護者們對他的憎惡和叱責才泯滅。我並未疏忽對其能力和威脅的考量；一個能夠在冰河原的冰洞中生活，又能躲藏在難以攀爬的峭壁懸崖間逃避人們追捕的東西，他所具備的技能是想要對付也對付不了的。經過深思再深思、推詳再推詳，他所提出的要求不管對他或是對我的同胞雙方都很公平，照理該答允才是。於是我開口告訴他：「只要你鄭重立誓，一旦我把日後將陪伴你遠遁的女伴交給你之後，絕對永遠離開歐洲和所有與人為鄰的地方，我就同意你的要求。」

「我發誓，」他高喊：「以太陽、以藍天、以我心中燃燒的愛之火焰發誓，只要你首肯我的求告，只要它們存在的一天，你就絕不會再見到我。告別你的家園動手工作吧！我將焦急萬分地盯著進度，在你完工之前不用擔心我會再現身。」

說完這話，他猝然離我而去；或許是害怕我會變卦吧！我看見他以比老鷹飛翔更快的速度下山，不一會兒便消失在起起伏伏的冰海之間了。

他花了一整個白天才把故事講完，離去之時太陽已經貼在地平線邊緣。我知道自己應該趕緊下山，因為黑暗就快包圍四周了。然而我卻心情沈重，腳步遲緩。像我這樣，整顆心都因為白天發生的事而五味雜陳、魂不守舍，還能踏穩步伐、循著蜿蜒曲折的小徑走下去，倒是叫自己百思不得其解。當我來到半路上的歇腳處，時間早已入夜了。雲層斷續飄過晚星前，遮得星光忽明忽暗；黑森森的松林矗立在我前方，地方上到處斷木橫陳。這幅景象莊嚴非凡，在我心頭惹起幾許奇妙的思緒。我傷心流淚，痛苦得擊掌大叫：「噢！星啊風啊雲啊，你們全都想要奚落我！假使你們眞的可憐我，就請粉碎意識和記憶，讓我化爲無物。但是假若不能夠做到，那就走吧，走吧，把我留在黑暗裡……」

這全是一些瘋狂、悲哀的念頭，但我實在難以對你形容在我心頭星星的不斷眨眼是多麼沈重的負荷；而耳中聽到的每一陣風號，又是多麼像是正要趕來將我焚毀的熱風。

我在破曉之前抵達查莫尼克斯小村。未經休息，立刻馬不停蹄地趕返日內瓦。即使是在自己心頭，我也無法表達個人的感受——他們以像山一般沈重的重量壓著我，把我的痛苦也壓得支離破碎了。我就這樣回到家園，踏入屋內，出現在家人的面前。我那憔悴凌亂的外表嚇壞了他們；但對大家驚慌的盤問我一概默不做答，也幾乎不開口說話。我覺得自己彷彿被下了禁制——彷彿永遠也不能再享受他們的情誼。然而縱使如此，我仍舊敬愛這些人。爲了拯救他們，我決心致力於從事我最恐懼的任務。對於這樣一項工作的預期，使得其他一切現狀在我眼前都像夢一般飄過。在我心中，只有那個思慮才是生活之中唯一一件實際的事。

第十八章

回到日內瓦後的時間日復一日、週復一週地流逝，我始終無法鼓足勇氣重新展開那項工作。我一面擔心那失望的惡魔復仇，卻又難以克服自己對這個工作的憎惡。我發現要想再組合出一名女性，就非得再投入好幾個月時間埋首苦讀、辛勤研究不可。我得知某位英國哲學家有幾樣發現，箇中的學問正是促成我成功的要素，有時不免想要取得父親的同意前往英國去向他討教。但我緊抓每個拖延的藉口，對於這項在我看來漸漸顯得不那麼絕對必要的事情，遲遲不敢跨出第一步。這段期間，在我身上確實發生一項變化。在此之前始終衰弱不振的健康，如今恢復了不少；而在不受那不幸承諾的回憶干擾時，精神也相對提昇許多。家父欣然注意到這變化，念頭轉到根除我心頭殘餘愁思的最佳辦法上。這些愁思一陣一陣，帶著貪婪噬食、將日益接近的陽光逼走的黑暗不時重返。遇到它們來的時候，我只有躲進最徹底的孤獨裡尋求庇護。我獨自駕著小舟在湖上消磨整個白天，安安靜靜，沒精打采地望著天上的雲朵，傾聽湖波的聲浪。但清新的空氣和晴朗的陽光，通常總會為我喚回某種程度的鎮靜，使我能在回家途中帶著更衷心的笑容、更愉快的心情，面對朋友們的致意。

就在這其中一次漫遊回來後，家父把我叫到一旁，對我說：「親愛的孩子，我很高興注意到你已重拾往日的樂趣，而且似乎就快回復到從前的樣子。不過你還是落落寡歡，還是避免和我們相處。有好一段時間，我怎麼也推測不出其中的原因，可是昨天有個念頭突然闖進我心底。如果我的推想沒錯的話，就求你坦白承認吧。這種事情悶在心裡不僅無益，反而會帶給大家加倍不幸的結局。」

聽到這番開場白，我全身直打哆嗦。父親接著表示：「兒子，我承認我一直期望你和我們心愛的伊莉莎白結婚；一方面能夠維繫安樂，一方面也是我遲暮之年的一大滿足。你倆自幼青梅竹馬；兩人一同求學，性情、嗜好看起來也完全投合。不過我對人一向缺乏判斷能力，恐怕這項計畫早就被我視為最有利於它的種種因素破壞了。說不定，你將她當成自己的妹妹，一點也不想娶她為妻。甚至，也許你已經遇到一個你可能愛上的女孩，只是想到在道義上自己應當愛的是伊莉莎白，以致內心的掙扎形成你不時神色愀然的原因吧？」

「親愛的父親，我鄭重向你保證，我打從心底深愛表妹。我從未見過一個能像伊莉莎白那樣，挑動我最熱烈的仰慕與最眞情的女孩。我未來的希望和憧憬，完全維繫於兩人結合的期望之中。」

「我心愛的維克多，你對於自己情感的這番表白，帶給我這段日子以來最大的快慰。既然你有此感覺，縱使眼前的事情很可能使大家籠罩在陰影似乎牢牢控制你的心靈，我眞希望能將它驅散。因此，告訴我，你是否反對儘快舉行婚禮。我們過著不幸的日子；近來發生的種種事件，迫使大家遠離平日適合我這種風燭殘年的寧靜生活。你年紀還輕。但是依我看來，憑你的條件絕對有出人頭地的機會，很可能你已培養出一些名聲和才幹，早婚一點也不會妨礙你更上一層樓。不過，千萬不要以爲我意欲指定你的幸福，或者如果你想延後一陣子再說的話，會引發我什麼嚴重的不快。我懇求你，不偏不頗地考量我這番話，然後放大膽子，給我一個眞心的回答。」

我默默聽完父親的話語，遲疑半晌，無法做答。我迅速在內心解析衆多混亂的思緒，致力於達成某種結論。天啊！對我而言，馬上和伊莉莎白成親是個令人心驚肉跳的主意。我深受一個尙未實踐、又不敢違反的鄭重承諾束縛；而且萬一我毀約的話，將會有多少悲劇降臨在我鍾愛的家人們身上啊！難道我眞能頂著這壓得人快無法喘息的沈重負擔辦喜事？我必須先完成約定，讓那怪物帶著他的女伴遠走高飛，才能懷著期待平靜的心情，享受婚姻的樂趣。

另外，我還想起自己必須遠赴英國，否則就得和該國那些擁有對我目前工作不可或缺的發現的哲學家們，展開一段長期通訊。後者對於獲取亟需的學問是種曠日廢時，而且無法教人滿意的方法。再說，我極度排斥在自己父親家中從事這噁心工作的念頭。我知道在那過程中可能發生無數可怕的意外，其中最輕微的就是在所有和我有關的人面前，洩漏一段足以嚇壞他們的故事。此外，我還曉得自己將會常常完全失去自制和所有掩飾那將在我的怪異工程進行期間支配我的空虛感的能力。在從事這件事時，我必須遠離所有心愛的人們。一旦著手進行後，工作將會迅速完成，而我也可以帶著安詳快樂的心情回到家中了。只要我的諾言實現，那怪物自會永遠離開。或者（我喜歡如此幻想）在這段期間也許會碰巧發生什麼事情毀了他，永遠終止我的奴役生涯。

我遵照這些感受向父親表達前往英國的意願，只是隱瞞提出這項要求的眞正理由，假借某個不會引起任何狐疑的藉口以取得他的同意。在經過這麼長一段期間像著了魔似的憂鬱悲哀後，他很高興看到我能夠有興趣出門旅行，更希望借著景物的改變和不同型態的消遣，可以使我的身心在返鄉以前完全康復。

離家時間的長短由我自行選擇；看是要去幾個月，或者，至多一年。基於一種身爲人父的善意防備心理，他費了一番苦心，務必使我這趟出門能有個伴同。在事先未和我商量之下，他和伊莉莎白共同安排科勒佛到史特拉斯堡❶和我會合。這打亂我妄想獨自一人執行工作的計畫。不過在旅途初期，好友的陪伴不僅不構成任何妨礙，而且我眞的非常慶幸自己能免去許多孤獨寂寞、猛鑽牛角尖鑽得快發狂的時光。再說，也許多了亨利在，我的仇敵才不會跑來打擾我。要是我單身一人，難保他不會偶而出現在我面前，提醒我自己的任務，或者盯著我的進度。

於是，我決心前往英國。可想而知的是等我回國後，就該馬上和伊莉莎白成親。家父的年紀使他極不願意延緩婚期。而就我個人而言，那是我替自己厭惡的工作許下的報酬——是對我無盡

---

❶史特拉斯堡：法國東北部之一城市。

苦難的慰藉。

這時我著手為這趟旅行進行各項安排，可是心頭卻始終充滿一股纏繞不去的恐懼和不安。在我出門這段期間，我的敵人說不定會因為我的離開而大動肝火，對我那些無人保護的家人展開攻擊，而他們卻對他的存在一無所知。但他曾發誓無論我走到哪裡都會跟到哪裡，應該也會隨我前往英國去吧？這個想像固然可怕，但想到如此一來我的家人必將平安無虞，便又令人感到欣慰了。事實可能完全相反的想法教我痛苦萬分。但在整段身為我那創造物奴隸的期間，我完全任憑一時的衝動支配自己。此時此刻，我強烈地感覺邪惡將會隨我同行，至於家人們則不至於受到他的陰謀危害。

再度告別故鄉，是在九月底。由於這趟旅行是我自己提出的，伊莉莎白只好默認了。但一想到沒有她在身邊，我會遭受多少悲哀、憂愁的侵襲，她就鎮日心神不寧。安排科勒佛陪我同行正是出於她的關懷——然而男性偏偏總是很難察覺，那些喚起女性殷殷關照的無數細微因素。她很想叮嚀我儘速歸來；千絲萬縷衝突的情感讓她開不了口，只有淚眼汪汪、靜靜地與我告別。

我跳上將要載我離鄉的馬車，茫茫然不知將往何處去，也不在意周遭正在進行的事。我只記得（後來回想起來是那麼摧心斷腸）吩咐要將我的化學儀器打包一起帶走。懷著滿腦子陰鬱的想像，我兩眼直勾勾地望向前方，視而不見地通過無數美麗宏偉的風景地。旅途之中，我腦中所能想到的只有此行的目的，還有即將全神貫注投入的工作。

在慵慵懶懶、無精打采地跋涉無數里程，度過好幾天後我來到史達拉斯堡，在這裡逗留兩天等候科勒佛。他來了。天，我們兩個之間有著多大的對比啊！他每看到一幅新奇景觀都興致勃勃；看到日落之美他開心，目睹朝陽升起、展開嶄新的一天更快樂。他提醒我大地風物變化的色彩，還有天空的各種面貌。

「生活就該是這樣，」他高喊：「如今我正享受生存的美妙！可是你，我親愛的法蘭康斯坦，你究竟爲何沮喪憂傷？」滿懷鬱鬱愁思的我，眼中根本看不到晚星的流落，或者倒映在萊茵河中金碧輝煌的日出。而你，我的朋友，倘若你看到的是科勒佛的遊誌，一定要比聽我的回憶有興味得多。他總是帶著喜悅而富有感情的眼光去欣賞景物，反觀我這悲哀的可憐人，卻被一道阻隔所有通往享樂之路的咀咒糾纏著。

我倆協議從史特拉斯堡搭乘小舟，順著萊茵河水直下鹿特丹❷，再改搭大船前往倫敦。這段航程之中，我們經過許多垂柳飄飄的島嶼，看到幾座漂亮的城鎮。我們在曼罕因❸滯留一日，在離開史特拉斯堡後的第五天抵達了梅因斯❹。

---

❷鹿特丹：荷蘭西南部之一海港。
❸曼罕因：西德南部之一城市。
❹梅因斯：位於德國西部。

過了梅因斯堡以後，萊茵河域的景色變得更加如詩如畫。河流走勢急降而下，蜿蜒繞行許多高度不高、但形勢優美陡峭的小山間。我們看見許多荒涼的城堡矗立在懸崖絕壁的邊緣，環繞它們的是高聳入天、可望而不可及的密密黑森林。這一段萊茵河流域，確實提供了一幅千變萬化的景觀。在某一處，你看到的是荒涼的山陵，俯臨危崖峭壁的傾圯城堡，而幽暗的萊茵河水正由下方滔滔急奔而過。

那段期間正是採收葡萄釀酒的時節，我們耳裡聽著釀酒工人的歌聲，一路順流而下。即使心情低落、精神不斷受陰霾情緒擾亂的我也放寬了心懷。我躺在舟底遙視著萬里無雲的藍天，感覺好像沈醉在闊別已久、早已不復熟悉的平靜裡。而假使這些是我的感受，亨利的感受有誰能夠形容呢？他覺得自己如臨仙境，享受到常人難得一嚐的幸福。

「我見過，」他說：「自己祖國最美的風光。我曾造訪洛桑以及尤里湖。尤里湖畔白雪皚皚的高山幾乎垂直削向水面，投下黑森林難以透視的影子。若非那兒有青草最茂盛的島嶼，憑其鮮麗的外觀改變單調的視野，看起來必會顯得陰鬱淒愴。我曾看過狂風暴雨吹亂這湖泊；強風颳起的水漩，足以讓人誤當是龍捲風掠過汪洋時，激烈掀起的水柱；湖波怒濤洶湧地衝打牧師夫婦被雪崩淹沒之處的山腳，他們垂死的聲音在夜風停歇之間依舊清晰可聞。我曾見過拉維萊斯和佩思德佛山；可是，維克多，這個國度比所有奇景都更讓我開懷。瑞士的高山較為壯麗險怪，但這美麗河流兩岸風光的魅力，卻是我平生前所未見的。瞧！懸立在崖邊那座古堡；還有聳立在島上，幾乎完全遮蔽於那些迷人樹木綠葉間的那座；還有，瞧！那群從葡萄園走來的工人，以及半藏在山拗裡的小村莊。噢，想必那居住在此、守護這個地方的精靈有顆比堆起冰河、或者棲息在我們國內那些難以攀登的山峰之上的精靈更合乎人性的心靈吧。」

科勒佛！親愛的好友啊！即使到現在，記錄你的話語，給予你絕對值得擁有的嘉評，也會讓我感到開心。他是一位「天生的詩人」。他那熱情、激昂的想像力乃是出自一顆敏感的心。他的心靈氾濫著熱烈的眞情，他的友誼耿耿忠貞，而他那誠摯得不可思議的性情更是追名逐利之輩在幻想之中才能找到的那種典型。然而縱然是人類普遍的同感力也不足以滿足他熱切的心理。別人只是懷抱欣賞心態凝視的大自然景物，他所投入的卻是滿腔熱愛。

怒聲澎湃夕如熱情一般
縈繞其心的洪流，高聳的岩石，
高山，還有深密蒼鬱的樹林，
它們的顏色和外型，因此而成為他的
一項嗜好；一種感情，和一份愛，
用不著再經由思想補充一點
更抽象的魅力，或者任何

未曾入眼的趣味。

而今他在何方？是否這溫文可愛的人已永遠逝去？是否這如此充滿靈感、充滿美妙偉大想像、寄託於其人身上的心靈已毀滅？是否如今它只存在我的記憶裡？

不，不是這樣的；你那雅致脫俗、精美無倫的形體雖已腐敗，但靈魂卻常造訪並安慰你這快快不樂的朋友。

原來我正滔滔不絕地發洩積鬱；這番話語尚且不足表彰科勒弗無可比擬的價值於萬一，卻可以稍慰我因回憶他而苦悶不已的心。

通過科倫之後❺就是荷蘭的平原區；由於風向相逆，河流的水勢也太和緩，無法成爲小舟航行的助力，我們決定改以驛馬走完剩下的行程。

這段行程間，因爲美麗的山光水色而提高的遊興致慢慢降低下來了。不過幾天之後我們又已抵達鹿特丹，在這裡繼續由海路前往英國。在一個晴朗的十二月底早晨，我，首次見到大不列顛的白色懸崖。泰晤士河❻兩岸又是一番新風貌；它們地勢平坦卻富饒，幾乎每個城鎮都會勾起人

❺科倫：位於德國西部，濱萊茵河，以天主教堂聞名。
❻泰晤士河：英國河流；流經倫敦。

們對某則故事的回憶。看到提爾伯利碼頭讓我們想起無敵艦隊❼；而葛雷佛森❽、伍利芝❾、和格林威治❿——這些地方都是我在祖國就已曾聽說的。

終於，我們望見無數的倫敦尖塔，其中尤其以聖堡羅塔最是巍峨高聳，另外還有在英國歷史上鼎鼎大名的倫敦鐵塔。

---

❼ Spanish Armada：西班牙國王菲利普二世於一五八八年派往遠征英國的大艦隊，在英吉利海峽被擊敗後不久，多數艦隻旋遭暴風吹毀。亦作Invincible Armada。

❽ 葛雷佛森：泰晤士河畔之河港，爲造船、金屬鑄造、和紙業城。

❾ 伍利芝：在泰晤士河南岸、倫敦東部之自治區，爲兵工廠與陸軍軍官學校所在地。

❿ 格林威治：英國國立天文台所在地，同時也是世界各國經度起算點。

第十九章

倫敦是我們目前的駐足地；我們決定在這舉世聞名的城市逗留幾個月。科勒佛盼望和一些當時聲譽正隆的碩學俊彥往來交流，對我而言這只是次要目標；我多半的心神都花在如何取得實踐諾言所需的資料方法上，沒有多久便想到利用帶在身上、以最傑出的物理學家爲呈遞對象的介紹信達成目的。

假使這趟旅行是在我幸福快樂的求學時代所舉行的，一定會帶給我難以言喻的喜悅。但如今我的生命已遭一種致命的因素侵襲，造訪這些人士爲的也只是一個原因：爲我那深埋內心，不爲人知的計畫收集資料。群衆令我厭煩；在獨處的時候，我可以用天地景象來滿足自己心靈；亨利的聲音帶給我安慰，讓我可以欺騙自己，進入短暫的安寧。但一張張繁忙、冷淡、喜悅的面孔，又會將絕望帶回我的心。我看見我和我的同胞之間有道無法跨越的界線；這道界線以威廉和佳絲婷的鮮血爲封蠟，而想到與這兩個相關的事情，我的內心便哀慟不已。

可是在科勒佛身上我看到的卻是從前的自己；他勤奮好學，急於吸收各種經驗和指教。而對他來說，耳聞目睹的風俗習慣差異，就是取之不竭的教育和娛樂資源。

此外，他也在追求一個長久以來考慮的目標。他的計畫是前往印度，而所抱持的信念則是來自他對該地名稱語言的瞭解，對其社會、以及實際上有助於歐洲之殖民地與貿易進步的各種方法之見解。只有在英國，他才能更進一步執行自己的計畫。他總是整天從早忙到晚，唯一阻礙他樂趣的就是我憂愁沮喪的心情。

我竭盡所能地掩飾自己的心境，以免使他無法享受對一個無牽無掛、不受心酸回憶困擾、而對剛剛踏入嶄新活領域的人來說十分自然的歡樂。我常借口另外有約拒絕他的陪伴，以便一個人獨處。此時我也開始收集進行新創作必備的材料了；這工作對我而言就像雨水一滴一滴、一滴一滴滴在頭上一樣教人難受。每一想到和它相關的事情都是無盡苦惱，每一提到和它有關的字眼都會讓我的雙唇顫抖，心跳急促。

在倫敦度過幾個月後，我們收到一封某個過去曾到日內瓦拜訪我們的人，從蘇格蘭寄來的信。他在信中提到自己家鄉的許多美景勝地，詢問我們那些是否足以吸引我們將旅程遠遠向北延伸，直達他所居住的伯斯❶。

科勒佛迫不及待地渴望接受這邀請，而我雖然痛恨與人交往，卻也盼望重見高山流水、以及大自然女神用來裝飾自己居地的鬼斧神工。

---

❶伯斯：蘇格蘭中部伯斯郡之首都。

我們倆是在十月初時到達英國，而現在已經是二月了，（譯按：作者在上一章提到法蘭康斯坦於九月底告別故鄉，十二月底望見大不列顛景色，依其行程，兩地之間不可能數日即到，是以前後文之間恐有舛誤。）因此我們決定等再過一個月後動身往北方走。這趟遠行，我們不打算走通往愛丁堡（蘇格蘭首府）的大道，而要沿路參觀溫莎、牛津、梅特洛克、和坎伯蘭湖群❷，大約在七月底時完成這趟旅行。我打包起自己的化學儀器和已經收集到的材料，決心在蘇格蘭北方高地的某個隱僻之地完成我的工作。

我們於三月二十七日告別倫敦，到溫莎盤桓數日，在它美麗的森林之中漫步優游。對於我們高山居民而言，這是一種新奇的景觀；巍巍的橡樹、豐富的獵物、還有壯盛的鹿群……都是我們見所未見的新鮮事。

接著我們再到牛津。一進這座城市，我倆心中立即充滿對一個半世紀以前在此地發生的種種事件之回憶。英王查理一世就是在這個地方凝聚自己的勢力。多年以來，在整個國家都已揚棄他所創制的政體，附從國會和自由的大旗後，這座城市仍始終對他忠心耿耿。憶起那位不幸君王和他的同伴們，溫和親切的福克蘭、粗野無禮的高林、他的王后和兒子、讓人對這據傳他們可能曾經居住的城市每個角落，都憑添一股特殊的興趣。先人在此創立一個聚落，而我們追溯它的痕

❷坎伯蘭：英格蘭西北部之一郡。

跡。假使這些情懷尚未提供某種想像上的滿足，城市本身美麗的風貌也足以贏得大家的欣賞。大學裡頭各座學院年代悠遠、景色如詩如畫；條條街道幾近華麗莊嚴；而貫穿一片片青翠草坪、流經其畔的迷人愛色斯❸廣佈成一大片水域，倒映著陣容龐大、環抱在蒼蒼古木間的尖塔、圓塔、高塔的塔影。

我喜愛這景致；然而這份樂趣仍因往日記憶和對未來的預期而蒙上痛苦。我天性喜愛平靜的幸福。年少時候，我心中從未有過什麼不快。就算萬一被「無聊」煩不過了，只要看看大自然的美景，或者研讀人類優秀卓越的作品，就一定能勾起我的興趣，使我的心境更加靈活。但現在的我卻是一株朽木；雷霆已打入我的靈魂；我覺得自己應該殘存下來，才能殲滅不久自己我就不會再是的——悽慘兮兮的可憐相；在別人看來不幸，自己看著卻無法忍受的可憐蟲。

我們在牛津逗留一段相當長的時間，到它的近郊到處郊遊，儘可能親身見證每一處可能和英國史上最具啓發性的一頁相關的地點。這些小小的發現之旅往往因爲不斷自動出現的目標而延長航程。我們造訪了聲名赫赫的漢普登（英國清教徒、愛國者、及政治家）墳墓，還有這位愛國者喪命的地方。凝視著這些哀悼、追念的景觀，想想神聖的自我奉獻和自由觀念，一時之間我低

---

❸愛色斯（Isis）：牛津別名；埃及神話中司典兄饒之女神。牛津（Oford）的津（ford）字字義爲河口過渡的地方或淺灘之義。

落、憂懼的心也飛揚起來。我暫時敢於擺脫身上的枷鎖，帶著無拘無束的高亢精神環顧四局。只是那桎梏之鐵已經深深嵌入肌理，一眨眼，我又渾身顫慄、徬徨無依，回復原來的消沈。

我們依依不捨地告別牛津，向下一個落腳處楓特落克前進。這個村莊附近一帶的景物，和瑞士本身有很多相似之處；只是在高度方面樣樣都矮上一截，翠綠的山陵也缺少我故鄉那些松林茂密的高山之上，那頂遙遙的白色阿爾卑斯王冠。我們探訪那神奇洞穴和一座座天然的博物學櫥窗，收藏在其中的希世珍玩和薩佛克斯與查莫尼克斯之名令我遍體生寒，聯想起當初可怕的一幕，於是加緊離開這地方。

由達比❹一路向北，我們在坎伯蘭和西摩蘭用去兩個月時間。此時我幾乎可以假想自己是置身於瑞士的群山之間。依舊依附在北方山麓的一小片一小片積雪，偏佈的湖泊，還有岩間溪澗的疾奔，全是我熟悉而又心愛的畫面。

另外，我們還在這裡結交到一些朋友，他們的情誼幾乎讓我誤當自己已是個幸福的人。科勒佛的喜悅尤甚於我；和才華橫溢之輩往來開闊了他的心靈；他在自己身上發現遠比自己好和不如自己之人相處時自以爲具備的稟賦，更多更好的才幹和機智。

「我可以在這裡度過一生，」他高興地說：「在這些山脈間，對於瑞士和萊茵，我該不會有

---

❹ 達比（Derby）：英格蘭中部之一城市。

什麼惋惜。」

然而，他發現旅人的人生是一種在歡樂之中包含不少痛苦的生涯。他的感情永遠在延伸；每當他開始陷入安逸狀態，便不得不因某種再度吸引他注意的某種神奇事物而離開，以便獲取其中的樂趣。而每過一段時間，同樣的理由又會使這種現象周而復始。

利用和那位蘇格蘭朋友約定的時間未到之前，我們遍遊坎伯蘭和西摩蘭兩地形形色色的湖泊，卻不曾和當地的任何居民培養出什麼深刻的感情，於是離開他們繼續旅行。

就我個人而言，一點也不覺得遺憾。這時我已經荒廢我的承諾有好一段日子了，內心常爲那惡魔失望之下會有什麼反應而提心吊膽。他很可能留在瑞士，將仇恨報復在我的親人身上……這念頭時時刻刻追逐著我，每當我可以捕捉片刻休息寧靜時便來折磨我。我心急如焚地等待家書；要是信來遲了我便悽悽惶惶，被無數恐懼、擔心壓迫得快窒息；等到信到以後，看到伊莉莎白或父親在信封上的署名，又遲遲不敢閱讀、探知我的命運……有時候我心想那魔頭必定跟著我，而且恐怕會藉著謀殺我的同伴來警告我快快遠離鬆懈。這時我便會如影隨形地緊盯著亨利，片刻不離，保護他不受想像中那追魂者的怒火摧殘。我覺得自己彷彿犯了某種滔天大罪；這種意識終日糾纏著我……我雖清白，但確曾爲自己招來某個如該犯行一般罪孽深重的可怕禍殃。

我眼倦心懶地來到愛丁堡。然而就算全天底下最不幸的人，大概也難免會對這城市產生些興致。科勒佛對它的喜愛不如牛津，因爲後者的古老風味更合乎他的喜好。但愛丁堡美麗整齊的新市容，浪漫的城堡和世上最賞心悅目的近郊，亞瑟王的寶座、聖伯納井、和彭特蘭丘陵彌補了他這番變化，帶給他滿心歡暢和欣賞。而我則一心急於抵達此行的終點站。

一週之後我們離開愛丁堡，經過考柏、聖安德魯斯（譯按：該地有蘇格蘭境內最古老的聖安德魯大學），沿著泰河岸來到伯斯，也就是我們的朋友相邀的地方。可是我沒有心情和陌生人談笑，也沒辦法像一般客人那樣輕鬆愉快地領略他們的盛情，或參與他們的計畫。

於是，我向科勒佛表示，希望單獨在蘇格蘭遊覽。「請你盡情地玩，」我說：「而這裡就做為我們的會合地吧。我可能出去一兩個月。不過，我懇求你別探問我的動機，讓我一個人靜靜獨處一小陣子；但願等我回來時心情已經快活得多，也更能和你氣質相近、意氣相投了。」

亨利想勸我打消主意，但見我一心一意投入這計畫，也就不再苦苦相勸。他請求我常常寫信。「比起和這些素不相識的人在一起，」他說：「我情願在你的孤獨流浪中與你做伴。既然如此，我的朋友，儘早回來吧，好讓我再度感受一些你不在時不可能領略的自在。」

告別好友後，我決心在蘇格蘭找個人跡罕至的地方，獨自完成工作。我深信那怪物絕對跟蹤在後，只要我一做好，讓他可以得到自己的伴侶，就會自動在我面前現身。

我帶著這個結論跋涉蘇格蘭高地，最後鎖定奧克尼群島中最荒遠的一座小島（在蘇格蘭東北方）做為工作場所。那是個非常適合這項工作的地方；因為該島不過是一塊高高的周邊不斷遭受海浪侵蝕的巨岩。島上土壤貧瘠，總共才能養幾頭牲口，提供總數五名居民食用的燕麥。單看他們瘦弱、憔悴的樣子，就曉得這些人平日吃得多寒酸。被他們視爲奢侈品的蔬菜和麵包，甚至清水，都得由大約距離五哩之遙的本土取得。

整座島上總共只有三間簡陋的的小茅舍，在我到達時其中有一間是空著的。我租下這間小屋。那裡頭包括兩個房間，整間屋子可以用「破落蕭索」四字來形容。茅草屋頂塌了，牆壁未經粉刷，門也無法靈活開或關。我吩咐要將它修好，買了一些家具，嚴格控制這塊地盤。因爲這些居民固然一貧如洗，但萬一有個意外，他們的驚訝照樣絕對不下於當初那一家子小屋居民。一切就緒之後，我便在無人注視、無人干擾的情況下住了下來。

我把整個早上的時間，全用來留在小屋裡工作；不過到了傍晚，要是天候許可的話，我就會走到遍地石子的海灘上散散步，聽聽浪濤呼吼，和海浪打在我腳上的聲音。這是一幅一成不變、卻又隨時都在變化的景色。我想起瑞士；它的風光和此處的孤寂、駭人面貌迥然相異。它的山丘上覆滿葡萄藤，平原裡處處點綴著小屋。它那一片片旖旎的湖泊倒映著柔柔的藍天，每當被風吹起漣漪時，湖面的喧亂與汪洋大海的咆哮相比，直如活潑嬰孩的嬉戲。

初到小島那段期間，我一直這樣進行手邊的工作。但做著做著，卻漸漸日益感到恐怖、厭煩。有時，我一連好幾天都無法勸使自己踏入工作室，而另外那些時候，卻又日以繼夜辛勞不休，以便早日完成所有進度。

事實上，這眞是一段卑鄙噁心的過程。在初次進行這項實驗時，基於某種狂熱驅使，讓我渾然不覺自己從事的事情有多恐怖；我的心神全盤貫注於工作的成就，我的眼睛完全無視於它的駭人。可是，現在我卻是必須硬狠著心腸在進行，手邊的工作常教我厭煩透頂了。

就這樣，埋首於自己最憎惡的工作中，身陷於絕對孤單的環境裡，沒有任何可以將我的注意力從整天盯著實際畫面暫時引開之事存在，我的精神開始變得不穩定；變得緊張兮兮、怔忡不寧。我無時無刻不害怕見到我的迫害者。有時我兩眼看著地面枯坐著，抬都不敢抬一下眼皮，惟恐一抬眼就望見那個我恐懼見到的東西。我害怕離開島民的視線，擔心一旦落單，他就會過來索討自己的伴侶。

在這同時，我仍舊繼續工作，進度也已遠遠超前。我懷著莫大的殷切期望，盼望早日將它完成。我從來不敢質疑這個期望，只是它仍隱隱帶著幾許無形無影的凶兆，讓我心煩意亂、情緒一團糟。

第二十章

有天黃昏，我坐在自己的實驗室裏；太陽已經西沈，月亮剛要升起。當時的光線不足以進行我的工作，於是我懶懶散散，暫時停下來考慮是要放下工作休息，或者貫徹全力儘快將它完成。想著想著，突然一陣省思使我考慮到目前從事之事可能引發什麼後果。三年前，我勤奮不懈地致力於同樣的工程，結果創造出一個惡魔，他那無可饒恕的殘暴行徑寒透我的心，更使它永遠充滿最苦楚的懺悔。現在我又快塑造出另一個我對其性情同樣一無所知的生命；她很可能變成一個比她的伴侶毒辣十倍、嗜殺十倍、卑劣十倍的東西。他曾發誓要遠離人類居地、躲到荒漠裏，但她可沒有；而絕對可能成爲有思想、懂推理的動物的她，大有可能拒絕配合在自己被創造出來以前就達成的協定。他們甚至很可能互相敵視對方；那個已經活著的傢伙憎恨自己醜陋的外型，等到他見了同樣外型的女性軀體後難道不會更加厭惡嗎？她也可能看到比他漂亮得多的男性而嫌棄他；她很可能離他而去，而他又會因爲被一個和自己同類的生物遺棄而挑起新的怒火。

就算他們眞的離開歐洲到新大陸的荒野，兩人至少仍會產下子孫，屆時地球上就會繁衍、散佈一支惡人種族，很有可能導致人類的生存面臨一種危機處處、並且充滿恐怖的狀態。我，是否有權爲了自己的利益，替後世千年萬代子孫灑下這咀咒？之前我被自己創造的怪物那似是而非的詭辯所打動，被他兇狠的威脅嚇得神志不清。但現在，我首度驚覺那項承諾的邪惡。想到自己恐將成爲後人口中咒罵的害蟲，被看成爲求一己安寧，不惜以說不定是全人類的生存爲代價的自私小人，不由得我直打哆嗦。

我渾身一顫，一顆心直往下沈；猛一抬頭，月光下，只見那惡魔就在窗口。他注視著正在執行他所指定工作的我，咧起嘴唇露出鬼魅般的冷笑。不錯，旅途中他一路跟蹤我而來。過去這段時間他在森林裏遊蕩、躲在洞穴內，或者藏身於石南叢生的遼濶荒野；現在他跑來注意我的進度，並要求我實踐諾言。

當我看著他時，他的臉上流露出奸險狠毒至極的神情。我想起自己曾經承諾要再造一個和他一樣的東西，腦中燃燒起一股瘋狂的意念，激憤的情緒使我渾身發抖，將那正忙著製造的東西撕扯成碎片。惡魔眼見我摧毀了存活之後將成爲他幸福所寄的軀殼，發出一聲窮凶惡極的絕望與復仇怒吼，隨即抽身而退。

我離開工作室，鎖上門，暗暗在心底鄭重發誓絕不再重拾這工作。然後，肢搖股戰、舉步維艱地蜇回自己的房間。我孤獨一人；附近連個可以趕走陰霾，將沈溺於種種最恐怖的幻想壓迫中、幾乎快要窒息的我解救出來的人也沒有。

幾個鐘頭過去了，我依然逗留在窗口遙遙望向大海。海上幾近全然靜寂；因爲風已平息，萬物都在詳和的月光下安眠。水面上，只有幾艘漁船點綴於其間。偶而一陣微風拂過，吹來漁夫彼此呼喚的聲音。我領略著這份寂靜，直到耳中突然捕捉到海岸附近的船槳划動、以及有個人在我住過附近登陸的聲音。

數分鐘後，我聽到我的門在伊呀作響，彷彿有人想儘量輕手輕腳將它打開。我從頭頂一路涼到腳底，隱隱預感得出來者是何人，眞想張口喚醒一名住在附近的島民，卻被一股常在面臨迫切危機、想逃卻逃不走的夢境中感到的無助感，釘死在原地無法動彈。

不一會兒，我聽到沿著甬道響起腳步聲。門被打開，我心中害怕見到那個怪物出現在眼前。他關緊了門，逼近我面前，以一種令人窒息的口吻說：「你毀了親手製造的作品；這究竟是存什麼心？莫非你膽敢毀約？我已承受千辛萬苦和不幸。我隨你離開瑞士，沿著萊茵河兩岸在它的各座島嶼間、丘陵上偷偷潛行。我已經在英格蘭的石南地和蘇格蘭的荒野間居住好幾個月。我忍受了無數的疲憊、寒冷和飢餓；難道你眞敢毀滅我的希望。」

「滾開！我確實背棄了承諾；我永遠永遠也不會再創造另一個和你一樣、同等醜惡、同等邪惡的東西！」

「奴才，過去我和你講道理，但你已證明自己不值得我紆尊降貴。記住，我有力量；你認定自己很可憐，但我可以讓你悲哀到痛恨看見白晝的光明。你是我的創造者，但我卻是你的主人；乖乖聽令！」

「我的優柔寡斷已經成爲過去式了，現在該是你施展力量的時候。你的威脅無法迫使我從事某種邪惡之事，反而更堅定我不能爲你創造一個惡毒伴侶的決心。難道要我鐵石心腸，將一個視死亡和悲劇爲樂趣的魔鬼解放到人間來嗎？滾吧！我很堅定；你的話只會使我的憤怒更火上加油。」

怪物從我臉上看出我心意已定，想發怒又無從發怒，只得咬牙切齒，大叫：「每個男子都會找個心愛的妻子，每頭野獸都有自己的伴侶，難道我就該孤孤單單嗎？我有眞摯的感情，回報它們的卻是嫌厭和叱責。喂！你要討厭儘管討厭，不過聽清楚啦！你的日子將會在悲哀恐懼中度過，很快的，晴天霹靂就會打在你身上，永遠奪走你的幸福。當我瑟縮在自己的苦海中，你還夢想快樂幸福嗎？你可以摧毀我其他的情感，但報復之心依舊殘存——報復，從此將比光和食物更寶貴！我會死；但是你，我的暴君和帶來折磨的人，你會先咀咒凝視你不幸的太陽。當心啦！因爲我無所畏懼，因爲無懼而有力。我將以蛇之詭譎看覷，方能以它的毒液傷人。喂，你會爲自己所造成的傷害懊悔的。」

「住口，惡魔！不要用這些惡毒的聲音毒化空氣。我已經向你宣告自己的決定，就不會懦弱地在言語下屈服。離開我；我的決心毫無更改的可能。」

「很好！我走。但記住，在你的新婚之夜，我將與你同在。」

我躍身撲去，大聲叫道：「惡棍！在你簽下我的死亡證明書以前，最好先確定你自己平安無事。」

我恨不得一把將他抓住，但他卻一閃而過，遽然衝出房間。轉瞬間，我看見他坐在自己的小舟上，小舟如箭般疾射過海面，一下就消失在波浪間。

一切回歸寂靜，但他的話語仍在我耳邊轟然作響。我怒火中燒，恨不得去追捕那扼殺我平靜的凶手，將他拋下汪洋大海中。我在房裏心煩意亂、急促地走來走去，無數的想像畫面在我腦海翻攪，撕楚著我，叮咬著我。我爲何不追他出去，在生死決鬥中結束他的生命？反而眼睜睜看著他離開；而他的路線又指向大陸。想到他下一次瘋狂報復下的犧牲者可能是誰，令我不寒而慄。這時我又想起他的話來——「在你的新婚之夜，我會與你同在。」也就是說，那就是應驗我命運的時候了。我將在那時死亡，然後立即滿足他的惡性，消滅他的惡毒。這番預期並未教我感到害怕。可是再一想到我心愛的伊莉莎白，或者當她發現自己的愛人被如此殘暴地從她身邊奪走，那汪汪的淚水和無盡的哀傷；好幾個月以後，淚水，首次沿著我的頰邊汩汩流下。我下定決心，若不經過一番艱辛掙扎，決不在我的敵人面前輕易倒下。

黑夜流逝，太陽自海面升起；假使說從怒氣洶湧降落至絕望深淵可以稱之爲平靜的話，我的心情可以算是平靜多了。我離開小屋，離開昨夜爭論的可怕現場，到幾乎被我視爲自己和同胞們之間無法踰越的界線那片海灘上散步。同時，一個願望悄悄爬過我心頭。眞的，我眞渴望就這樣疲倦地在那荒瘠的礁岩上度過餘生；只要不受任何突如其來的悲慘震驚打擾。若是我回去，不是成爲犧牲品，就是看到那些我最深愛的人們在自己所創的惡魔扼殺下死亡。

我像一縷不安的鬼魂在島上飄來盪去，遠離一切心愛之物，在隔離之中悲哀悽楚。晌午時分，太陽升得更高了，我擋不住濃濃的睏意躺在草地上。昨夜我終夜未眠，我的神經被激動，我的雙眼因徹夜注視和哀傷而火紅。沈沈的睡眠使我重振精神。等我醒來，又感覺自己彷彿是屬於像我這樣的人類之中一分子，於是開始以更沈穩鎮靜得多的心情，去細細回想昨夜的經過。然而那惡魔的話語依舊像陣喪鐘般在我耳裏敲；它們看似一場夢，卻又像眞的一般歷歷如繪，帶來強烈的壓迫感。

太陽已經逐漸西沈，我還坐在岸上，拿塊燕麥糕塡塡餓得發慌的肚子，忽然看見一艘漁船在我附近靠岸，船上有個漁民替我帶來一個包裹。包裹裏頭是一些來自日內瓦的家書，還有一封科勒佛邀我與他會合的信。他說他在那兒只是無聊地荒廢時日，而當初在倫敦結交的朋友們又紛紛來信盼望他回去，完成大家爲他的印度志業所做的安排。他不能再延緩出發的日程了。不過到了倫敦後，接踵而來那趟更遠的航行恐怕會比目前推想的更早成行，所以懇求我儘可能騰出點時間來和他相處。因此，他請求我離開這座孤島，到柏斯與他相會，然後兩人一道兒南下。這封信大大喚回我的生氣；我決定在兩天之後告別這座島嶼。

然而，在我離開之前，還有一件教人想起來就遍體生寒的工作要做；我必須打包好自己的化學儀器。而爲了收拾它們，我非得踏進那個噁心的工作場地不可，並且必須用手接觸那些一看就讓我作嘔的工具。第二天早晨的破曉時分，我鼓足勇氣打開實驗室的門。被我親手摧毀的那具半成品遺骸散落一地，讓我幾乎感覺自己撕裂的是活生生的人體。我躊躇一下，鎮定心神，這才走進那房裏。我用顫抖的手將儀器搬出房間，但仔細想想，不該把作品的殘骸留在那裏，引起當地居民的驚惶和猜疑；於是我將它們裝進一個籃子裏，又加了好些石頭進去，收藏妥當，決心等到當晚將它們丟進海底。而中間這段時間，我就坐在海灘上清洗、並整理我的化學儀器。

從惡魔現身那晚以來，再也沒有什麼比我的心境變化更徹底的了。在那之前，我始終帶著陰沈的沮喪，認爲無論後果如何，自己都非得實踐那承諾不可；但現在，我覺得有支我才剛剛看清楚的影片，在我眼前模糊了。我的腦中並沒有馬上產生恢復工作的念頭；昨夜聽到的威脅沈重地壓在我心頭，但我並未考慮到自己自動自發的行動可以使它改變。我在心中盤算已定，再創造一個與我創造出來的惡魔一模一樣的東西，是種最卑鄙無恥、最殘酷自私的行爲。我打從心底抹殺所有導向另一種不同結論的思想。

月亮在凌晨兩點多、不到三點時升起。我把籃子放到一艘小艇上，出海到離岸大約四哩遠的地方。現場別無一人；幾艘漁舟都是正要返回陸地，而我卻遠離它們朝反方向航行。我覺得自己彷彿正要執行一項恐怖犯罪的使命，惶悚不安地避免碰上我的任何一個同胞。原本清朗的明月，一度剎那間被烏雲遮蔽，我把握這瞬間機會，將船上的籃子拋進海裏；我凝神傾聽籃子下沈時的咕嚕嚕聲響，然後將船駛離那地方。天上登時烏雲密佈，但空氣雖然被當時颳起的東北方吹寒，卻仍然十分清爽。它振奮了我的精神，讓我有種怡然自得的感覺。因此我決定繼續在海上多逗留一會兒；在把船舵固定好之後，便伸展四肢躺在船板上。烏雲蔽月，萬物都是一片模糊，我只聽到小舟鼓浪而進時的聲音。那輕柔耳語催人入眠，不久我便沈沈睡熟了。

我不曉得自己這樣熟睡了多久，可是等到醒來以後，太陽已經爬得相當高了。海風強勁，海浪不斷威脅我那小艇的安全。我發現當時颳的正是東北風，必定會將我遠遠吹離登船的海岸。我奮力改變航路，但不久便發現若是再這樣硬嚐試下去，小舟很快就會進滿水。

在這種情況下，我唯一的策略就只有順風而駛。坦白說，我真有點駭懼之感。我身邊沒帶指南針，對這一整塊區域的地理瞭解又極有限，因此太陽對我來說也沒有多少幫助。我很可能會被吹到遼濶的大西洋，受盡飢渴的折磨，或者被在四面八方咆哮、拍打的無盡海水吞沒。我已經出海好幾個小時，在其他種種磨難之前，首先感受到飢腸轆轆的煎熬。我仰望天空，天上佈滿烏雲。就算被風吹走，也會由其他的黑雲取代。我俯瞰大海；它就將是我的葬身處。「惡魔，」我高喊：「你的工作已經實現啦！」我想起伊莉莎白，想起父親，想起科勒佛——這些可能被那怪物用來滿足自己狠毒嗜殺性情的人物，全被離棄了。即使是在這眼看就將永遠結束我生命的時刻，這個念頭還是把我推入絕望、恐懼的幻想，使我不由自主地直打冷顫。

幾個小時就這樣熬過了。但漸漸地，就在太陽向著地平線偏墜的同時，風勢平息成輕柔的微風，海上也不再颳起滔天的浪濤了。但如此一來，水面卻洶湧起伏個不停。我難受極了，簡直就快無法再掌舵，卻突然望見南方有條高地的邊線。

對於幾乎被忍受了好幾個小時的飢餓疲憊、恐懼猜疑拖垮的我來說，這突如其來的生存保障就像股暖流般帶給我滿心喜悅，淚水剎時奪眶而出。

我們的情感是多麼變化無常，縱使是在極度悲慘之中依然固守不放的生命之愛，又是多麼奇妙呵！我利用身上服裝的一部分張成另一面船帆，迫不及待將船駛向陸地。那地方外觀看似崎嶇多岩的蠻荒之地，可是等船漸漸靠近之後，卻又輕易發現文明的軌跡。我看見岸邊停靠著些大船，發現自己突然之間又回到文明人的居地。我小心翼翼傍著曲曲折折的陸地邊緣航行，並朝著一座終於在一個小岬角後方望見的屋頂尖閣高聲歡呼。由於自己正處於極度虛弱狀態，我決心直接航向城區，因爲那是我可以最容易補充到營養的地方。幸運的是我身上正巧帶著錢。在繞過岬角之後，我見到一個雅致整潔的小城鎭，和一座好碼頭。我將船駛入碼頭，一顆心爲這次意外脫險高興得砰砰跳。

就在我忙於固定小舟，整理船帆之際，有幾個人潮向這兒湧來。他們對我的外表似乎大感驚訝，不但沒有提供任何協助，反而以一種換做其他任何時候，都會使我產生些微警戒心的姿態互相交頭接耳。也正因爲這樣，我僅僅注意到他們講的是英語，於是以他們的語言發言，說道：「各位好朋友，可否請你們好心告訴我這小鎭叫什麼名字，讓我曉得自己身在何處？」

「你很快就會一清二楚，」其中一人聲音沙啞地回答：「或許你來到的是個事實將會證明不太合乎你喜好的地方，但我保證，你的住處沒得商量。」

從一個陌生人口中得到這麼無禮的回答，令我萬分驚訝。同時，看到那些同伴個個露出橫眉豎目的憤怒表情，更教我心中忐忑不安。「你對我的回答爲何如此莽撞？」我答覆：「傳統上，英國人絕對不會這麼不客氣地接待陌生人。」

「我可不知道，」那人說：「英國人的傳統是個什麼樣子，但我們愛爾蘭❶人的傳統可是相當痛恨惡徒的。」

就在這場莫名其妙的對話進行間，我注意到聚集的人正迅速增加。他們臉上流露出好奇與憤怒交集的表情，使我感到十分困擾，同時也產生一些警覺心。我詢問旅舍的方向，但沒人回答我。於是我邁步向前，那些人又咿咿唔唔地圍著我跟上來。這時一名像貌凶惡的人拍拍我肩膀，說：「喂，先生，你必須隨我到柯文先生那兒去爲你自己做個說明。」

「柯文先生是誰？我爲何要爲自己做個說明？難道這不是個自由國家嗎？」

「哎，先生，對於最問心無愧的人是夠自由啦！柯文先生是位法官，你要去解釋一名昨夜在這裏被發現遭人謀殺的紳士是如何死的。」

---

❶愛爾蘭：不列顛草島中之一大島，分成北愛爾蘭和愛爾蘭共和國。北愛爲大不列顛聯合王國（英國）的一部分。

這個答覆讓人大吃一驚，不過我很快便鎮定下來。我是清白的；這一點可以輕易得到證明。因此我默默跟隨著我的帶路人，被領到屬於鎮上最好的房子當中的一座。飢餓和疲憊使我就快不支倒地，但在衆人的簇擁之下，我想到唯有撐起所有力氣才是上策，以免被人將任何體力不支的情況，解釋爲自知有罪、或爲犯罪憂急。這時的我，在擔心惡名昭彰或死亡的下場之餘，滿心都是恐慌和絕望，自然也就不怎麼指望還能保有幾分鐘前洋溢全身的鎮靜從容了。

我必須在這裏暫時打住。因爲若不集中起所有的堅忍剛毅，我便無法將底下要敘述這些令人毛骨悚然的事件記憶，條理分明地喚回我的回憶中。

第二十一章

很快的，我被帶到舉止溫文、態度平和的法官面前，對方是個慈詳的老人家。然而，他還是帶著幾許嚴峻的眼神看我一眼，然後將目光投向那些將我帶到此處的人，問有誰是這場事件的目擊者。

大約五、六個人走上前來；法官指派其中一人發言。那人聲稱，昨晚他帶著他的兒子和妹婿丹尼爾．努根出海釣魚，到了十點左右，忽然察覺一陣強烈的北風吹起，於是連忙將船開回港口。當時月亮還未升起，天色十分黑暗；他們沒有在碼頭登陸，而是依照慣例，泊靠在大約兩里以降的一個小港灣。他帶著釣具走在前頭，兩名同伴落後在幾步之外。正當他沿著沙灘走著走著，腳下忽然踢到某樣東西，整個人絆倒在地。他的同伴趨前攙扶，在兩人手中的提燈照明下，發現原來跌在一個外表看起來已經死掉的人身上。最初他們推測那大概是某個在海中溺死後，被潮浪推湧上岸的屍體；但仔細查看卻發現那人身體猶有餘溫，衣服也沒溼，於是立即將他抬到附近一名老婦的小屋裏盡力施救，不過卻已經救不回來了。那是一名相貌英俊的青年，年紀大約在二十五歲左右。他顯然是被人勒死的，因爲除了脖子上瘀青的指痕外，全身上下找不到什麼明顯的傷痕。

這份口供的前半段絲毫不引起我的任何興趣，可是等我聽到有關指痕的陳述時，卻猛然回憶起弟弟的命案，不由得悲憤萬分！我四肢顫慄，眼前一陣迷濛，迫使我不得不靠在一把椅子上才能撐住身體。法官目光凌厲地望我一眼，自然因我的態度引發一股極不以爲然的徵兆。

那兒子證實了父親的供詞。可是等到丹尼爾．努根被傳喚上前後，他卻信誓旦旦地表示就在他姊夫摔倒前，他在離岸一小段距離外，看見一艘只載著一人的小舟；就著當時天上的一點星光，他判斷那和我剛剛靠岸的小舟正是同一艘。

另一名婦人證實三個漁夫確實曾將屍體搬入她家中；當時屍身還未冰冷。他們將屍體放在一張床上加以推揉，丹尼爾則跑到鎮上找個藥劑師，只是那具屍體早已沒有任何生氣了。

法官又另外傳喚幾人，詳問有關我上岸的情形。他們一致同意，我很可能是在海上被那陣強烈的北風衝擊了好幾個小時，不得已回到出發的地點附近。此外，他們認爲屍體顯然是我從外地搬來的，而我又看似不認得那海岸，因此很可能在不知道小鎮和我棄屍之地間的距離情況下，將船開入那碼頭。

在聽完這段證詞後，柯文先生盼望先將我帶進停放那具等候安葬屍體的房間，以便借機觀察我看到屍體之後的反應。這個主意，大約是在見了我因聽說命案模式之後所呈現的極度激動，因而才興起的吧！於是，我由法官和其他幾人帶往旅舍去。這個多事的夜裏所發生的奇怪巧合，固然使我的心情不得不大受影響；不過在明知屍體被發現那段時間左右，自己正好在和原來居住的島嶼上幾名居民交談情況下，我對這件事情的結局心頭相當篤定。

我走進停屍房間，被領到棺木旁。該要如何才能形容看到它時的感受？直到現在，我還覺得驚怖莫名，只要回想起那可怕的一刻時便顫慄不已，哀慟逾恆！當我看見亨利．科勒佛生氣全無的身體直挺挺地躺在我面前，審訊、還有法官和證人的在場，全像場夢一般從我記憶中消逝。我倒抽一口冷氣，猛然撲倒在屍身上：「我最心愛的亨利，莫非又是我那帶有謀殺性的設計奪走了你的生命？我已害死兩個人；還有別的受害者在等著送命。可是你，科勒佛，我的朋友，我的恩人——」

人類的軀殼再也承受不住我的哀慟，在強烈痙攣中，我被抬出那房間。

接踵而來的是一場高燒。我在命案發生之地臥病長達兩個月。事後聽說，我精神錯亂的情況很是嚇人；我自稱是謀害威廉、佳絲婷和科勒佛的兇手。有時我會央求伴護我的人協助毀滅折磨我的惡魔，有時又會覺得那怪物的手指已經扼住我的脖子，因此又痛苦、又驚恐地高聲尖叫。幸運的是，由於我說的是母語，只有柯文先生聽得懂內容。但我的表情、動作和心酸的哭喊，卻足以嚇壞其他的目擊者。

我為何不死？悲哀、悽慘，人所未遇，我為何沒有陷入遺忘和長眠？死神攫走許多活蹦亂跳的孩童，摧毀愛子如命的雙親們僅有的希望。多少新人和年輕的情侶僅僅擁有一天旺盛的健康和希望，隔天便成了屍蟲的獵物和墳穴裏的腐化物！莫非是我用來作爲防止這許許多多震驚的原料，竟像輪子的轉動一般，不斷更替苦惱與打擊。

但命中註定我要存活下來，並且在兩個月後發現自己恍如大夢初醒，置身監獄，躺在一張破破爛爛的床上，周遭全是獄吏、牢頭、門栓，還有牢房裡頭所有粗劣的器械。我記得，當我在這種環境之下清醒過來時，時間是早晨。對於發生過的事我已忘記個別情節，只覺得彷彿突然之間被遭受重大不幸所淹沒。但等我環顧四周，看見一扇扇的鐵窗，和我所在的小室那骯髒兮兮的樣子，所有細節都從腦海中一閃而過，使我哀痛地呻吟起來。

呻吟聲音吵醒一個坐在我旁邊椅子上睡覺的老婦。她是一名被僱來擔任看護的獄卒之妻，臉上佈滿在那種階層身上時常看見的不良特質。她的臉部輪廓嚴峻粗暴，就像所有習於見到悲慘場面卻從不動惻隱之心的人。她的態度顯露出她十足的冷漠；她用英語對我說話，而那聲音帶給我一種在苦難之中曾經聽過的印象。她說：「先生，你好些了嗎？」

我用同樣的語言，虛弱地回答：「我想是的。但假使這一切都是眞實的，假使我不是在做夢，那麼我很遺憾自己還活著感受這份痛楚和驚恐。」

「關於這個，」老嫗回答：「如果你指的是那位被你謀殺的紳士，我相信眞的死了對你倒是比較好些，因爲我想那將會使你受苦！不過，那不關我的事；我是被派來看護你，讓你康復的；我憑可靠的良心盡自己的責任；如果人人都像這樣就好嘍！」

我厭惡地扭過頭去，不理會那在一個剛從瀕死邊緣救活過來的人面前，能夠說出如此無情言詞的婦人。但我感到虛弱無力，無法深入思考所有發生過的事情。我的整個人生過程對我而言就像一場夢；有時我懷疑那究竟是不是全都是眞的，因爲它從不曾帶著現實的說服力呈現在我腦海中。

就在飄浮於我眼前的影像變得較爲清晰時，我又發起高燒來。一片黑暗在四面八方擠壓，身邊沒有人用含帶愛意的溫柔聲音安慰我，沒有親愛的手來扶我一把。醫生來過並且開了藥，那名老嫗替我把藥準備好；但看得出來前者全無半點關心，後者臉上更帶著強烈的冷酷表情。除了將要得到賞錢的劊子手，誰會在意一個殺人犯的命運？

這些是我最初的想法，但不久之後我便得知柯文先生始終對我極爲仁慈。他曾囑咐爲我準備獄中最好的一張床（雖然破舊，但的確是最好的）；提供醫生、看護的人也是他。誠然，他難得來看我；因爲儘管他渴望解除所有人類的苦難，卻不希望現場目睹一個殺人犯的痛苦、和悲慘的精神錯亂。因此，他偶而來探望一下，以免我被置之不顧，但逗留的時間總是很短，而且久久才來一趟。

在我漸漸康復之際，有一天，坐在一把椅子上，雙眼微睜，面色有如死灰。憂鬱、悲哀擊垮了我，使我常常考慮自己不如尋死，好歹強過繼續留在對我而言處處充滿不幸的人世間。一度，我曾想到不如可憐的佳絲婷那般無辜的我是否該認下罪名，承受法律的處罰。就在這時，我的房門開了，柯文先生走進來。他滿臉悲憫和同情，拉過一把椅子坐在我身旁，用法語對我說：「這個地方恐怕會讓你相當厭惡；是否有什麼我能效勞之處，以便使你覺得舒服些？」

「謝謝你，不過你所提到的對我來說都不算什麼了；無論走到世上任何角落，我都再也無法感到舒服了。」

「我知道對於一個像你這樣，莫名其妙地天上飛來一場橫禍的人，陌生人的同情是無法帶來多少寬慰。但，我希望，你很快就會離開這淒涼的住處，因爲確切的證據可以使你輕易無罪地開釋。」

「我毫不在乎那些。我，在歷經一連串的奇異事件後，變成全天底下最不幸的人！像我這般飽受迫害、折磨的人，死亡對我難道會有什麼害處嗎？」

「近來發生的一些奇怪際遇的確比什麼都倒楣、痛苦。你被某樁令人驚訝的意外，推到這片夙以殷勤好客聞名的海岸，隨即被捕並控以謀殺罪。首先映入你眼瞼的畫面是你朋友的屍體；你的朋友被某個凶神惡煞以如此令人費解的方式殺害，並且放在你必經之途上……」

柯文先生不顧我因這回顧承受的悲痛說著；而我察覺他似乎對我擁有某些瞭解，因而大感驚訝。我臉上大約流露出些許錯愕吧？因爲柯文先生急急忙忙補充：「在你病倒之後，你身上的所有文件馬上被遞交到我的手上。我詳細檢視，以便從中找出某個可以向你親人說明你的不幸遭遇和病情的管道。我發現幾封信件，而其中有一封是由令尊寄來的。我立即寫信到日內瓦去；從那封信寄出到現在大約有兩個月了。但你正生病，就連現在人也在顫抖。你不適合任何一種激動狀態。」

「這種猜疑說不定要比最恐怖的事件還糟上一千倍。如今又出了什麼新命案？我又該為誰的死亡懺悔！」

「你的家人都非常好，」柯文先生和顏悅色地說：「而且有人——一個朋友——來探望你了。」

我不曉得自己腦海中為什麼會跑出那種念頭。總之，我驀然想到一定是那殺人兇手跑來奚落我的慘狀，並利用科勒佛的死亡笑罵我一頓，做為刺激我同意他那些邪惡願望的新手段。我摀住眼睛，激動地大吼：「噢！把他帶走！我不能見他；求求老天，千萬別讓他進來！」

柯文先生滿面困擾地打量著我，禁不住將我的叫嚷視為犯罪的推測，以十分嚴厲的口吻訓示：「年輕人，我原以為令尊的來會大受你的歡迎，而非如此激烈的反感。」

「父親！」我大叫著，面目、肌肉登時放鬆下來，由原先的悲憤遽轉為開心。「我父親真的來了嗎？多好，多麼多麼好呵！可是他人在哪裏，為什麼不趕緊來看我？」

我的態度讓法官既驚又喜；或許他以為先前的大叫大嚷是一時回復的狂亂囈語吧！因此立即恢復原先的慈眉善目，站起來偕同我的看護離開牢房，不一會兒我的父親就進來了。

此時此刻，再也沒有什麼比父親的來到更教我高興的了。我對他伸長了手，大叫：「那麼，你——還有伊莉莎白——還有恩尼斯特，都平平安安了？」

家父再三保證他們全都安好無事，撫慰我的情緒，並且儘量談些我很感興趣的話題，好提振我頹靡的精神，但很快便發現我住在監牢裏，絕不可能開心得起來。「兒子，你住的是什麼樣的地方啊！」他傷心地望著那一扇扇鐵窗和牢房淒涼的外觀。「你出門尋找快樂，但一場災難卻似乎對你緊追不捨。而可憐的科勒佛——」

在我那孱弱的狀態中，不幸慘遭殺害的好友名字對我是種難以負荷的巨慟。我淚流滿面。

「天啊！是的，父親，」我回答：「某種最可怕的命運糾纏上我了，而我必須活著去完成它，否則必定早就死在亨利的靈柩上了。」

我們不能交談太久；因為我那不穩定的健康情形促使萬事都得倍加小心，以便確保安寧。柯文先生進來，堅稱我不該太過費力傷神，以免虛耗體力。但父親的出現就像善良天使降臨一樣，使我漸漸康復起來。

疾病離身之後，我終日沈埋在怎麼也揮之不去的陰鬱暗淡愁緒中。科勒佛慘遭殺害的魅影時時浮現在我眼前。不止一次，這些思慮使我陷入亢奮焦慮的激動中，讓我的朋友們擔憂那是危急的復發。天啊！他們為何如此珍惜一條可憐、又復可惡的生命？很顯然，我就快完成即將接近結束的命運。很快的，噢！非常非常快，死亡就會消滅這些悸動，將我從壓得我無力喘息的千鈞苦痛之中解放出來。在執行過正義的判決後，我也將進入安息。儘管那願望時時鑽進我腦中，死神的面貌依然遙不可及。我常一語不發，寂寂不動地枯坐好幾個小時，期待一場能夠將我和我的毀滅者一起埋葬的天搖地動。

巡迴裁判庭期到了。我已經下獄三個月，縱然身體依舊虛弱，而且還有間歇復發的危險，還是不得不跋涉將近百哩路程至開庭的鄉村小鎮。柯文先生親自審慎挑選證人，同時為我安排我的辯護。由於該案並非訴諸判定生死的法庭，使我免去以罪犯身分公開亮相的恥辱。根據證實，在我的朋友屍體被發現前幾個小時，我人還在奧克尼韋島上，因此訴狀為大陪審團駁回。在這趟遠行的兩週之後，我由獄中獲釋了。

在發現我擺脫刑事控訴的苦惱，又可以再次呼吸新鮮空氣，返回故鄉後，家父欣喜若狂！我並未分享這些欣喜；因為對我而言，土牢的四壁和皇宮一樣可厭。生命的酒杯永遠被摻入毒液，縱然太陽在照耀幸福愉快心靈的同時，也同樣照在我身上，我卻只見四周都是一片濃霧和駭人的黑暗，除了兩道燐燐逼視我的目光，任何光線也無法滲透。有時那是亨利意味深長的雙眸，在死亡狀態中帶著切切的渴念，烏黑的眼珠幾乎全為眼瞼和長長的黑睫毛掩蓋；有時又是那怪物溼答答的混濁雙目，恰如我在英格爾史泰德的住處初次見到時一模一樣。

家父試圖喚起我的情感。他談到我馬上就要返回的日內瓦，談到伊莉莎白和恩尼斯特；但這些話語只惹得我鎮日長吁短嘆。不錯，我確實不時會感受到追求幸福的渴望，帶著傷感的喜悅，思念心中鍾愛的表妹：懷著思鄉病，渴望重見孩提時代深深依憑的蔚藍湖泊和滔滔怒奔的隆河❷。但大致說來，我的感情總是處在對於置身牢獄、或大自然最美妙的風光之中一樣甘之如飴的麻痺狀態。除了陣陣突如其來的劇烈哀慟和絕望，這種情況鮮少受到干擾。而在面臨那些強烈的消沈情緒時，我常會拚命想要結束自己深深厭棄的生存，必須靠著持之以恆的照料和戒備，才能防止我做出某種可怕的激烈行爲。

然而我還有一個未盡的責任；想到它，終於使我戰勝自私的頹喪。我必須儘速趕回日內瓦，以便爲我所深愛人們的生活加強防範，同時好整以暇地等候兇手出現。只要讓我碰上任何找到他藏身之處的機會，或者假如他膽敢再出現在我面前、帶給我衝擊，恐怕我會懷著永不終止的企圖，結束那醜惡怪物的生存！家父見我形銷骨立、瘦得不成人形，深怕我難以支撐長途旅行的奔波勞頓，原本還一心希望延緩出發日期。我的體力完全流失，全身只剩一把骨頭，晝夜不斷的高燒更帶給衰弱的身體無情的摧殘。然而，在我百般焦慮、萬般惶急地催促著要離開愛爾蘭的情況下，家父認爲最好還是順從我的意願。我們搭乘一艘開往哈沃港❸的大船，在和風送爽之中從愛爾蘭海岸啓航。時間是午夜。我躺在甲板上遙視天上的星辰，聆聽海浪拍打的聲音。我爲將愛爾蘭隔絕在視線外的黑暗歡呼，我的脈搏在想著就快回到日內瓦的亢奮情緒下強烈跳動。往事在我

---

❷ 隆河：河經瑞士南部與法國東南部，注入地中海。

❸ Havre：位於法國西北，臨英吉利海峽的海港。

眼中恍如一場駭人的夢！然而我所搭乘的大船，從討厭的愛爾蘭海岸吹來的風，還有環繞於我四周的汪洋，在強而有力地告訴我並未受幻象欺騙；而我的朋友，我最親愛的同伴科勒佛，已成爲我和我那醜惡創作品手下的受害者。我在記憶之中重歷自己的一生——和家人一同住在日內瓦時平靜的幸福、母親之死、還有我的離家前往英格蘭史泰德之行。我打著哆嗦，回想起那股催促我創造出萬惡敵人的熱情，他剛剛活起來時的那一夜也浮現在我的腦海。我無法追上這條思路；無數的感受壓迫著我，讓我難過得滾滾淚流。

自從精神恢復以來，我已習慣每天晚上服用少量鎮定劑；因爲唯有憑靠這種藥物，我才能獲得維持生命所需的休息。這時，在種種不幸回憶的折磨之下，我吞下平常的兩倍份量藥物，馬上就沈沈入眠了。但睡眠並無法使我免除思想和悲哀；我的夢中出現無數嚇壞我的東西。將近早晨時候我被一種夢魘糾纏上了；我感覺自己的脖子被惡魔勒住，再怎麼掙扎也無法掙脫；我的耳中響起呻吟和吶喊。正守護著我的父親注意到我的睡不安穩，於是把我叫醒。周遭是滔滔沖激的浪潮，頭上是雲層密佈的天空，四處不見那惡魔的形影；一股安全的意識，一陣夾處於此時次刻、與那無可抵禦的災難未來間的暫停，帶給我一種人類心靈極其罕見的平淡與遺忘！

第二十二章

航程結束。我們上了岸，繼續前往巴黎。不久我便發現自己體力已透支，必須稍事休息，才能進行以下的旅程。父親的關懷和照料固然片刻不曾鬆懈，但他並不瞭解我苦難的根源。為求治癒我那不治之病，苦心訴諸種種不對症的方法。他盼望我能在與人交往之中尋得樂趣。我憎厭人的面孔。噢，不是憎厭！他們是我的弟兄，我的同胞，即使當中最討人厭的一個，我也覺得像具有如同天使般的個性、十全十美的身心之人一般地吸引著我；但我覺得自己沒有資格和他們交往。我把一個以看他們淌血為樂、聽他們呻吟為歡的大敵釋放到他們之間。若是他們得知我罪孽深重的行為，瞭解因我而導致的罪行，將會一個個對我多麼深惡痛絕食不得將我趕出這世界。

家父終於順從我避免社交的意願，努力借助各種議論來掃除我的頹喪。有時，他以為我是因為被迫面對謀殺指控才如此消沈，因此又竭力向我證明沒有必要懷抱這麼強烈的自尊。

「天！父親啊，」我說：「你是多麼不瞭解我呵！假使連我這般不堪的人都還感到自負，人類的感受和情操就著實被作賤了。佳絲婷，可憐不幸的佳絲婷和我一般清白，也遭受到同樣的指控。她為此而死；而我是這件事的禍首——我害死了她！威廉、佳絲婷和亨利——全是死在我的雙手下！」

在我坐牢期間，家父常常聽到我喊出同樣的言語。當我如此自我指控時，有時他很想得到一個解釋，有時又考慮到那應是一陣狂亂的囈語。而這種囈語的產生，是源起於我生病期間無端幻想出來的意識；而它的記憶則一直殘留到我的復原期。我刻意迴避解釋。對於自己創那名怪人之事，也始終保持緘默。我一直堅信說出之後只會被人當成瘋子，單憑這個信念就足以教我永遠守口如瓶。再說，除此之外，我也不預備親口揭發這樣一個足以教我的聽者滿腔驚愕，心中常留恐懼和無比驚駭的秘密啊！因此，我強忍著博取同情的急切渴望，在眼看就要將那天大的秘密公諸世人之際噤口。然而，像我剛剛敘述過的那段言語，還是時常不由自主地衝口而出。我無法針對它們提出說明；但這幾句話的眞實性，卻多少抒解了我那秘密哀愁的負擔。

遇到這種時候，家父就會帶著一臉無限懷疑的表情，說：「我最親愛的維克多，這沒頭沒腦的自責是怎麼一回事？心愛的孩子，我求求你千萬別再說這種話了！」

「我不是在發瘋，」我力氣充沛地嚷著：「日月和星辰，曾經觀看我操作，可以證明我的所言不虛。我是暗殺那些無辜受難者們的刺客；他們全是因我的陰謀而死亡。我願意，一滴一滴，流盡自己千倍鮮血來挽救他們的生命！但是我不能，父親，我眞的不能奉上全人類爲祭品！」

最後這段結論使得家父確信我是神志不清，馬上改變話題，竭力移轉我的思路。他希望儘可能徹底勾消那些發生於愛爾蘭之事的回憶，永遠別再提及它們，或者讓我再消受重提自己不幸的痛苦。

隨著時光流逝，我的心情慢慢穩定下來。悲哀雖然長駐心頭，但我不再以同樣語無倫次地談論自己的罪行，只是暗暗掛記在心底。我總在最強烈的自我克制之下，在緊要關頭硬生生攔下偶而衝到口邊、渴望向世人昭告的苦惱言語！自從展開冰河之旅以來，我的態度已經比起當時鎮靜安詳得多了。

就在我們準備離開巴黎、直返瑞士前幾天，我收到一封伊莉莎白的來信：

親愛的朋友：

接到姨丈由巴黎寄回來的信，使我感到莫大的喜悅；我們已經不再相隔遙遠，眞希望能在兩週之內就見到你們。我可憐的表哥，你一定受了好多的苦！想來見到你時，你的樣子必定比當初離開日內瓦前更不快樂了。這個冬天，我在憂心惶惶的痛苦之中度日如年；然而我盼望在你臉上看到安詳的神情，以表示你的心並非完全缺乏安慰和平靜。

只是我依舊害怕一年前讓你滿懷哀戚的感受，至今依然留存在你心中，說不定甚至還與日俱增。在你身心承受這麼多不幸的重負情況下，這段期間我不願煩擾你。只是姨父在這趟出門前和我有過一番交談，促使我必須在相聚之前對你做番剖白。

剖白！你或許會說，伊莉莎白會有什麼需要剖白的？倘若你眞的這麼說的話，我的問題說都已經有了回答，我的疑慮也都能夠放下了。但如今你我相隔遙遠，很有可能你的心正惴惴不安，這番表白還是可以使你開心。既是如此，我便不敢再拖延寫下自你出門之後、我常盼望對你表達、卻又一直提不起勇氣動筆的心聲。

維克多，你非常清楚，自從幼年時代，我們倆的結合就一直是你雙親最喜愛的計畫。我們從小被告知此事，同時被教導著將它視如必將發生之事般預期。孩提時，我們是對要好的玩伴，而且，我相信，長大之後也是一對感情很好、互相珍惜的朋友。但兄妹之間總是常常在並未懷抱更密切結合的渴望情形下，彼此分享豐富眞摯的感情。我們之間是否也是如此呢？告訴我，最親愛的維克多！我以我們雙方的幸福懇求你，實實在在回答我——你是否並不愛對方？

你出過遠門；你在英格爾史泰德生活好幾年。我對你坦承，好朋友，去年秋天當我看見你那麼悶悶不樂，離群索居，逃避與任何人來往時，我便忍不住猜測說不定你是後悔我們之間的關係，卻又自認爲縱然本身並不顯意，仍有義務實現你雙親的心願。但這種道理是錯的！我的朋友，我向你坦承，在我對未來懷抱的幻夢中，你始終是我恆久的朋友和伴侶。但除了自己之外，我同樣渴望你能得到幸福。因此，我向你表白，除非我們的婚姻是出於你本身自由的選擇，否則只會造成我終身的悲哀。縱使現在，只要我一想到遭受那麼多最無情悲劇打擊的你，很可能因爲「名譽」二字，而使你完全喪失唯一能使你完全康復的愛情和幸福希望，就不由得淚流滿腮。我，一個始終無法吸引你付出眞情的人，很可能因爲阻礙你的心願而增加你十倍的悲哀。啊！維克多，請務必相信你的表妹兼玩伴是眞心愛你，不要因爲這番臆測而哀傷。要快樂，我的朋友；只要你肯聽從我這個要求，說請放寬心情，不用擔心世上會有任何事物擁有擾亂我平靜的能力。

千萬別因這封信而心煩；假使回答會使你痛苦的話，明天不要，後天不要，甚至直到你回來都不用回答。姨父會捎給我關於你健康的消息。當我們相會之時，只要看見你因此、或以爲我的其他任何努力而露出一個笑容，我將不復需要別的快樂。

伊莉莎白・拉凡薩

日内瓦，五月十八日，一七——

這封信喚起在我記憶中遺忘已久的那個惡魔的恐嚇——「在你新婚之夜，我將與你同在！」那是我的刑罰；就在那一夜，惡魔會千方百計消滅我，在我瞥見多少可以撫慰創痛的幸福之際強行將我拖走。他早已決定要在那一夜，用我的死亡成就他的罪行。很好，就是這樣吧；一場殊死搏鬥屆時必定會發生。倘若他贏了，我就將安息，而他對我的影響也將宣告終止。如果是他吃了敗仗，我就將成爲一個自由人了。老天！什麼自由？就像那親眼目睹家人被屠殺的農夫；他的小屋被燒，土地閒置荒廢，自己遭到驅逐，漂泊無依，無家可歸，孤孤單單，身無分文，但——自由。而我所將擁有的也將是這樣的自由；只是我還多了伊莉莎白這珍寶；另外，相對的，還有將要追逐我到死方休的懺悔以及罪惡感！

溫柔親愛的伊莉莎白呵！我一遍又一遍反覆展讀她的信，幾許柔情悄悄爬上我的心頭，鼓起勇氣覬覦愛與歡欣的天堂夢；可是蘋果已被吃去，天使裸露手臂將我的所有希望揮走。不過，我寧死也要帶給她幸福。倘若那怪物執行他的威脅，我是必死無疑。但是，話說回來，我又考慮到結婚是否會加速我的命運？說不定，其實我的死期早在幾個月前就到了；然而萬一讓我的迫害者發現被我拖過，在惡性的影響下，他必會另找機會，而且說不定用的是更可怕的報復手法。他曾立誓：在我的新婚之夜與我同在。卻並未將那威脅當作約束他在這段期間不生事端的保證。因爲，彷佛爲了向我顯示他的殺人欲還沒得到滿足似的，在剛宣布完那個威脅之後，他就動手殺害科勒佛。因此，我下定決心，倘若立即與表妹完婚能帶給她或家父快樂的話，我就該一刻也不遲延地完成我的終身大事！

我懷著這樣的心境，回覆伊莉莎白的信。信上口氣平和、深情款款。我說：

我心愛的女孩，恐怕我們在這世上已難得到多少幸福；然而若我能享受一天，就必是集中在妳身上。快快趕走那些無謂的憂慮；我只爲妳一人的滿足奉獻我的生命和努力。伊莉莎白，我有個秘密；一個可怕的秘密。一旦透露給妳知道，它會嚇得妳渾身冰冷，不但不會對我的悲哀感到訝異，反而只會奇怪我在經歷這些之後竟然還能殘活下來。我將在我們結婚之後的第二天，對妳和盤託出這悲哀、駭人的詳情。因爲，我可愛的表妹，我倆之間必須完全互相坦白。但在那之前，我請求妳不要提它，也別暗示到它。這是我最誠摯的懇求；我知道妳一定會答應。

大約在收到伊莉莎白的信一週之後，我們返抵日內瓦。那溫柔的姑娘深情地迎接我，然而當她目睹我消瘦的身材和紅燙的雙頰，眼中卻是熱淚盈眶。我在她身上也看出一項變化。她瘦了一些，從前令我深深著迷的活潑愉快也失去許多。但她的溫婉態度與柔和的同情表情，使她成爲一個更適合像我這種羸弱、不幸之人的伴侶。

此時我所享受的平靜並未長久留存。回憶帶來狂亂。每當我想起歷歷往事，一陣眞正的瘋狂便攫住了我；有時我憤怒狂暴，胸中燃燒著怒火，有時又變得頹喪消沈。我既不說話也不看任何人，只是靜靜地坐著，在無數的淒涼不幸之下恍恍惚惚、精神昏亂。

能夠將我從這些發作之中帶回現實的只有伊莉莎白一個人。在我因狂亂情緒而恍惚失神之際，她那溫柔的聲音帶給我安慰；而在我陷入呆滯麻痺時，她也會抱著豐富情感激勵我。她陪我流淚，爲我痛哭。等我恢復神志清明時，又會苦口婆心地規勸，並且盡其所能、逆來順受地爲我打氣。啊！這對趕走不幸雖然有效，但對於永無寧日的內疚卻完全不產生作用。

返鄉不久，家父提到讓我儘快與伊莉莎白完婚之意。我保持沈默。

「莫非，你的心中另有意中人？」

「絕對沒有。我愛伊莉莎白，而且欣然期待我們的婚事。就讓婚期快快敲定吧；在那一天，無論死生，我將為表妹的幸福奉獻！」

「我親愛的維克多，千萬別說這種話。我們已經遭遇太多沈重的不幸；讓我們更加緊緊依靠倖存者，把對已過世的親友之愛移轉到活著的人身上。我們的圈圈將會很小，但也會藉著真摯的情感和共同的不幸相繫，緊密相偎依。而等到時間慢慢緩和你的沮喪，新的、親愛的關愛對象又會誕生，取代那些從我們身邊被無情奪走的人。」

這是父親對我的訓示。但對我而言，那個威脅又重新回到記憶中來。無須懷疑；神通廣大如那惡魔者還在從事他的殺戮行動，我自然當他是幾乎無往不利的；而在他宣告過「在你新婚之夜我將與你同在」後，我更該將這即將來臨的命運視為無可避免。在和失去伊莉莎白相較之下，死亡對我來說根本微不足道。因此，我帶著滿足、甚至開心的神情，答應父親只要我表妹首肯，婚禮將在十天之內舉行。而，在我想像之中，這也決定了我的命運。

老天哪！要是當初我曾大致臆測出那萬惡對手的凶狠意圖，就算只是瞬間一念也好，我會寧願浪跡天涯、孤獨無依自我放逐，永遠從自己的故鄉消失，也不願答應這樁淒慘的婚事。但，彷佛受到魔力驅使一般，那怪物對我隱瞞了他眞正的打算。當我以爲只是在爲自己的死亡鋪路時，其實卻加速了一個更可親可愛得多的受害者之死！

在結婚日期一天比一天接近這段期間，不知是出於懦弱或是不祥的預感，我感覺自己的心不斷往下沈。在家父面前，我裝出一派歡樂樣子，帶著微笑和喜悅，掩飾內心的感覺。但卻難以瞞過伊莉莎白那時刻留心、密切關注的視線。她不受一絲往日悲劇造成的恐懼擾亂，愜意安詳地期待我們的婚姻。在此刻看來，過去那些不幸、擔憂，很快就會被篤定、明確的幸福趕進幻夢中，除了恆久而深沈的遺憾，一絲痕跡也不留。

我們爲這樁大事進行種種準備，賀客笑容滿面地臨門。我儘可能將折磨人的滿懷焦慮深埋在心底，表面上興沖沖地參與父親的計劃；儘管最後它們很可能只是成爲我那場悲劇的裝飾品而已。透過父親的努力，奧國政府已經歸還一部份伊莉莎白的繼承物。科木湖畔有片小小的產業是屬於她的。我們一致同意，婚禮完成之後立即動身前往拉凡薩別莊，在那附近的美麗湖畔度過最初的幸福日子。

這段時間，我採取種種措施進行自我防衛，以防萬一那惡魔公開攻擊我。我隨身攜帶一把手槍和一支匕首，並且隨時留心防備機關，借這種種措施獲得相當程度的鎭靜。事實上，隨著佳期漸近，我心中對結婚抱持的幸福希望披上更篤定的外衣，那威脅看起來也就更顯得得像個迷妄的幻想，不值得將它視爲足以擾亂我安寧的因素。婚禮的日子就快到了，我不斷聽到人們用一種絕不可能被任何意外阻撓的口吻，談論這樁事情。

伊莉莎白顯得很快樂；我平靜的舉止態度對於安撫她的心靈大有助益。但就在那個實現我的心願、完成我命運的日子，她卻悶悶不樂，一股不祥的預感盤據她的心頭；或許，她也想起那個我承諾過要在隔天她透露的秘密吧！在這同時，家父因爲大喜過望，又忙於進行各種準備事宜，因而將甥女的憂悶誤當成是種新娘子的嬌羞。

婚禮完成之後，父親身旁賓客圍繞，但大家一致同意伊莉莎白與我應當即刻由水路出潑，展開我們的蜜月旅程。我們夜宿艾維恩，隔日再繼續以下的航程。當日天氣清朗、和風送爽，萬物都在爲我們的新婚展露喜色。

那是我今生之中享受到幸福感覺的最後時刻？我們飛快前航。驕陽炙熱；但我們在流覽沿岸秀麗風光之餘，頭頂上方有種類似頂篷之物遮住陽光。有時，我們在湖的一側望見沙勒維山、阿雷格勒山景色宜人的山坡；還有在遙遙遠方鶴立於衆山之上、美麗的勃朗山；以及環繞周遭、奮力想要與她一爭高下、卻又爭她不過的白雪皚皚山群。有時沿著對岸，我們看見宏偉的侏羅山脈用它那神秘的山坡，牽制即將離鄉背景的萬丈雄心；又以幾乎無法攀登的屛障，對抗渴望降服它的入侵者。

我握著伊莉莎白的手。「妳很憂愁，吾愛。啊！倘若妳明白我遭受過些什麼苦難，還將經歷些什麼，必定會竭心盡力使我在這至少允許我享受的一天中，拋開絕望，品嚐自由與安寧。」

「快樂起來，我親愛的維克多，」伊莉莎白回答：「我希望你不受任何憂愁困擾。但請務必相信，即使我的臉上沒有洋溢喜色，心情也是快慰滿足的。我的耳邊有個聲音在竊竊低語，叫我莫要太過倚恃呈現在我們眼前的展望，但我不會聽信這種陰險的聲音。瞧瞧我們的船航行得多暢快，時而遮蔽、時而冉冉飄到勃朗山峯上方的雲朵，又爲這美景憑添多少趣味；再看看那無數優游水中的魚兒，清澈的水色讓我們可以清楚辨識躺在水底的每一顆卵石。多美妙的一天呵！天地萬物看起來是何等快樂安詳！」

就這樣，伊莉莎白努力將她自己和我的思緒，從種種誘發憂鬱省思的話題中引開。不過她的心境始終不斷波動；一會兒眸中閃耀著短暫的喜悅，但又不時被沈思、迷惘所取代。

太陽西沈；我們路過德蘭斯河，望見它一路穿越高山深谷和低短丘陵的谷地而行。在此處，阿爾卑斯山系與湖更接近，而我們也抵達了形成湖泊東界的山腳平地。在周遭林木環抱下、一山還比一山高的連綿群峰俯瞰中，艾維思的尖頂兀自閃耀著光芒。

直至目前爲止始終暢快相送的風勢，此時隨著日落而轉弱成一陣微風。就在我們抵達湖岸之際，輕柔的和風吹皺了湖上的漣漪，也吹起林木之間一陣愉快的氣息，更吹動了最芬芳動人的稻麥花草香。我們上岸時候太陽已沈到地平線上。就在踏上湖岸的一刻，我感到那即將緊抓著我、終身糾纏不放的千般煩憂、萬種恐懼又重新湧上心頭！

第二十三章

我們登岸時間是黃昏八點；兩人在湖濱散步一陣，享受一下短暫的湖色天光，然後住進旅舍，凝視迷人的湖川、林木景致，還有在暮色當中隱約朦朧、卻仍凸顯出其深黑輪廓的山群。剛剛才在南方止息的風勢，此刻又自西方疾勁地颳起。月亮已升至天空的頂端，正要開始慢慢下移；雲層帶著比兀鷹飛揚更快的速度掠過它面前，遮暗了它的光華。湖水倒映天空熱鬧的畫面，而在剛剛掀起的滔滔波浪推動中，本身的畫面卻顯得更擾擾嚷嚷。突然間，一場狂風暴雨從天而降！

那一天，我原本一直心靜神平。然而等夜色降臨後，無數恐懼又在我心頭升起。我右手緊握一把藏在胸口的手槍，憂心忡忡、提高警覺；每個聲音都會教我大吃一驚；但我決心在我和那大敵當中有一方喪生以前，絕對奮不顧身，不畏縮躲避衝突！

伊莉莎白在膽怯害怕的靜默中，也留意到我的焦慮激動有好一會兒，但我的眼神之中有某種令她感到恐懼的東西。她顫聲問道：「我親愛的維克多，是什麼讓你感到焦慮不安？你在害怕什麼？」

「噢！鎮靜，鎮靜，我的愛，」我回答：「就今天一晚；一切都會平安無事的！但是今晚非常、非常可怕！」

我在這種心境之下度過一小時，突然想到自己預期中那短暫的一場戰鬥，對我妻子而言會是多麼可怕！於是我誠摯地要求她先下樓至房間歇息，決定在我得知某些那個對手的情況以前，先不和她在一起。

她離開我的身邊。而我繼續在房內的所有通道間到處走動，仔細檢查可能提供我那對手藏身的角落。但我遍尋不著他的蹤跡，正當開始暗暗推想或許是天降某種好運，阻撓他執行恫嚇的機會時，卻忽然聽到一聲淒厲駭人的尖叫！聲音從伊莉莎白剛剛進去就寢的房間傳來；我一聽到那聲音，便對全盤實況瞭然於心了。我雙臂下垂，所有肌肉與纖維的動作一時之間全部癱瘓；我可以感覺到血液在我血管中無力地流動，四肢末稍一陣刺痛！這種狀況只維持了一下；尖叫聲音再度響起，我箭步衝進房間。

天啊！我爲何不在那一刻氣絕！爲何要在這裡敘述世上最美好希望、最純潔人兒的死亡？她橫屍床上，沒有生氣、沒有知覺。她的頭往下垂，蒼白、扭曲的面容被頭髮半掩住。無論走到何方，我總是看到同樣的影像——她那毫無血色的雙唇，和被凶手拋在新娘床上的鬆弛身體。在目睹這一幕的情況下，我竟還能繼續生存嗎？天啊！生命是個頑固的東西，愈是痛恨它的地方它纏得愈緊。在那一瞬之間我喪失了所有記憶，倒在地上人事不省。

等我清醒之後，發現自己周遭全是旅館中人的圍繞。他們臉上個個浮現出透不過氣的驚恐；然而別人的駭怖看起來就像只是一種嘲弄式的模仿，一個壓抑在我心胸那種感情的影子。我逃離他們，衝進伊莉莎白停屍的房間；吾愛！吾妻！剛剛還如此鮮活、如此眞摯、如此可敬的人兒。她的姿勢已被從我最初看到的樣子移動過。現在，她躺在床上，頭靠著枕頭，一方巾帕矇住了脖子和臉龐，讓人幾乎以爲她是在熟睡。我衝向她，熱情地抱住她的身體，但她那絕對的停滯和冰冷的四肢，告訴我這已不再是我鍾愛、珍惜的伊莉莎白了！她的頸上留下惡魔奪命的勒痕，口中已不復呼出氣息！

當我依舊懷帶絕望的痛苦守著她，不期然猛一抬起頭來，房間的窗口原本都是黑漆漆的，這時卻望見照亮房間的淡黃色月光，剎那間使我不由得感到一陣恐慌！窗戶的遮板已被推開，在一股言語難以形容的震駭中，我在敞開的窗口看到世上最令人憎惡的醜陋人影。一抹獰笑掛在那怪物臉上；他用邪惡的手指指向我妻子的屍體，彷彿在嘲笑我似的。我衝向窗口，掏出胸中的手槍射擊；但他從原先的位置跳起，閃身躲過，以閃電般的速度拔腳飛奔、投入湖泊。

槍聲引來人群湧入房間。我指著怪物消失的地方，一行人駕著小船追蹤；我們撒下魚網，結果什麼也沒撈上。幾個小時以後，大家絕望而返；大多數的成員都相信那一定是我幻想出來的東西。上岸之後他們繼續在附近蒐尋，三五成群往樹林、水道不同方向去追凶。

我企圖隨同他們前往，但剛走出房屋沒幾步路，眼前便一陣天旋地轉！腳步像醉漢一般踉踉蹌蹌，最後終於在完全虛脫的情況之下倒地；一片陰翳蓋住我雙眼，高燒的熱度燙得我皮膚焦乾。就這樣，我迷迷糊糊地被抬回去安置在床上，根本不知道究竟發生了什麼事情。我的視線在房內四處游移，彷彿在尋找某樣失落的東西。

略經一番休息之後我下了床，幾乎像反射動作一般，爬進愛人停屍的房間。房裡有好幾名婦人圍在四周哭泣；我傍著遺體，淚水也躡著濟濟而下。這段時間裡，我的腦海之中始終沒有出現什麼清清楚楚的念頭，思緒卻飄向各種不同的事項，亂糟糟地想著自己的種種不幸和它們的起因，在一團懷疑、驚恐的迷霧中困惑茫然！威廉之死、佳絲婷的處決、科勒佛遇害、還有我的妻子不久之前才遭到的謀殺；即使是在此刻，我也不知自己僅存的朋友是否能免於遭受那惡魔的毒手。說不定，就在此時，我的父親正被他勒得痛苦不堪，而恩尼斯特說不定就死在他的腳下。我心中一凜，決定盡快趕回日內瓦。

這裡沒有馬車可僱，我必須經由湖上返家；然而此時風勢不利行船，大雨又正傾盆而下。不過這時才剛早晨，因此我應當可以對晚上出發寄予合理的希望。我僱了兩人划船，自己也拿起一支船槳；因爲我向來總是在肉體的運動中，體會到減輕心理痛苦的感覺。只是此時我的悲哀已氾濫，激動的情緒超過自己所能忍耐，使我無法進行任何一種努力。我丟下船槳，雙手支頤，向每個心中浮現的陰霾念頭投降。只要我一抬起頭，就會看見一幅幅昨日還與伊莉莎白相伴凝視的風景，如今她卻變成只是一縷幽魂、一個記憶！我淚如泉湧！大雨已經停息一會兒，我看見水裡的爲一如幾個小時前那般遊戲；而當時，它們曾經盡收伊莉莎白眼底。這突如其來的巨變，是人類心靈最悲苦的創傷！陽光或可照耀，雲層或可低飄，但一切都不可能恰如昨日一般重現眼前。一隻魔鬼攫走了我對未來幸福所有的希望；世上從未有人如我這般可悲；此等駭人的事件是人類史上絕無僅有的一樁。

只是，我又何必叨叨細述那些隨著這無可抵擋的事件而發生的細節呢？我的經歷是段驚悚故事；我已說到故事最高潮，接下來必須訴說的，在你聽來必是冗長而乏味。總之，你知道，我的朋友被一個接一個攫走，拋下我孤單淒涼的一個。我本身的體力已經耗盡；現在我必須用寥寥數語，說完剩下的醜惡陳述。

我回到日內瓦。家父和恩尼斯特還活著，但我所帶回的故事卻使前者陷入沮喪。此時此刻，我看到他就在眼前，傑出慈愛的老人家！他飄移的眼神空空洞洞，因爲它們已失去自己欣賞、喜悅的目標——他的伊莉莎白；他的另一個女兒；一個他在風燭殘年、用僅餘的感情全心全意疼愛的女兒。該死！那爲他的灰髮增添滄桑、判定他在淒涼不幸中度過餘生的惡魔眞該死！他無法在層層堆積的駭怖之中生存下去！生命的泉源倏忽乾涸；他再也無法下床，短短幾天之內就在我的懷抱之中溘然逝去！

而我呢？我變成什麼情形？我不知道；我喪失理智，壓迫在我身上的只剩鏈條和黑暗。有時候，我確實夢想自己和年少時代的朋友們，徜徉於繁花似錦的草坪、和清爽舒暢的谷地，但清醒之後卻發現自己身在地牢。陰鬱繼之而來；但漸漸地，我對自身的悲劇和處境有了清晰的概念，隨即被放出牢籠，因爲他們說我發了瘋。據我所知，好幾個月來我一直住在一間孤立的牢房。

然而，倘非隨著神志清醒也同時喚醒我的復仇意識，自由對我而言根本是件無用的禮物。往日不幸的記憶壓迫著我，使我開始反省它們的起因——那名我所製造出來的怪物，被我送到世間來毀滅我的可憐惡魔！想起他，我便像著了魔似的怒從心中生，信誓旦旦，恨不得抓住他，在他那該死的腦袋狠狠敲下復仇的一擊！

而我的恨意也並沒有長久拘限於只是無謂的心願；我開始設想捕獲他的最佳策略。爲了這個目的，我在獲釋之後的一個月左右，前往拜訪城裡的一名刑事法官，告訴他我要提出一項控訴；因爲我知道是誰毀了我的家，需要他運用所有權限去逮捕那名凶手。

法官親切專注地聆聽我的告白。「請務必相信，先生，」他說：「就我而言，我絕對會不惜千辛萬苦以求找出那名歹徒。」

「謝謝你！」我答道：「因此，請你細聽我底下的供詞。那的確是個十分離奇的故事，所以，我擔心不管俱備多麼強而有力的信念，你都不會相信其中有任何眞實的成分。這段故事與整件事情關係太密切了，絕不能被誤以爲只是一場幻夢；而且我沒有撒謊的動機。」在我對他說出這番話時，態度感人，但卻很平靜。我已暗自下定決心，到死爲止都要追捕那個毀滅我的凶徒。這個目標平息了我激烈的痛楚，使得我暫時再度安於生存。接著我簡短、堅定而精確地陳述自己已經歷，精準地指明各個重要日期，並且絕不失控破口大罵或咆哮。

最初法官顯出一臉完全不肯置信的表情，但聽著聽著，愈來愈是全神貫注、深感興趣。我看見他時而駭怖顫慄，時而滿臉流露不帶半絲懷疑的驚詫。

敘述完歷歷往事之後，我總結道：「這就是我所控告、並請求你運用所有權力逮捕、懲罰的凶手。這是您身爲一名法官的職責。同時我也相信、並且期望你身爲人類的知覺，不會對執行在這個案件上的職權起反感。」

這段結論導致我的聽者表情產生相當大的變化。對於我的故事，他始終懷著像對超自然事件那種半信半疑的態度在聆聽；但在聽到請求採取正式官方行動的結論後，所有懷疑的思潮一下子又全湧回來。不過，他還是很委婉地回答：「我很樂意在你的追凶行動中盡可能提供各種協助，但照你所說的那個東西，很顯然擁有足以抵抗我們所有努力的能力。天底下有誰能夠追蹤一隻可以橫越冰洋、住在沒有人敢闖的山洞和獸穴裡的動物呢？況且，自從他完成犯罪行爲到現在已經經過好幾個月了，誰也無從推斷他目前流浪何處，或者居住在什麼地方。」

「我深信他一定是盤桓在我所住的地方附近。倘若他當眞避居於阿爾卑斯山系中，我們可以像獵取小羚羊一樣追逐他，像對付陷阱中的野獸一樣將他撲殺。但我看得出你的想法；你並不相信我的陳述，也不打算用我的敵人應得之罪名去緝捕他。」

我說著說著，眼中閃現怒火；法官感受到這份怒意的威脅。「你誤會了；」他說：「假若捕獲那個怪物是在我能力範圍所及之事，我一定會竭盡全力，務使他爲所犯的罪行受到相當的懲罰。但我擔心根據你對其特性的描述，事實將會證明那是不切實際的。因此，若是一切按照正規步驟來，你所得到的結果必將是失望。」

「那是不可能的！不過我再怎麼說都沒有用了。我的復仇對你而言無關痛癢。然而，在我承認這是一種惡念的同時，坦白說，它也是吞噬著我心靈的唯一一股強烈情感。每當我想到受到被我釋放到人群間，到現在還活得好好的凶手，心底就有說不出的憤怒。你拒絕了我剛剛的請求；我只有一個對策；不管自己是活是死，全心全力奪取他的生命。」

極度激動的情緒，使我邊說邊顫抖。我的態度有些狂亂；我懷疑，那是出於往日受難者猛烈的火焰所支使。但在一個除了犧牲奉獻、英雄氣慨以外，還有其他許多思想佔用他心神的日內瓦法官眼中，這種精神狀態的激烈昂揚，看起來就像發了瘋一樣。他像保姆撫慰兒童一般極力安慰我，把我的故事歸爲精神錯亂下的產物。

「先生，」我大聲吼著：「以睿智爲傲的你其實是多麼無知啊！住口吧！你根本不知道自己說的是什麼！」

我怒氣沖沖、心亂如麻地衝出屋外，回到家中審愼考慮其他行動策略。

第二十四章

此時的我——是處於一種所有自由意識全被吞沒、消失的狀況。憤怒驅策著我；唯一能夠賜給我體力和鎮定的只有復仇！它大大影響我的情緒，促使我在原可能淪爲瘋狂或死亡的期間，轉向工於心計和冷靜。

我的第一個決心是永遠告別日內瓦；這個在我快快樂樂、爲人所愛時顯得那麼親密可愛、如今在噩運之中最變得討厭的地方！我攜帶一筆金錢，加上幾件母親留下的珠寶，然後離開故鄉。

從這時候起，我展開自己直到生命終止才會宣告結束的流浪行程。我浪跡過世上大半陸地，忍受所有旅行者們在荒漠之中、或者窮鄉僻壤慣常遭遇的艱辛。我根本不曉得自己是怎麼生存下來的。好幾次，我張開衰弱的四肢往沙漠上一躺，祈禱就這樣死去。但復仇之心使我活了下來；我不敢在我的對手還活著的情況下死去。

離開日內瓦後，我的第一件工作就是去找尋一些線索，以便追蹤我那凶殘敵手的蹤跡。但我的計畫尚未擬定，人在鎮上東走西逛遊蕩好幾個小時，無法確定該循哪條路徑去追擊。黑夜來臨時，我不知不覺走到威廉、伊莉莎白、還有父親安息的墓園入口。我走進墓園，來到刻著他們三人墓碑的墳地。除了被風輕輕吹動的枝葉聲，天地一片寂靜；夜色幾近漆黑，即使在一個漠不相關的旁觀者眼裡，整幅畫面也顯得肅穆感人。亡故者的靈魂彷彿在四周翱翔，在憑弔者的頭頂周遭投下一道可以感覺、卻無法看見的陰影。

最初因這幅景象撩起的深沈悲哀，轉眼被憤怒和絕望所取代。他們死了，而我還活著；殺害他們的凶手也還活著。爲了消滅他，我必須拖著疲憊的生命苟延殘喘。我跪在草地上親吻著泥土，顫抖著雙唇吶喊：「以我雙膝所跪的神聖土地之名，以在我身邊飄蕩的靈魂之名，以我所感受的深沈、永恆的哀傷之名，我發誓；還有以你、黑夜、和所有管理你的精靈之名，發誓追捕那引起這場悲劇的惡魔，直至他或我在決命的爭鬥中死亡！我要爲這個目標保存性命；爲了實現這項重大的復仇，我將再次目睹原該永遠在我眼前消失的太陽，踐踏地上青青的草地。而我請求你們，死者的靈魂；還有你們，四處流浪的復仇死者，協助並指導我的工作。讓那該死而凶惡的怪物深飲痛苦的酒汁；讓他感受現在折磨著我的絕望！」

我懷著莊嚴、和一股幾乎是向我保證遇害的朋友們都已聽到、並支持我奉獻行動的敬畏心情，鄭重開口立誓。然而說到結尾時，洶洶盛氣卻攻佔我的心，憤怒嗆得我說不出話來。

在寂靜的黑夜裡，回答我的是一陣響亮、凶惡的大笑。那笑聲沈重而持久地在我耳畔轟響，綿亙的山脈爲它製造迴音，讓我感到彷彿所有地獄中人都帶著嘲弄和笑聲包圍著我。在那一刻，我自然應該被暴怒所支配，應當毀了自己悲慘的生命。但我的誓言已發，我要留下來報仇，笑聲停息，一個既熟悉又噁心的聲音顯然就在我耳畔，用它清晰可聞的耳語對我說：「我很滿意，可憐蟲！你決定活下去；我很滿意。」

我挺身一躍、衝向聲音的來處，但那魔鬼閃過了我的撲捉。突然間，朗朗的月輪升起，照在正如飛遠奔的他那醜陋、扭曲的形體上。

我拔腿追去；接下來的好幾個月裡，追捕他始終是我的差事。在一條細微的線索指引下，我沿著蜿蜒曲折的隆河一路追蹤；但是沒用。蔚藍的地中海出現在眼前；憑靠一個奇妙的機遇，我目睹那惡魔趁夜潛上一艘預定開往黑海的船藏起。我搭上一艘船出海，而他卻逃走了；我不知他是如何逃的，逃向何方？

在韃靼❶和俄羅斯兩大片荒野間，儘管他仍避著我，但我始終追逐他的蹤跡而行。有時是被這恐怖魅影嚇失了魂的農民們，提供我有關他去向的情報；有時是他擔心我若是全然失去他蹤跡會絕望而死，因此自己留下些指標。雪花落在我頭上，我看見白色的大地留下他巨大的腳印，對於像你這樣初涉略人生，不識煩憂、不知悲慟為何物的人，如何能夠體會我一向感受，且至今還感受的滋味？寒冷、貧乏、和疲憊，是我命中註定要忍受的痛苦之中最微不足道的；我被某個惡魔下了咀咒，並搬來整座永恆的煉獄如影隨行。但一名善良的精靈追隨而來，指揮我的腳步，在

❶ 韃靼地區：橫跨東歐及亞洲之一廣大地區，中古時期韃靼人曾入侵並居住於此地。

我最牢騷滿腹的時候，突然將我從看似無法克服的困境中救起。有時，當軀體因耐不住饑餓而虛脫倒地，荒野之中又爲我備好一份大餐，使我體力恢復，精神大受鼓舞。不錯，那飲食和鄉下的耕作人家吃的一樣粗糙，但我毫不懷疑它們是接受我祈求前來相助的精靈們擺設下的。常常，當大地一片乾燥，天上萬里無雲，而我整個人渴得口乾舌燥，一抹微雲就會蒙蔽天空，灑下幾滴使我復甦的雨水，隨即消失無痕。

我盡可能沿著河流的流域追蹤，但通常那惡魔卻會避開這些地方。因爲那是各地人口的聚集處。在其他地方，難得能見到人煙，大體上我都依賴途中撞見的野生動物裹腹。我身上帶了錢，時常靠著散財來贏得村民們的友好，或者靠著自己獵殺的食物攏絡，在取用其中一小部分後，給那些供應我火和烹飪用具的人。

這樣的生活眞教我討厭，只有在睡覺時才能嚐到喜悅的滋味。噢，幸福的睡眠呵！常常，我在最悲慘的時候沈入睡夢，而夢境不但使我解脫悲哀，甚至能進入狂歡。守護著我的精靈們提供給我這幾分鐘，甚或幾個小時的幸福，以便使我保存走完漫長人生旅程的體力。若無這歇息，恐怕我早就在艱辛處境下倒地。白天，我靠著對夜晚的希望支撐意志、振作精神：因爲在睡夢中，我可以看到我的朋友、妻子、和父親；我可以重見父親慈愛的容顏，聽到伊莉莎白輕脆的聲音，目睹科勒佛享受青春和健康。常常，在辛苦跋涉的勞累中，我說服自己那是在做夢，只等夜晚來臨，我就可在最心愛的親友們懷抱中享受眞實。我對他們的感覺是何等悲切的鍾愛呵！有時，當縱然在清醒時刻也出沒於我的身旁時，我是多麼戀戀不捨他們親愛的形體，說服自己相信他們還活著！在這些時刻裡，熊熊燃燒的復仇之火在我內心熄滅。長途追逐、消滅惡魔的行動，與其說是自己心靈之中熱切的渴望，反倒像件上天派命的差事，一股某種我渾然不覺的力量機械化的推動著。

我不曉得自己追捕的對象心中作何感想。有時候，他確實留下記號，在樹皮上書寫、或在石頭上刻下指引我方向，同時挑起我怒火的字句。「我的統治尚未結束」——在其中一次題字中，這些字跡清晰可辨——「你活著，而我的力量完整。跟蹤我；我追尋的是北方連綿不斷的冰原；在那兒，你將感受冰寒霜雪的淒涼，而我卻無動於衷。假使你跟蹤得不算太遲緩，就會在這地方附近發現一隻死兔子。吃下它，補充些體力。來吧！我的敵人；我們還要打場殊死戰。但你必須先捱過許多悲慘艱辛的時光，那個時機才會到來。」

瞧不起人的惡魔！我再次立誓復仇，我再次全力以赴；悲哀的魔頭！只求帶給你折磨和死亡。除非他死或我亡，永遠休想叫我放棄蒐尋；等到我們之中一方被滅的時候，我將多麼欣喜若狂地與我的伊莉莎白、和久別的朋友們會合。即使是現在，他們也爲我冗長乏味的跋涉和可怕的長途遠征，準備好給我的獎賞！

就在我還一路向北追逐的過程間，大雪越下越密，嚴寒的天氣也加劇到幾乎教人難以支撐。鄉民農夫全關在自家茅屋裡，只有少數最刻苦耐勞的才敢冒險出門，去捕捉被餓得不得不從藏身之處跑出來尋找獵物的動物。河流上面覆蓋著堅冰，無法捕捉到水底游魚，我也因此被截斷主要的維生之物。

敵人的得意隨著我勞動的辛苦俱增。他有一段題語是這麼寫的：「準備好！你的苦工才剛開始；替你自己一裹上厚厚的皮氈，補給好食品。因爲很快的，我們就會進入一段使你遭受苦難、足以滿足我綿綿恨意的旅程。」

我的勇氣和鎮靜，全因這些嘲笑的字句而大受刺激。我決心非達到目的不可，同時祈求上天的支持。我帶著屹立不搖的熱誠繼續跋涉遼闊的荒野，直到海洋在遠方出現，形成地平線最遙遠的界限。噢！它和南方蔚藍的四季是多麼大不相同啊！除非憑其更爲劇烈的高低起伏，否則根本無從分辨陸地和表面覆滿寒冰的它。希臘人從亞洲山頭望見地中海之後喜極而泣，爲他們的艱苦跋涉臨近邊界而狂喜歡呼。我並未涕泣，但卻跪了下來，眞心誠意感謝我的嚮導精靈，指引我平安來到我不顧對手嘲弄、一心盼望到達的地方。我來這裡與他相會，然後拼個你死我活方休！

在這時候的幾個星期以前，我已購得一部雪橇和幾條狗，在雪地上跑起來快得不可思議！我不曉得那惡魔是否擁有同樣的便利工具，但卻發覺原本一天比一天落後更遠的追逐，現在已經大幅趕上。因此在我剛望見海洋的那一刻，他才領先我一天的行程。我希望在他抵達海灘之前截住他，是以我帶著新生的勇氣加緊追趕，不到兩天便抵達一座貧寒的海邊小村莊。我向居民詢問有關那惡魔的消息，得到精確的情報。他們說，昨晚有個體型龐大的怪物，身攜一把長槍和許多手做爲武器來到此地，可怕的外表嚇得某座孤立小屋的居民落荒而逃！他捲走了他們過冬的食物放進一部雪橇裡，捕捉許多隻訓練有素的狗以便拉那部雪橇，繫妥鞋韁，（頗令全體嚇得魂不附體的村民們欣喜的），連夜朝著並不通往陸地的方向橫渡海洋。他們推測，他必定會很快就在冰層斷裂的情況下溺死，或者被永恆的冰寒凍僵！

聽到這消息，一時之間讓我頗爲氣餒，他逃離我的追捕了！我必須在只有極少數居民能夠長期忍受，而我這個生長於溫和晴朗天候中的人根本休想活得下去的天寒地凍中，橫越起伏如山的洋冰，展開一趟處處凶險、而且幾乎永無盡頭的旅程。可是只要一想到那惡魔會洋洋得意地生存下去，我的怒氣和復仇意志又如排山倒海一般，沖潰其他所有感受，重新湧上心頭！

我稍事休息；其間死者們的靈魂守在身邊，鼓動我繼續奔波復仇。醒來後，我開始爲接下去的行程做準備。

我用我的陸上雪橇換來一部適用於冰凍海洋崎嶇形勢的交通工具，購買大量補給品，然後告別陸地。

我不曉得從以後已經經過多少日子，但若非有股因果循環、報應不爽的信念在我胸中熊熊燃燒，根本無法忍受如此悲慘的境遇。遼闊無邊、起伏不定的冰山老是阻礙我的行進；此外，我常聽到凍結在冰底下的冰塊轟隆的聲響，不時威脅著我的生死存亡。但不久，一陣冰雪降下，再度鞏固海上通道的安全。

根據我消耗掉的補給品數量，我猜想這段旅程大約經過三個星期。而希望一次又一次不斷擴張勢力，重回到心底，經常擦乾我眼中悲傷沮喪的淚滴。絕望確曾差點捕獲其獵物，而我也險些很快就在這悲慘的環境下沮喪沈淪。一度，在那些可憐的牲口拚足不可思議的力氣爬上一座冰山的斜坡頂端，其中一隻甚至精疲力盡地倒地死亡後，我悲痛萬分地瞭望廣闊洋冰；突然間，在昏暗的冰原上看見一個黑點。我極目凝望，想瞧出它究竟是什麼？等我辨識出那是部雪橇，和雪橇上那熟悉身形的畸型比例後，不禁發出一聲狂喜的大吼……噢！希望帶著多麼強烈的聲勢重新造訪我的心！我熱淚盈眶，忙又趕緊將淚水拭盡，以免它們阻隔了我瞭望那惡魔的視野。但盈眶熱淚依舊模糊我的視線，直到我再也抵擋不住沈沈壓迫的情緒，索性放聲大哭起來！

但這不是耽擱遲延的時候。我解下那隻死去的雪橇狗，餵給狗隊大量的食物，經過絕對必要、卻教我心焦難熬的一個小時休息後，再繼續向前趕路。那部雪橇依舊清晰可見，此後除了偶而被某塊冰岩的峭壁短暫遮去形影外，我也不曾再失去它的行蹤。我的確不斷與它縮小距離，在經過將近兩天的追趕之偉，我望見我的對手就在相距不到一哩之遙外，整顆心慄慄跳個不停！

可是這時，就在我看似可以一把抓住我的仇人之際，所有的希望卻又突然落空了！我顯然比起從前任何時候，更完全無從掌握他的一絲蹤跡。一陣海水游動聲音轟然乍響，水流在我腳下的冰層底下洶湧、打轉，使得形勢一分鐘比一分鐘恐怖凶險！我奮力維持，但是沒用。強風颳起，海洋怒吼；在一陣恍如地震的劇烈震動中，冰層發出吱吱嘎嘎的驚人聲響迅速迸裂。整個過程很就完成了。不一會兒工夫，我和我的敵人之間已隔著一大片隆隆作響的浪濤喧囂，而我更置身於一塊不斷溶解的碎冰之上，眼看就要面臨可怕的死亡。

就這樣，驚險的時刻一個小時、一個小時過去了。我的狗死去好幾隻，本身也差點熬不過層層的焦慮痛苦而倒下。就在這時，我望見你們的船正要停泊，使我堅持住獲救和生存的希望。我從未聽說過遠洋船隻航行到這麼遙遠的北方，因此乍見之時錯愕萬分。我迅速拆卸雪橇的一部分做成幾支槳，藉著它們的輔助，才能在無限疲憊的情況下，將我的冰筏朝著你們船隻的方向划。我早已下定決心，假使你們的船是要向南航行，那麼我寧可還是把命運交給大海，也不放棄自己的目標；但你們的船是要往北方去，並在我精力耗盡之際把我搭救上船，否則恐怕很快的，我就會在千辛萬苦之中陷入內心依舊害怕的死亡——因爲我的工作尚未完成。

噢！在指揮我找到那惡魔的行動中，我的指引精靈要到何時才肯賞給我內心萬千渴望的安息；或者我必須在他仍活著的情況下死去？如果眞是這樣，華爾頓，對我發誓絕不讓他逃掉；發誓你會找到他，以他的死亡來滿足我的復仇之心。我眞的膽敢無禮要求你扛起我的使命，承受我所經歷的艱辛嗎？不！我沒那麼自私！然而，等我死後，萬一他出現，萬一復仇使者將他帶到你面前，請你發誓絕不讓他活著——絕不讓他戰勝我山高海深的災厄與悲痛，繼續活著增加他陰險罪行的名單。他口才便給、極具說服力；他的靈魂如他的外形一般醜惡，充滿了詭詐技倆和凶殘毒辣。祈求威廉、佳絲婷、科勒佛、我的父親、還有悲慘的維克多亡靈相助，將你的長劍刺入他的胸膛！而我會守在附近，將劍鋒對正！

華爾頓，後續

八月二十六日，一七——

妳已讀完這離奇駭人的故事，瑪格麗特；是否覺得自己就像直到如今我還時時感覺的一樣——心驚膽顫？有時候，在突如其來的強烈悲慟中，他會無法繼續往下說。有時候，他聲音嘶啞卻又尖銳地、萬分艱難的說出滿腔悲憤的言語。他那高雅迷人的雙眼，時而閃動憤慨的光芒，時而在消極悲哀中暗淡，在無限悽愴中闔起。有時他強自壓抑所有憤怒的訊息，控制自己的神情和語調，以鎮定的聲音敘述最令人毛骨悚然的事件。然後，彷彿火山爆發一般，臉上猛然神色一變，呈現最為狂怒的表情，同時聲聲淒厲地詛咒他的迫害者。

他的故事完整連貫，述說時候的言詞、神色充分表達絕非虛言。然而，坦白說，不管他說得多麼懇切、連貫，若是沒有他拿給我看的那些菲力克斯與莎菲的信件，以及從我們船上望見的那怪物魅影，我大概不會這麼確信這段故事的真實性；也就是說，這樣的一個怪物！真的存在！我無法懷疑；然而我迷失在驚訝與欽佩裡。有時我費盡唇舌想從法蘭康斯坦那兒獲得他那產品的構造細節，但對於這一點，他始終不肯透露半分。

「你瘋了嗎，我的朋友？」他說：「或者是你那糊塗的好奇心教唆你的？莫非你也要為你本和世間創造一個像魔鬼般凶惡的敵人？鎮靜吧！鎮靜吧！記取我一樁樁心酸血淚的教訓，不要尋求增加自己的不幸！」

法蘭康斯坦發現我爲他的經歷做了筆記；他要求看看，然後親自在許多地方做了更正和補充，不過原則上都是爲他和他那敵人的對話注入生命和精神。「既然你保存了我的故事，」他說：「就不要讓我以殘缺不全的面目流傳到後世。」

一個星期就這樣過了。這期間，我聽到一超越有史以來所有想像極至的離奇故事。我的思緒和心靈中的每一種情感，都沈醉於對我那客人的興趣中。這份興趣，是由他的故事，和他本身溫文高尚的態度所引起。我眞想好好安慰他；但我能夠勸告這樣一個無限悲哀、完全沒有任何足以慰藉他的希望之人活下去嗎？噢，不！如今他唯一可以認知的喜悅，就是當他重組破碎的心靈、平平靜靜死去那一刻！不過他還享有另一個安慰：那便是孤寂，還有瘋狂的發作。他相信自己在夢境中可以和他的朋友們交談，並從中得到對自身不幸遭遇的安慰，以及復仇行動的激勵；他們不是他幻想之下的產物，而是自行千里迢迢地從一個遙遠的世界來看他。這個堅定的信心使他的幻想顯得分外鄭重，也讓我感到宛如眞實一般有趣、難忘。

我們的談話並非一直侷限於他個人的往事和不幸。在所有一般文學項目上，他展現的是豐富無窮的知識，以及精闢、敏銳的見解。他的滔滔言論鏗鏘有力而感人；每當我聽他說起一件悲慘故事、或者有意挑起憐憫或愛的情懷時，沒有一次不感動得流淚。在他身心衰弱之際尚見如此高貴尊嚴；意氣風發時候更不知是何等耀眼的一個人了！他似乎能感受得出自己本身的價值和淪落之大。

「在年紀稍輕一些的時候，」他說：「我相信自己註定要創出一番轟轟烈烈的事業。我的感情非常深，但也具備足以使我達到輝煌成就的冷靜判斷力。在其他種種情操都受到壓抑時，就憑這份對自己天生價值的自覺在支撐我；因爲我相信將那些很可能有益於同胞們的才華，白白浪擲在無謂的哀愁裡，是件罪惡的事情。當我細想到自己完成的作品，委實不下於某個頭腦清楚、感官靈敏的產物，自然不能將自己歸類於一般設計者之流；但這個在我生涯之初支持著我的想法，如今卻只是將我推入比廢物更不值的羞辱之境。我所有的思想、希望，全部不值一文，而本身也像渴望無所不在的大天使，被桎梏在一座永恆的地獄裡。我的想像活潑生動，然而分析和用功能力更是無盡無窮。在結合這些稟性後，我形成創造一個活人的概念並付諸實行。直到現在，每一回想起來，我都不免要陷於作品並未完成的幻想裡。我的思想天馬行空：時而爲自己的能力洋洋得意；時而熱中想像它們的效力。從幼年時期，我就深受崇高希望、凌雲壯志的感染；如今我卻是多麼灰心失望！噢！我的朋友，要是你曾經認識過去的我，一定辨認不出如今這落魄潦倒的我來。沮喪難得進駐我的心；我彷彿肩負著某種強烈的宿命，直到被壓倒在地，永遠永遠再也爬不起來。」

眼看我非要失去這個可親可佩的人啦！長久以來我一直渴望能有個朋友，一直在尋找一個能務與我意氣相投、愛我的友人。瞧！我終於在這連魚都無法生存的海域找著了一位，卻恐怕與他相識只是為了明瞭他的可貴，然後就要失去他了。我真想勸他安心自在地活下去，但他拒絕。

「謝謝你，華爾頓，」他說：「你對我這悲哀不幸之人的好意我心領。但當你提到新的緣份和情感，心中真的以為有誰能取代那些已故的人嗎？對我而言，真能有任何男子和科勒佛一樣，或有任何一名女性可以成為另一個伊莉莎白？就算有，深深的感情也不會因任何更出色的人物出現而有多少轉移；童年的同伴在我們的心頭永遠擁有固定的勢力，那是任何後來的朋友無法獲得的。他們瞭解我們兒時的性情；那是往後無論經過多少修正，都絕不可能完全根除的；他們對於我們的行動，也更能判斷出相符的結果，推測完整的動機。當其他朋友（無論彼此交情多親密）很可能不由自主地懷疑自己人格時，除非徵兆早早出現，否則換作兄弟或姊妹，永遠也不可能猜疑自己的同胞手足是騙子、或者態度虛偽的小人。但我對於朋友的欣賞，並非僅僅透過習性相近或思想相投，而是基於他們自己的優點。且不管我人身在何處，我的伊莉莎白和緩慰藉的聲音和科勒佛的言談，永遠在我耳畔輕響。它們死了；在如斯孤寂之中能說服我珍惜生命的只有一種感覺。倘若我要從事的是任何遠大的事業或計劃，為我的同胞帶來無限的福祉，那麼我可為完成它而活。但那不是我的使命；我必須追捕並殲滅那個由我賦予生命的東西；屆時我就將履行完在這人間的運數，也就可以死了。

九月二日

我心愛的姊姊：

我在險境之中，完全不知道自己今生是否還有緣再見親愛的英格蘭、以及住在那兒更親密的朋友們情況下寫信給妳。我被包圍在全無逃脫之路的重重冰山間，隨時都有船毀人亡的威脅。那些被我遊說上船的勇敢同伴們期盼我的援助，而我卻沒有半點脫困之道。我們的形勢相當驚險駭人，但勇氣和希望並未棄我而去；只是仔細想想全船人的性命都因我而陷於危險，就教人感到恐怖。要是我們喪生了，我的瘋狂企圖就是肇禍的根源。

而妳，瑪格麗特，妳的心情將是如何呢？妳不會聽到我的死訊，而會憂心忡忡地等待我歸去。年復一年，絕望會頻頻造訪妳的心，而希望又會不時折磨妳。噢！我心愛的姊姊，想到妳將因心中的痛楚而日益憔悴，那種想像比想到自己的死亡更可怕。不過妳有丈夫和可愛的孩子們，應當可以快樂幸福。願上天祝福妳，賜予妳幸福。

我那不幸的客人帶著最深切的同情注視著我。他盡力帶給我滿懷希望，言談之間彷彿將生命視爲一種十分珍重的東西。他提醒我，其他曾經企圖橫越這片海域的海上探險家們，也時常會碰上相同的意外狀況。

另外，他還常無視我的反應，動輒預言種種吉兆爲我打氣。即使是船上的水手們也感受得到他那滔滔口才的力量。他一開口，他們就不再絕望沮喪；他喚起他們的活力；當他們聽到他的聲音時，他們相信這些廣大的冰山，都只不過是會在人類堅決的意志力的消失的鼴鼠丘。日日的期望延緩他們被恐懼淹沒的速度，而我擔心那種絕望會導致一場大叛變。

九月五日

剛剛發生一件非常要緊的事情，因此儘管這些信件很可能永遠也到達不了妳手中，我還是忍不住記錄下來。

我們依然遭受冰山圍困，依然置身於隨時可能在它們的衝撞中被擠得粉碎的險境。天氣奇寒無比，而我許多不幸的同伴已在這孤寂淒涼的景況下奄奄一息。法蘭康斯坦的健康日益衰微；他的兩眼依舊閃動狂熱的火焰，可是體力卻已完全耗盡，偶而猛然翻身一動，卻總是很快又陷入一種全無生氣的樣子。

上封信中我提到擔心遇到叛變。今天早上，正當我坐在林邊注視著我那朋友蒼白的病容時——他的眼睛半閉，四肢無力地垂著——突然被五、六名要求准許進入船艙的水手嚇一跳。他們進了船艙，領隊對我發言。他告訴我說他和這幾名同伴是經由其他選手公推進來，向我提出一項衡情論理、我不可以拒絕的要求。我們被拘禁在冰牢之中，很有可能永遠也無法逃離；但他們擔心萬一冰層消散，打開一條自由通道後，我會莽莽撞撞、繼續原先航程；在大家為度過這次難關而高興之後，把他們帶向新的危險。因此，他們堅持要我鄭重保證，一旦船隻脫離險境，必定改變航向，向南行駛。

這番談話令我大感困擾。我尚未絕望，也尚未想到一旦脫困之後立即返航。然而，依照公理，甚或依造可能性，我能拒絕這項要求嗎？我遲疑不決。這時最初一直默不作聲，而且實際上看起來也沒有力氣參與意見的法蘭康斯坦，突然撐著身體坐起來；他的眼睛閃閃發亮，兩頰因一時的活力而泛紅。他轉頭面對那些人，說道：「你們這是什麼意思？你們要求自己的船長什麼？難道，你們就這麼輕易終止自己的計畫嗎？你們不是稱呼這叫輝煌的遠征？輝煌在哪裏？不是因爲航程像南方的海域一樣溫和平靜，而是因爲處處充滿危險和可怕；因爲每遇一次新事件都要發揮你們不屈不撓的精神、展現你們的勇氣；因爲周遭都是危險和死亡，而這些全要靠你們勇敢去克服……就是因爲這樣它才輝煌，因爲這樣才是一項光榮的事業。從今以後你們將以嘉惠人類的身份而受到歡呼，你們的名字將被歸入那些爲了榮譽、爲了造福人類而奮不顧身的勇者之類。而現在，瞧！才剛有一點危險的想像，或者說，剛遇到一個考驗你們勇氣的可怕處境，你們就畏縮不前，甘心被人當成沒有能力享受寒冷或危險之輩；或者，冷得回到自己溫暖爐邊的可憐人！哎，那用不著這樣大費周章；你們用不著千里迢迢跑到這麼遠，陷你們的船長於失敗的恥辱來證明自己的懦弱。噢！做個堂堂男子漢吧！或者比男子漢更了不起的人！堅持你們的目標，像岩石一般堅定不搖。形成這冰的材料和你們心不一樣；它不能開口說話，只要你們說它無法和你們相抗它們就不能。不要帶著滿面恥辱的烙印回家，要像個奮勇作戰、打敗強敵、不知逃之夭夭爲何物的英雄一般凱旋歸去！」

他的語氣隨著這段演講之中不同情感的流露而變化，眼神裏頭充滿遠大的志向和英勇的氣概，妳想大家能不感動嗎？他們彼此面面相覷，無法回答。我開口說話，告訴他們下去仔細考慮一下剛剛那番言論。要是他們仍堅持希望返航的話，我不會帶領他們再向北方前進；但我希望，在經過三思之後，他們會重新找回勇氣。

他們退出船艙。我轉身望向我的朋友，但他已陷入懨懨無力，幾乎全無生氣。

我不知道這一切將會有什麼結果，但我寧願死，也不願未達目標、滿面羞愧地返鄉。然而我擔心自己命該如此；因爲那些沒有光榮、名譽等等理想做爲後盾的人，絕不可能願意繼續忍受目前的艱辛。

九月七日

決定已成，不容更改；我已同意要是我們沒被毀滅就是返航。就這樣，我的希望遭受懦弱和意志不堅摧毀；我將一無所知、失望而返。我必須靠更多的冷靜，才能默默容忍地承受這種不公平。

九月十二日

一切都成過去了；我正要返回英國。我失去造福人類和光榮的希望，我失去我的朋友，但我會盡力對妳詳述這些心酸的細節。親愛的姊姊，在我鼓浪航向英國、航向妳的同時，我不會沮喪。

九月九日，冰層開始移動；就在四面八方的冰島迸裂、散開的過程間，如雷一般的轟隆之聲在遠處不斷鳴響。我們身處於最危急的險境之中，但卻只能被動地留在原地等待命運。因此我的主要注意力，全都集中在病勢已經沈重到幾乎完全無法下林的不幸客人身上。寒冰在我們的後方迸裂，然後被朝著北方推擠、漂去。一陣微風自西方吹起，到了十一日，通往南方的航道已經暢行無阻。水手們一看到這情況，知道必然可以返回自己的故鄉，於是掀起一陣響亮而又持久不歇的歡呼。正在打盹的法蘭康斯坦醒了過來，問起歡聲雷動的原因。「他們高呼，」我說：「是因爲他們馬上就要回到英國。」

「這麼說，你眞的要返航了？」

「天啊！是的，我敵不過他們的要求。我不能在他們心不甘、情不願的情況下，帶領他們冒險；我必須返航。」

「假使你願意，就這麼做吧！但我不願。你可以放棄自己的目標，但我的目標是由上天所指派，我不敢放棄。我身體虛弱，但協助我復仇的精靈們必會賜給我足夠的力氣。」他說著，集中全身力氣想從床上一躍而起；但這動作對他來說太吃力了。他倒回床上，昏倒過去。

經過好久好久，我不時猜想他可能已經生氣全無之後，他才悠悠醒來。終於，他張開雙眼，呼吸困難，完全無法說話。船醫給了他一劑鎮定劑，吩咐大家不得打擾他，同時告訴我，我的朋友已經確定沒有幾個小時可活了。

他的死期已經公告出來，除了悲傷，我只有耐心守候。我坐在他的床頭，注視著他。他閉著雙眼，我還以爲他睡著了；但不一會兒他便以虛弱的聲音呼喚我，要求我湊近一些。他說：「天！我所倚靠的力氣已經消失了；我感覺自己就快死去；而他，我的敵人和迫害者，卻很可能還活著。不要認爲，華爾頓，在我人生的最後這幾分鐘裏，我所感覺的是曾經表達過的熊熊恨意，和強烈的復仇渴望；只是在對我敵人死亡的渴望中，可以讓我覺得自己無罪。最近這幾天來，我一直全心全意檢視自己過去的行爲；我還是不認爲其中有値得譴責處。在一陣熱情的瘋狂中，我創造出一個理性的生物，而且預訂在我能力範圍之內，確保他的幸福和安康。這是我的職責；但還有其他比這更重要的。我對自己同種同類生物的職責更需要我的關切，因爲它們包含的幸福或不幸比例更大。在這觀點的激勵下，我拒絕——而且拒絕得對——爲第一個成品製造一個伴侶。他顯示出無比的狠毒和自私；他殺害我的朋友們；他熱中於毀滅那些擁有高雅情操、幸福、和智慧的人；而且我根本不知道這股報復渴望要到何時才會終止。他自己可憐也不能造成別人的悲哀；他應該死！消滅他的工作是我的份內之事，但我做不到了。我在遭受自私、繆誤動機指使的情況下，要求你從事我未完成的工作。現在，我重新提出這要求，但，這是出於理智和善性。

「然而我不能要求你離鄉背井、脫離朋友，履行這工作；而現在既然你就要回英國，遇到他的機會也就更少了。但這種種細節的考慮，還有你將對這些職責重視到什麼程度，全憑你自己的意思；死亡的逼近，已大大擾亂我的思慮和判斷。我不敢要求你照我認爲對的做，因爲我很可能還受強烈的愛惡誤導。」

「他還活著的想法，就像個做怪的工具一樣干擾著我。相對的，在我期待我的解脫這一刻，這短短的時間，是好幾年來我唯一一次享受到快樂的一刻。心愛的亡者們形影掠過我眼前，我趕緊上前挽住他們的手臂。再會了，華爾頓！在平靜中追尋幸福，避免雄心勃勃；縱使在科學或發現領域追求頭角崢嶸，看似完全無害也一樣。然而我又何必說這種話呢？我自己本身被摧毀於這些希望中，但別人卻很有可能成功。」

他的聲音越來越微弱，終於，在他的努力之中虛脫，不再發出半點聲音。半個小時過後，他再度企圖說話，卻已無力出聲；他虛弱地握握我的手，一抹微微淺笑的光輝自嘴角逝去，眼睛永遠闔上了。

瑪格麗特，我該如何談論這光榮之人的早夭？我要說些什麼，才能讓妳明瞭我的悲傷有多深？無論我說什麼，一定都無法充分表露。我淚流不止；我的心被一片失望的愁雲遮暗。但我們要航向英格蘭，或許我可以在那兒找到安慰！

我的愁緒遭到驚動。這些聲音在暗示著什麼凶兆？時間是午夜，微風和暢，甲板上的儀表動也沒動。又一陣人聲傳來，只是音色比常人更刺耳；聲音的來處是還停放著法蘭康斯坦的船艙，我必須起來查看查看，晚安，我的姊姊。

老天爺，究竟發生什麼事啦！現在回想起來，我還覺得頭昏眼花。我不知道自己是否有能力詳細敘述；但若無這段關鍵而且令人嘖嘖稱奇的收場，我的紀錄便永遠無法完整了。

我進了停放我那命運多舛、卻令人欽佩的朋友遺體的船艙。在他身旁，盤桓著一具我找不到任何言語可以形容的軀體——體型龐大，而比例卻歪歪扭扭、醜陋不成形。當他守在棺木旁，整張臉蒙在糾結蓬亂的長髮後；但一隻大手卻伸長出來，其色澤與表徵，恰與木乃伊的手一般無二。聽到我走近的聲音，他停止發出悲哀、恐怖的號叫朝窗口撲去。我從來沒見過像他的臉看起來一樣可怕的影像；那麼噁心、又那麼醜陋得教人驚駭。我不由自主地閉上眼睛，努力回想關於這名破壞者——我所肩負的職責。我大聲將他喊住……

他停了下來，狐疑地俯視著我，再度將臉轉向他的創造者那已無生命的軀體，彷彿忘了我的存在；所有面目表情、手勢動作，都像被一股難以遏制的狂暴怒火所挑起。

「那也是我手下的受害者！」他大叫：「我的罪行在他的遇害中臻於圓滿；我生命中的一連串悲劇已迂迴前進至終點！噢，法蘭康斯坦！高貴寬大、自我奉獻的人啊！我現在請求你的寬恕又有何用？我，一個藉著毀滅一切你心愛之人、無可挽救地毀滅了你的人。天哪！他竟然已身體冰冷，永遠也無法回答我啦！」

他似乎激動得說不出來，而我最初因想順從我那朋友臨終之前的要求，實踐消滅他的敵人這份責任的衝動，也在混合著好奇與同情的心態下變得遲疑起來。我逼近那龐然大物身前，沒有勇氣再抬起眼皮看他的臉一眼；他的醜眞是醜得離奇、醜得驚人。我試著開口說話，但話聲在欲說出前就已消失。那怪物繼續發出激烈狂亂、語無倫次的自責。最後我終於下定決心，趁他激動澎湃的情緒發作暫告一段落時，告訴他說：「你現在的懺悔是多餘的。如果你在一路把窮凶極惡的報復行動逼到這絕境以前，曾經仔細聽聽良心的聲音，留意懺悔的刺痛，法蘭康斯坦現在還活得好好的。」

「你在說夢話不成？」那惡魔說：「莫非你認爲我該痛苦、後悔而死？他，」他指著屍體，接著又說：「他根本不曾因這些行爲的完成而眞正受罪。噢！不及我在執行每個行動期間所承受痛苦的百分之一。在我心頭飽受懊悔摧殘的同時，驚人的自私心態卻催促我繼續。你以爲科勒佛的呻吟在我耳裏聽起來像音樂是嗎？我的心原是被做成易受愛與憐憫感染的構造，等它遭受到痛恨與惡意扭曲之後，承受這劇烈變化時的苦楚，你連做夢都無法想像。」

「殺害科勒佛之後，我傷心、虛弱地返回瑞士。我憐憫法蘭康斯坦；我的憐憫簡直到了可怕的地步；我厭惡我自己！可是等我發現他——這個曾經創造我生命、以及生命中種種說不出的痛苦、折磨之人——，竟膽敢妄想追求幸福；他把種種悲哀、絕望往我身上堆，自己卻追尋享受沈浸於情感、熱戀之中的滋味，而那些都是我被擋在門外、無從體會的。這時無助的嫉妒和心酸的憤懣填滿我胸臆，形成一股永不滿足的報復渴望。我想起我的恐嚇，決心完成它。我知道我是在替自己鋪下至死方休的折磨之路，但我只是那股自己既厭惡、卻又無法不服從的衝動之奴隸，而不是它的主人。然而等她死了呢？不，到時我就不會可憐兮兮的了。我甩掉所有的感情，壓抑所有的悲痛，恣意放縱於無度的絕望中。從那以後，邪惡變成我的長處。在如此強烈的驅策之下，我別無選擇，只有將自己的本性變遷成自己心甘情願選擇的樣子。完成我那惡毒計劃變成一股貪得無厭的強烈情緒。如今它已結束了；那就是我的最後一個受害者！」

一開始，我爲他的悲情流露而深深動容；可是，等我一回想起法蘭康斯坦對他的流利口才和說服力那番提醒；等我再度將視線投到我那朋友死去的軀體上……滿腔憤慨又在我心底熾烈燃燒。「小人！」我說：「很好！你跑來這裡爲自己造成的毀滅嗚嗚哀泣。你在一堆建築物間丟進一把火炬，等它們全被火焰吞噬了，這才坐在廢墟當中爲它們的倒塌後悔。僞善的惡魔啊！要是你哀悼的對象還活著，他還是會再度變成你那該死的報復心理的獵物。你的感受並非憐憫；你的後悔只是因爲你那惡毒心腸的犧牲者，已被撤出你的勢力範圍外……」

「噢，不是這樣——不是這樣！」怪人打斷我的話：「然而必定是我的行動目的看似如此，才會帶給你這種印象；但我尋不到一個人能同情我的悲哀，我永遠也得不到別人的憐憫。當我剛開始尋求同情時，我全身洋溢的都是善良的愛和幸福、熱烈的感情，我所盼望與人分享的也正是這些。但如今，善良對我變成一片陰影，幸福、熱情轉化成心酸而討人厭的絕望，我要到哪裡去尋求憐憫？我甘心獨自忍受即將承受的苦楚；等我死時，我確信自己的記憶之中將會裝滿大量嫌惡和誹謗。曾經，我用品德、名聲、享受的夢想安慰自己的幻想。曾經，我錯抱希望，盼望可以遇到一些不計較我外在的相貌，而因爲我所能展示的各種優點而愛我之人。我被灌輸崇高的榮譽、奉獻思想。但現在，罪行已將我貶至最低劣的動物之下。任何罪過、任何搗亂、任何惡性、任何悲慘處境都無法與我相比。當我瀏覽自己所犯過錯的可怕目錄，根本無法相信那是曾經對於善良充滿美麗憧憬、偉大想像的自己；但，事實如此：墮落天使變成一個凶狠毒辣的惡魔。只是，即使是那個上帝與人類的公敵，在他的廢墟之中都還有朋友和同夥；我卻孤單一個。

「你，一個稱呼法蘭康斯坦爲朋友之人，似乎瞭解我的罪行和他的不幸。但在他告訴你的詳細資料中，他卻無法統計我在種種無力處理的情緒中，忍受多少的悲哀時日。因爲在我破壞他希望的同時，並未滿足自己的渴望。這些渴望永遠熱烈而懇切；我依然渴望愛和同伴，我也還依然遭受擯斥。這難道就沒有什麼不公平之處？當所有人類對我全都有過錯，我還應該被當成唯一的罪人嗎？你們爲何不去恨那自傲地將他的朋友趕出門外的菲力克斯？爲何不咀咒那想要殺掉自己孩子救命恩人的鄉巴佬？不，這些都是本性善良、純潔無瑕的人們！而我，可憐兮兮、被人遺棄的我，是個遭人排斥、任人踢打、踐踏的畸形物。即使是到現在，只要一想起這些不公平待遇，我的血都會爲之沸騰。

「不過我的確是個小人。我曾殺害一些可愛、無助之人；我曾趁某些清白無辜的人睡覺時勒死他們；曾經焰著一個從未傷害過我或其他任何生物之人的喉嚨，直到他氣絕。我曾一心一意，促使我那在人群之間可親可敬、出類拔萃的創造者陷入悲哀；我甚至一路將他追逼至無可補救的毀滅！現在他躺在那兒，全身死白而冰冷。你恨我，但你的嫌厭還比不上我對自己的憎惡！我看著那執行這行爲的雙手；我考量那構思出那計謀的心；我盼望見到這雙手的時刻，那計謀永遠不再出現我腦海。

「不用擔心我會成爲未來作怪的工具。我的工作已幾近全部完成。我的生命不需要以你或任何人的死亡來使它達到圓滿、完成必須完成的事項——只需再添上我自己的。不要認爲我會遲遲才完成這項犧牲。我將踏上載我來到此處的冰筏離開你的船，然後朝向地球的極北處而去；我將爲自己收集焚化屍體的柴堆，把這副可憐的軀殼燒成一堆灰燼，以免遺骸爲任何好奇、而又罪孽的人，提供再造一個像我這種東西的靈感。我將會死亡！我將不再感受這如今啃噬我的痛楚，不再會是既難以滿足、又無法澆滅的情感之獵物。創造我的是那位已故之人；等我不復存在，對於我倆的記憶也都將會迅速消失。我將永遠不再見到太陽或星辰，感受拍打在我頰上的風。光亮、感覺、還有意識都將會逝去；而這必是我找到自己幸福的條件。幾年以前，當這世界提供的種種影像乍現我眼前；當我感受到夏日暢快的溫暖，聽到樹葉沙沙、鳥兒啾啾的啼音……我激動流淚、久久不已；而今它是我唯一的慰藉。已遭種種罪過污染，因爲最悲傷的懺悔而悲痛欲絕——

這樣的我除了死，還能在哪裡得到安寧？

「別了！我離開你；而你將是這雙眼睛見到的最後一個人類。別了，法蘭康斯坦！假使你還活著，還存有對我的報仇欲望，在我活著時候如願以償要比我死後好得多。但事實並非如此；你千方百計想要消滅我，以免我引起更大的不幸；倘若，你還以某種我不知道的形式如此認爲、如此感覺，你對我的復仇渴望絕不比我感受的強烈。縱然你已謝世，我的痛苦依舊比你深。因爲懺悔的毒刺將會時時刺痛我的傷口，直到死亡將它們永遠縫合的那一刻來臨。

「但很快的，」他帶著悲傷而嚴肅的狂熱哭喊：「我就將死亡，同時也將不復感受現在的感受。很快的，這些熊熊燃燒的悲哀就會熄滅。我將得意地踏入火化我的柴堆，在摧折人的烈焰之苦當中狂歡。大火的光耀將會消失，我的骨灰將會被風颳入大海。我的心靈將在安詳中睡去；或者，假使它思考的話，也絕不再像這般思考。別了！」

他說著，從船艙窗口一躍而出，落在緊靠於大船旁的冰筏上。傾刻之間，他已被浪濤載走，消失在黑暗的遠方。

〈全書終〉

國家圖書館出版品預行編目資料

科學怪人／瑪麗・雪萊／著　楊玉娘／譯
-- 初版 -- 新北市：新潮社，2020.08
面；　公分
譯自：Frankenstein
ISBN 978-986-316-770-9（平裝）

873.57　　109007231

科學怪人

瑪麗・雪萊／著
楊玉娘／譯

【策　劃】林郁
【制　作】天蠍座文創
【出　版】新潮社文化事業有限公司
電話：(02) 8666-5711
傳真：(02) 8666-5833
E-mail：service@xcsbook.com.tw

【總經銷】創智文化有限公司
新北市土城區忠承路 89 號 6F（永寧科技園區）
電話：2268-3489
傳真：2269-6560

印前作業　菩薩蠻、東豪印刷事業有限公司

初　　版　2020 年 09 月